DÉPOSITION

Écrivain et critique d'art français, Léon Werth (1878-1955) manque de peu le prix Goncourt en 1913 pour son roman *La Maison blanche*. En 1914, il part pour le front, où il combat pendant quinze mois avant d'être blessé. Il en tire un récit pessimiste et violemment antiguerre, *Clavel soldat* (1919), qui fait scandale. Inclassable, Werth écrit dans l'entre-deux-guerres aussi bien contre le colonialisme (*Cochinchine*, 1928) que contre le stalinisme et le nazisme. En 1931, il rencontre Saint-Exupéry, début d'une grande amitié ; ce dernier lui dédicacera *Le Petit Prince*. Quelques semaines après la débâcle de 1940, Werth écrit à chaud un court récit qui sera publié après sa mort, *33 Jours*, où il narre sa fuite de Paris vers le Jura. Le journal qu'il tient sous l'Occupation, *Déposition* (1946), est un témoignage accablant sur la France de Vichy.

Léon Werth

DÉPOSITION
Journal 1940-1944

EXTRAITS

Viviane Hamy

La présente édition est constituée d'extraits de *Déposition*,
paru aux éditions Viviane Hamy en 1992 et réédité en 2000.

Cette édition abrégée a été réalisée par Pierre Bottura.

ISBN 978-2-7578-0490-2
(ISBN 2-87858-135-0, 1ʳᵉ publication)

© Éditions Viviane Hamy, 1992
et © Éditions Points, juillet 2007, pour la présente édition

TEXTE
de Lucien Febvre

Je vais bien étonner, bien scandaliser Léon Werth. Mais enfin, je n'y puis rien, et c'est un fait : sa *Déposition*, qui n'est celle ni d'un ministre de Vichy, ni d'un amiral de Pétain, ni d'un diplomate de la Chèvre et du Chou – sa *Déposition* est un admirable document historique. Et j'en sais peu de plus précieux pour nous, dans tout ce qui a été publié jusqu'à présent sur la France d'entre 1940 et 1944.

Léon Werth, historien : vais-je révéler d'affreux secrets ? Vais-je confier au lecteur, dans cette revue d'histoire, ce que fut le dernier contact avec Clio de l'auteur de *La Maison Blanche*[1] et des *Voyages avec ma Pipe*[2] ? C'était à Lyon, je ne veux savoir quand. Le Concours général battait son plein. Devant les concurrents le professeur fit sauter les cachets de la grande enveloppe, et d'une voix un peu solennelle annonça : « *Composition d'histoire : les états généraux de 1614.* » Il faisait très chaud, très beau. Un bain de rivière. Fendre les eaux violentes du Rhône, ou se laisser porter par les eaux nonchalantes de la Saône… Comment résister ?

Léon Werth ne résista point. Sur la belle feuille de papier qu'on lui avait remise, il transcrivit sagement le

1. Fasquelle, 1913. Éditions Viviane Hamy, 1990 *(N.d.É.)*.
2. Crès et Cie, 1920. Éditions Viviane Hamy, 1991 *(N.d.É.)*.

sujet. Tira un trait. Et de sa grande écriture bien articulée inscrivit ce texte lapidaire : « *Les états généraux de 1614 furent de petits états généraux de rien du tout.* » Signé : *Léon Werth.* Ce fut son dernier contact avec l'Histoire.

Il le croyait du moins. Car, foi d'animal, *Déposition* qu'il vient de publier est un livre d'histoire, et de premier ordre.

Entre autres choses, car, dans ce gros volume, que de richesses !

Deux thèmes contrastés : la campagne et la guerre. La campagne qui déplie et replie, au rythme des saisons, roule et déroule ses splendeurs et ses désolations, vit sa vie de nature, totalement indifférente à la peine des « occupés ». Et c'est à travers tout le livre une suite de notations souvent exquises, jamais indifférentes, jetées sur le papier avec une étonnante sûreté de main. Tels ces croquis colorés de Marquet : grande courbe de plage ; le bleu du ciel, le bleu de la mer ; et sur le sable jaune, qui grouillent, quelques insectes noirs, des hommes. Seulement, Werth, lui, se montre toujours à nous dans un coin du papier. Il ne peut pas ne pas s'y mettre. Il ne part pas, chaque matin, à la chasse désintéressée des images comme un Jules Renard, au cœur léger. Qui pourrait, en 1940, en 1941, en 1942, avoir le cœur léger ? Léon Werth note – et puis, à quoi bon ?

> *Monde extérieur. Bec à bec, deux dindons se battent. L'un et l'autre, ils se mangent le crâne et se tenaillent le bec. Ils font un petit saut guerrier et redressent la tête avec un air de stupide indignation : « Mais alors... mais alors... » Ils sont féroces et ridicules.*

Que le printemps est beau ! Un noir de soie chi-
noise, éteint, chargé de cendre, une poudre d'ocre
et un blanc mat, lavé de toute la bourgeoise pro-
preté du blanc. Des rapports de batik, en plus dis-
cret encore et plus précieux... La fin du subtil dans
l'évidence. Mais ces plaisirs-là, je ne sais plus où
les mettre. Cela me touche – et tout à coup, il me
semble que je m'en fous.

Une ligne en blanc. Et puis :

J'ai mal à la civilisation. Est-ce que je vais cre-
ver de ce mal ?...

Donc, « la Nature », comme on dit en Sorbonne
(« Comparez le Sentiment de la Nature dans l'œuvre de
Léon Werth et dans celle de... » : plus libéral qu'on ne
l'est ordinairement au Palais Nénot, je laisserai les candidats choisir leur tube témoin...), – donc, la Nature et la
Guerre. Saisie uniformément, cette dernière, à travers les
gens de Vichy, la radio de Londres et surtout les
rumeurs qui, du bourg voisin, montent jusqu'à l'observatoire du solitaire. Quand celui-ci ne descend pas « *en*
ville » « *prendre langue* » avec les naturels...

Deux thèmes, trois milieux :

– L'observatoire d'abord. Chantemerle. Mais il n'est
qu'indiqué. Suggéré d'un mot, par-ci par-là. Jamais
peint en pied, pour lui-même. Et c'est d'ailleurs tant pis.

– Le bourg ensuite. Un chef-lieu de canton, comme
tous les chefs-lieux de canton. Avec son clocher. Son
usine. Sa mairie Restauration, d'assez belle pierre pour
qu'on puisse qualifier d'hôtel de ville le bâtiment. Son
monument aux morts, hélas ; et son esplanade plantée
d'admirables tilleuls. Les traces d'un passé militaire, d'un
passé de bourgade frontière, vingt fois prise d'assaut,
pillée, violée, brûlée. Ce dont n'ont cure, naturellement,
ni les deux médecins, ni les deux pharmaciens, ni les

deux notaires, ni le juge de paix et le receveur de l'enregistrement, ni le peuple des boutiquiers alignés au long de la grande rue.

Le bourg. Et à trente kilomètres de là, le chef-lieu de département. Bourg-en-Bresse, puisque Werth le nomme en toutes lettres. « *Cette ville en fromage mou* », écrira-t-il un jour de nausée. Une des plus laides en effet, des plus plates, des plus mornes de France. Même compte tenu des splendeurs tarabiscotées de Brou, de toutes ces gentillesses d'albâtre qui évoquent le trois-mâts dans la bouteille des vieux marins patients. Bourg, capitale de la poularde, conservatoire des quenelles, temple de l'indigestion. Mais sans joie, puisque sans vin, ni vigne, ni vignerons…

Or, dans ce cadre, se donnent la réplique les deux protagonistes, celui qui mène le jeu, celui qui le joue : l'observateur et le sujet, Léon Werth et le Paysan. Que j'affuble d'une majuscule, pour faire pendant. Mais la majuscule n'est point de majesté. Je me rappelle cette réflexion de Werth il y a bien longtemps : « *Pour M. Homais, la machine est un dieu. Pour M. Maurice Denis, elle est un démon. Pour nous, elle est une machine*[1]. » Aussi ne se prosterne-t-il point devant le Paysan, cette merveille, cette vertu. Il ne le maudit point non plus, ni ne l'exècre. Pour lui, sans plus, il est un paysan. Mais il le connaît bien.

*

J'arrange, quand je classe ainsi les thèmes, les milieux et les acteurs. Et je fais grand tort à Werth qui n'arrange pas. Il a bien autre chose à faire. Il travaille. Il dresse son chevalet dehors ou dedans, selon ses

1. *Cahiers d'Aujourd'hui*, I, 1912, p. 130.

humeurs et celles du temps. Il peint Léon Werth, il peint le paysan.

> « *Si je ne note rien ici [à la campagne], avouait Guéhenno*[1] *(p. 226), c'est que, hors mon travail, ma vie dans ce village est totalement vide.* »

Il pouvait le dire, parce que, dans son village, il ne venait qu'en passant, pour quelques jours seulement de repos dans l'inaction. Werth s'y trouvant rivé pour un temps qu'il ne pouvait mesurer, il fallut bien que ce vide de sa vie, il le meublât sous peine de périr. Et qu'il s'examinât, s'observât, prît chaque jour sa température, et, faute d'interlocuteur, se parlât à lui-même. Chose faite. Et c'est à travers tout le livre une remarquable suite de réflexions en marge des lectures, en marge des pensées d'un solitaire dont aucun propos n'est indifférent et qui de Pascal à Saint-Simon, de Voltaire à Bossuet, de Diderot à Flaubert ne cesse de chercher « cet autre monde qui est l'homme », avec tant de naturel, de joie et de spontanéité qu'il n'est plus question de « grands écrivains », mais de beaux pains de froment dont chaque matin, pour se nourrir et se délecter, on coupe à la miche une tranche qui sent bon.

Et quel sens critique, qui jamais ne se satisfait à bon marché ! Visite de Saint-Exupéry à Chantemerle (15 octobre 1940). Évocation de souvenirs communs :

> *Ce restaurant du Bois où nous dînions ensemble l'an dernier… Comment en vînmes-nous à tenter de porter un jugement sur quelques-uns des hommes qui conduisaient alors la France, autrement dit des*

---

1. Ce texte est extrait d'un article intitulé *Une tragédie, trois comptes rendus, 1940-1944*, paru en 1948 dans *Les Annales*, et dans lequel Lucien Febvre rendait compte des livres de Léon E. Halkin, *À l'ombre de la mort*, de Jean Guéhenno, *Journal des années noires (1940-1944)*, et de Léon Werth, *Déposition* (N.d.É.).

ministres ? Nous leur prêtions des projets, un des-
sein. Et soudain Tonio murmura : « Je crois que
nous faisons de l'anthropomorphisme... ».

Werth s'arrête un instant. Sourit à son souvenir. Un
mot, un mot d'esprit comme on en faisait jadis... Mais
ajoute aussitôt :

Voici que je trahis l'amitié. On n'écrit pas ce qui
fut dit. Double trahison, car je fais d'un sourire une
pensée à l'emporte-pièce, et je ne restitue pas la légè-
reté du soir, des lumières dans les arbres, et l'impal-
pable de la dîneuse d'en face, façonnée en star, et si
respectueuse du parc artificiel et de l'écran qu'elle
en avait oublié sa troisième dimension...

Quand je vous disais qu'il y avait en Werth un historien. Mais combien de ceux-ci devraient lui demander
des leçons de critique !

Il y a bien autre chose. Une inquiétude qui toujours
s'analyse. Une justice qui sans cesse éprouve le besoin
de se justifier[1]. Une méfiance, une horreur instinctive,
une haine lucide du lieu commun.

Je me méfie de ceux qui parlent sans cesse de la
France éternelle... Si la France est par essence
éternelle, alors il n'y a qu'à croiser les bras[2] »
(4 avril 1944).

1. Sur Déat, la méditation de la page 270, 9 avril 1944 :
« *Qu'espère-t-il ? Espère-t-il quelque chose ? Glissera-t-il sur*
une pente qu'il ne peut plus remonter ? Peut-être, n'ayant pris à
l'Université qu'une culture formaliste, une mécanique agilité de
l'esprit, joue-t-il avec les idées comme un enfant joue aux osse-
lets ? Beaucoup d'hommes que l'on dit cultivés aboutissent à
l'ignominie pour avoir manié leurs idées comme des caisses dont
ils ignorent le contenu. » Etc.
2. Il ajoute : « *Je préfère Michelet aimant la France comme*
une personne. Aux raisons que nous avons d'aimer un être s'ajoute

Et ailleurs (21 octobre 1940) :

> *La France ne peut pas disparaître... disaient-ils.*
> *Ce n'est pas vrai... Comme toute figure de la*
> *terre, la France change et peut mourir... Une*
> *France germanisée* [Werth écrivait ceci dans les
> jours pesants de l'automne 1940], *dans combien de*
> *siècles la ressuscitera-t-on ? Et qui dit qu'on la*
> *ressuscitera ?*

Rien de plus pathétique que ces méditations, toutes
simples, sur les grands problèmes compliqués :

> *Quand pour la première fois, je vis, près de Mon-*
> *targis, un régiment allemand fouler le sol français,*
> *ce régiment insultait à la fois à mon sens national*
> *et à mon internationalisme. Également blessés l'un*
> *et l'autre. Mais je ne savais pas encore que la*
> *France deviendrait, sous l'occupation allemande et*
> *sous l'occupation Pétain, un mythe, plus lointain et*
> *plus insaisissable que l'internationalisme.*

La patrie. La liberté aussi. Qui tout de suite évoque,
dans la pensée de Werth, le nom de Michelet (7 novembre
1940) :

> *On comprend la haine qu'ont vouée à Michelet tous*
> *les négateurs de la liberté. Pour lui, la liberté n'est*
> *pas un mythe, c'est la France elle-même. Ils le traitent*
> *de poète ou de rhéteur égaré dans l'histoire. Ils ne lui*
> *pardonnent pas d'avoir découvert les signes mêmes*
> *dont ils usent, et qu'ils détournent de leur sens.*

Et ceci, qui, en effet, résume tout :

---

celle-ci qu'il est fragile et unique. Un être naît. Aucun ne fut tout
à fait semblable à lui. Aucun jamais ne lui sera tout à fait sem-
blable. »

Il a inventé Jeanne d'Arc. C'est ici le miracle. Le miracle de Jeanne d'Arc, c'est le miracle de Michelet. Qui donc avant lui a parlé d'elle ?

*

Ainsi se dessine un homme, par petits coups, par petits traits de crayon, jamais prémédités, mais attentifs et qui toujours serrent d'un peu plus près la forme. Un homme – l'homme de la tragédie. L'homme que nous fûmes tous, chacun à notre manière, entre 1940 et 1944, dans ces années de méditation solitaire, d'exaltation et de dégoût, d'enthousiasme et d'écœurement. Avec les brusques tentations de lâcher tout... Est-ce à dire : « *Quand la Grèce disparaît, il reste les hellénistes* » ? Allons, laissons courir l'Histoire. Laissons couler l'Histoire. Et garons-nous des coups. Se mettre à l'abri, « *se refuser, tout est là* » (9 décembre 1940)...

J'allais me délier du monde. Mais Andrée François revint du bourg. Le général de Gaulle a parlé hier à la radio[1]. *Il a dit que les Italiens étaient fichus, et que les Allemands le seraient bientôt.*

1. Werth, si insoucieux des contingences et des prudences, n'a garde d'escamoter le haut personnage de Charles de Gaulle. Et ses notations comme toujours sont originales. Et lucides. Depuis les premières, septembre 1940 : « *Qu'espère le général ? Est-il prisonnier de sa résistance, de son premier refus ? d'une attitude enfin qu'il a décidée, mais qui commanderait, en dépit des événements, toutes ses décisions ?* » – jusqu'à la dernière (p. 339, 26 août 1944), qui clôt le livre : « *De Gaulle descend, à pied, l'avenue des Champs-Élysées... Quand il paraît, tous les cris, toutes les rumeurs s'assemblent en une vague unique, à peine oscillante, qui emplit tout l'espace entre terre et ciel.* » Mais en passant par bien d'autres, dont celle-ci (16 mai 1941, p. 120) : « *Général de Gaulle, l'Angleterre gagne, vous débarquez en France... Nous ne vous demandons rien, qu'un peu de génie.* »

Traduction non garantie par le gouvernement (surtout pas par celui d'alors). Mais elle suffit à dissiper les brumes. À chasser le cauchemar. À mettre en fuite les diables qui sans cesse rôdent autour des ermites. Et qui n'était un ermite, en ces années où l'homme avait rappris à craindre l'homme ?

Mais surtout, dans le livre de Werth, il y a autre chose. Qui, à ma connaissance, ne se trouve que là. Autre chose, et pour nous, historiens, d'un poids singulier. Quoi ? Le paysan, le petit artisan, le boutiquier de village, le menu peuple des fermes et des bourgs. Avec ses lenteurs, ses ruminations. Les étonnantes susceptibilités de son protocole. Son impossibilité d'admettre pendant des semaines et des mois ce qui n'entre pas d'emblée dans les cadres de sa morale et de sa raison [1]. Mais aussi ses ironies narquoises. Ses refus de lire ce qu'on écrit pour lui. L'étrange dédain qu'il manifeste pour les petits plats qu'on lui cuisine chez Laval ou chez Abetz : c'est tout un [2]. Les gens du bourg et plus

---

1. Admirables matériaux vécus, dans *Déposition*, pour suivre dans son évolution le sentiment du peuple sur Pétain. Cette construction par lui, au début, d'un maréchal semblable au Maréchal qu'il souhaite, d'un bon tyran désintéressé. Ses laides paroles, le peuple les annule. Les actes odieux de ses ministres, il les refoule (janvier 1940) : « *Le gouvernement, me dit Laurent en même temps qu'il charge une brouette de fumier, le gouvernement est peut-être bien d'accord avec de Gaulle ? Il cherche à rouler l'Allemagne... » Et sur un geste de protestation : « Pas Laval, bien sûr, mais les autres.* » Sur ce report des hontes, sur Laval, innombrables textes et propos.

2. Les journaux sont pleins de l'indignation qu'a suscitée en France le bombardement de Marseille par les avions anglais (novembre 1940, p. 66). Oui, mais : « *Un paysan fume son champ. À peine avions-nous échangé quelques mots sur le temps et le vent : "Les avions de Marseille, me dit-il, c'étaient des avions italiens maquillés en avions anglais, on le dit en ville et ça ne m'étonnerait pas". Le bourg invente ses vérités. Il les inscrit en marge des communiqués.* »

encore ceux des fermes se font à eux-mêmes leur vérité. Leurs Pétains successifs. Du bon papa Pétain et de ses aphorismes au sirop d'orgeat, au Père la Défaite qui trahit et qui tue. Tout cela qui dérive, avec une lenteur de banquise, sur l'énorme mer des événements ; cependant que le régime de Vichy, lui aussi, évolue, de la niaiserie [1] à la cruauté, sous la poussée des catastrophes planétaires.

Au total, une prodigieuse galerie de croquis, une formidable audition de disques enregistrés à leur heure, à leur moment, et que Werth retire de sa phonothèque, dans l'ordre, pour nous les faire entendre. Ce petit horloger de Bourg, en octobre 40, qui parle de la guerre sans passion. Comme si elle ne le touchait point.

Il met sur deux plateaux la victoire anglaise et la victoire allemande. Il ne tente pas, par prière ou par vœu, de faire pencher l'un des plateaux. Un artisan. Dont la pensée mal nourrie, zigzagante, réjouit la dialectique spécieuse des Drieu et des Montherlant : « L'Allemagne est vacante, le nazisme vacant. Toutes ces constructions sont vides. On peut y introduire ce qu'on veut, on peut y introduire leurs contraires… » Cependant le hobereau « joue la carte allemande » : drôle d'aveu ; « il joue sa patrie aux cartes ». Mais, au bourg, « les gens disent qu'il y aura une révolution ».

1. Sur la niaiserie, cf. pensées : les jeunes gens invités à ramasser des marrons d'Inde, octobre 1940, ou : la régénération de la France par les recettes de tante Annette. Technique agricole : défense de tuer les cochons à moins de cent kilos. Mais défense de donner des pommes de terre aux cochons. « *On les engraissera à l'eau claire, disent les paysans.* » Ou bien, novembre 1940. p. 66 : « *Vichy, négligeant aujourd'hui nos âmes régénérées, se penche sur nos ventres et nous conseille de ramasser des glands…* »

Et Werth note :

> *Ils ne disent pas : « Nous ferons une révolution ».*
> *Mais : « Il y aura une révolution »* (29 septembre
> 1940).

Les imbéciles, eux, pendant longtemps, opiniâtres,
répéteront avec une colère de dindon : « *Ni Allemands
ni Anglais : Français.* » Hypocrisie ou stupidité ? En
avril 41, encore, le propos de temps en temps reparais-
sait. Un propos à la mesure des cerveaux légionnaires.

Je ne peux pas continuer cette « présentation ». Tout
le livre de Werth y passerait, finalement. Je dis simplement que, par son admirable sincérité, par la probité
d'une logique qui habille tous les faits, tous les hommes,
tous les propos, sur mesure, exactement sans faux plis
ni rembourrages suspects, par le souci constant d'interprétation juste et fine des réactions paysannes [1], *Déposition* est pour l'historien un des témoignages les plus
directs et les plus précieux dont il puisse disposer pour
recomposer l'évolution des esprits dans un coin de

---

1. Qui ne fut possible que parce que Werth n'était pas dans le
pays en étranger, ni même en nouveau venu. Il y était chez lui
depuis des années. Sans quoi il n'eût rien connu de tant de nuances
subtiles. Et il n'eût point pu (à l'usage, entre autres, de Gabriel
Le Bras) nous initier aux subtiles nuances des enterrements au
bourg : « *Aux enterrements, me dit Laurent, tantôt j'entre à
l'église, tantôt je vais au café pendant la messe. Ça dépend de
bien des choses. C'est selon qui je rencontre. Avec celui-là je vais
au café, avec cet autre non. Mais ça dépend surtout du mort. Si de
son vivant il allait à la messe, j'entre à l'église. S'il n'allait pas à
l'église, je vais au café...* » Les paysans sont des « simples »,
comme chacun sait. Des « frères farouches », comme disait cet
autre, et sans délicatesse...
Notez que je connais Laurent, personnellement. Moins bien que
Werth. Je l'ai rencontré à des enterrements, et il ne m'a point fait
ces confidences...

terre française, entre les temps nauséeux de l'armistice stagnant et cette grande année de la Libération, que Werth, malheureusement, n'a point vue s'élever dans le ciel du bourg, à la lueur rougeoyante des incendies de village, là-bas, dans la Bresse. Du côté de ce pré sinistre où tombèrent, un soir de juin 44, sous les balles allemandes, dix-sept patriotes. Dont un s'appelait Marc Bloch.

Les historiens. Mais liront-ils ces livres ? Ils viendront, j'en ai peur, avec un sourire satisfait – celui qu'ils prennent déjà quand ils nous expliquent, à nous qui n'y avons rien compris du tout, cette France de 1900 qu'ils composent de traits qu'aucun de nous d'ailleurs ne vit jamais. Quelle étrange « France occupée » nous dessineront-ils dans leurs manuels ? La vraie, celle qui pendant des années s'est traînée, péniblement, sur un sol sans cesse creusé de nouvelles fondrières, sans cesse hérissé de nouvelles ruines, celle qui, pendant des mois et des mois, ne s'élevait un jour que pour retomber, le lendemain, un peu plus bas, et recommencer sa marche désespérante – celle qui disait avec cette femme que cite Léon Werth (8 octobre 1941) : « *Si je pouvais avoir le moindre doute, ce serait fini de moi. Mais je n'en ai point et tout est encore solide en moi...* » Celle-là, la vraie, c'est dans *Déposition* qu'ils devront la chercher.

Les Annales. 1948

AVERTISSEMENT

Les notes infrapaginales s'efforcent de décoder, pour le lecteur non spécialiste qui n'a pas vécu la période de l'Occupation, le plus grand nombre de références ou d'allusions. Elles auraient pu être plus nombreuses, mais elles risquaient alors de noyer le texte du Journal.

Il est apparu souhaitable de fournir le maximum de repères sur Saint-Amour et ses habitants. Je dois ces renseignements à la très cordiale obligeance de Claude Werth, fils de Suzanne et Léon Werth. Qu'il en soit vivement remercié.

Léon Werth avait préféré donner des pseudonymes à ses interlocuteurs de Saint-Amour. Il nous a semblé que, cinquante ans après, il était dorénavant loisible de rétablir les initiales des unes et des autres.

Jean-Pierre Azéma

DÉPOSITION

JOURNAL
1940 – 1944

PRÉFACE[1]

On ne trouvera ici que notules et ruminations du temps de l'Occupation. J'ai obéi aux excitations qui me venaient du journal ou de la radio. J'ai noté des propos entendus au bourg et dans les fermes. Je me suis, dans une solitude souvent complète, cogné aux plus hauts problèmes. Comme si c'eût été mon métier. J'ai aussi, cédant à une mode déjà périmée, noté quelques rêves. J'ai retenu du minuscule, de la matière à oubli, de minces sensations. Si je confronte aujourd'hui cette attention à mon « moi », elle me semble indécente. Mais j'ignorais à peu près les bureaux de supplice et les camps d'extermination.

Je n'ai pas supprimé les passages où je parlais durement d'écrivains qui, depuis, sont morts. Mon jugement ou ma mauvaise humeur ne portait point sur leurs actes, mais sur leurs ouvrages. Vivants, ils ne pourraient point davantage pour me convaincre.

Étrange pudding. Je n'y ai rien corrigé. C'eût été trop facile d'ajouter des touches après coup, de mettre en valeur mes pressentiments et d'anéantir mes erreurs.

Cela explique beaucoup d'incertitudes, où d'autres que moi peut-être se reconnaîtront. Cela explique

1. Il s'agit de la préface que Léon Werth écrivit pour l'édition de *Déposition* de 1946, chez Grasset (*N.d.É.*).

l'importance donnée à des faits insignifiants. Cela explique tel jugement sur l'Allemagne, à une époque où je ne savais rien des atrocités.

Cela explique le ton sec de ces notes écrites sans aucun souci de mise au point. Ainsi, sur Antoine de Saint-Exupéry, de simples notes d'agenda, sans retouches. Qu'on ne s'étonne donc pas de ne l'y pas voir immobilisé dans « la perfection de la mort ». Qu'on ne s'étonne pas de n'y rien découvrir d'une peine, qui jamais ne guérira.

Iʳᵉ PARTIE

DE L'ARMISTICE
AU PREMIER DÉBARQUEMENT

Fin juillet 1940

Un bourg. Zone libre. Confins du Jura et de l'Ain. Trois semaines écoulées depuis que nous connaissons l'armistice[1].

C'est jour de marché. Peu de bêtes. Mais le souk est comme il est toujours par un beau jour d'été. Le soleil lèche les bâches des baraquements et transforme en « morceaux » somptueux les chemises, les robes de cotonnade et les orthopédiques bretelles.

Je cherche le secret des événements. « Enfin... quoi... que s'est-il passé ?... » Je m'adresse à un hobereau, propriétaire terrien. Il n'hésite pas : « Nous avons été vendus. » – « Par qui ? » – « Par qui ? Par les gouvernants, par Daladier[2]... »

Mais un général en retraite, qui est de ses amis, a entendu notre brève conversation et livre à mon incertitude

1. L'armistice franco-allemand est conclu dans la clairière de Rethondes le 22 juin ; après que des négociations sont menées à bien avec l'Italie, il entre en application le 25 juin.
2. Édouard Daladier, l'un des caciques du parti radical-socialiste a été ministre de la Défense nationale du 6 juin 1936 au 18 mai 1940, ministre des Affaires étrangères du 18 mai au 5 juin 1940, et Président du Conseil (pour la troisième fois), du 10 avril 1938 au 20 mars 1940.

une explication plus large : « C'est la faute de l'auto et de la T.S.F. » Je suppose qu'il accuse le machinisme et le monde moderne en sa totalité. Mais l'Allemagne aussi était malade d'auto et de radio.

Deux minutes plus tard, un cantonnier me désigne le général : « On dit qu'il est de la cinquième colonne. »

« C'était un coup monté, c'était voulu, me dit le boucher, c'était pour empêcher la révolution. »

« Les Anglais, me dit une vieille femme, Parisienne réfugiée au bourg, les Anglais sont des égoïstes et des traîtres… Le général de Gaulle, c'est un prétentieux. »

J'ai entendu pour la première fois le nom du général de Gaulle, lorsque j'étais encore à Paris, lorsqu'il fut appelé par le général Weygand[1]. C'est au commencement de juillet que j'appris, à Montargis, par un numéro du *Matin,* rédigé par la *Kommandantur,* qu'il avait été « destitué à cause de son attitude et qu'il devrait comparaître devant un tribunal de guerre ». Je ne saurais dire par quel assemblage de détails, par quelles nouvelles fusantes, je me suis fait une image du général de Gaulle.

Seul, captif dans la maison de vacances.

J'apprends à connaître la pendule Empire sous globe. Son cadran est entouré d'une étrange architecture dorée : colonnes à tête de sphinx, aigle aux ailes déployées, angelots porteurs de palmes et cygnes buvant dans une fontaine à trois vasques. Très surréaliste. Elle sonne des heures anciennes. Son timbre tient de la clochette d'église et de la boîte à musique des vieux albums ou des poupées dansantes.

1. Une affirmation inexacte : c'est Paul Reynaud qui le nomme, le 5 juin 1940, sous-secrétaire d'État à la Guerre ; Weygand se défie profondément de Charles de Gaulle.

Je me réfugie dans ma chambre, comme les bêtes des jardins zoologiques dans leur réduit.

Vieille demeure, vieille bibliothèque. Tout Voltaire, tout Rousseau, tout Balzac.

Je lis Voltaire, le soir. Ses octosyllabes ne sont pas toujours très drôles. Les funambules de la prosodie ont fait mieux depuis. Cependant ceci :

> *Une bienveillante catin*
> *À qui le souffleur ou Crispin*
> *Fait un enfant dans la coulisse.*

Je ne suis pas sûr qu'il soit un aussi médiocre philosophe qu'on a bien voulu le dire. Sans doute, il ne se baigne pas dans les systèmes. Il les mesure au centimètre. Mais il a des éclairs. Quand il raille les débats théoriques sur la liberté, quand déjà il se moque des facultés de l'âme, quand il dit (dans le *Dictionnaire philosophique,* je crois) qu'il n'y a point de pensée d'homme ou de volonté d'homme, mais seulement des hommes pensant et des hommes voulant, ne devance-t-il pas la « psychologie concrète » de ces dernières années ?

Visite aux R… Vieille famille, où l'on aime les traditions. Les hommes cultivent, et pas toujours de haut, sont officiers, parfois prêtres. Famille de province, qui n'aime point à croire que le monde est mobile, où toutes les femmes sont pieuses, où les grands-pères souvent furent voltairiens.

J'avais toute raison de supposer qu'en ce milieu conservateur et patriote on serait accablé par le malheur de la France, que du moins on ne l'accueillerait pas paresseusement comme un effet de telle politique ou de la fatalité. Tous, vieux et jeunes, s'apitoyèrent sur nos maigres repas, nos fatigues et nos risques pendant l'exode. Mais notre étonnement devant la débâcle leur parut un sentiment préhistorique. Notre tristesse leur fut étrangère. Ils avaient accepté l'événement, comme s'il appartenait à la plus vieille collection de faits historiques. Ils manifestaient seulement leur satisfaction de ce que la petite ville, près de laquelle ils habitent, n'ayant point résisté aux Allemands, n'avait pas été bombardée. Et Mme R… ne me cacha pas que l'égoïsme avait toujours été le caractère dominant des Anglais.

Je me faisais à moi-même l'effet d'un voyageur qui, revenant de Chine après dix ans d'absence, s'apitoierait sur un mort oublié.

6 septembre 1940

La peur s'est résolue. En acceptation, en attraction même. L'Allemand est devenu un magicien, qui possède le secret de l'ordre. Je me souviens que Rauschning fait dire à Hitler : « Le petit-bourgeois français m'accueillera comme un libérateur [1]. »

Un journal lyonnais du soir invoque, dans un titre de première page, en grandes capitales, la « générosité de Hitler ».

Mais quelques-uns ont le sentiment que toute une civilisation est menacée d'un naufrage. Un professeur de Lyon, qui vécut toute sa vie dans la paix de l'archéologie, qui jamais ne se mêla à aucune politique, se

1. La citation exacte est : « J'entrerai chez les Français en libérateur. Nous nous présenterons au petit bourgeois français comme les champions d'un ordre social équitable et d'une paix éternelle… ». Hermann Rauschning a rompu avec le parti nazi, s'est exilé, et a publié, en Suisse, en 1939, *Gespräche mit Hitler*, ouvrage immédiatement traduit en français.

demande s'il ne doit pas songer à s'expatrier, à s'établir avec sa femme et ses enfants dans l'Amérique du Nord. Sans doute, il n'a pas retenu ses places à la Compagnie transatlantique. Ce n'était point un ferme dessein, ce n'était que le suprême recours d'une pensée inquiète, confiée à un ami. Mais quel signe du trouble des temps !

« On ne sait même pas, me dit un fermier, de quel pays on est… On est comme des bêtes… On se réveille le matin sans rien savoir du monde. »

> « – Hélas ! dis-je, milord, il y a des temps où l'on ne peut pas aisément savoir ce que veut la Patrie…
> À ces signes funestes, quelques étrangers nous ont crus tombés dans un état semblable à celui du Bas-Empire, et des hommes graves se sont demandé si le caractère national n'allait pas se perdre pour toujours. »

(A. de Vigny, *Servitude et grandeur*… p. 304 et 348.)

J'ai grimpé par les bois en haut de plateau. J'ai devant moi la plaine panoramique. Mais la pente des prés est douce. Ainsi la plaine ne semble point en contrebas, mais commencer là même où je suis. On dirait qu'on l'a lancée jusqu'à l'horizon, comme on lance un serpentin. Cela détruit l'ennui panoramique, la « belle vue ».

Je m'étends sur l'herbe. J'ai oublié la guerre. Mais un avion passe, allemand ou italien. Avant la guerre, ils ne volaient pas au-dessus de moi, sans ma permission. Maintenant, ils me surveillent.

Les paysans sont immunisés contre les journaux et la radio. Ils ont le sens du doute et construisent lentement leurs passions. Quant aux nouvelles, il leur arrive de les attraper dans l'air, comme les signes de la pluie et du beau temps. Ils savent que le sort de la France se joue sur la Tamise.

Au bourg, on reçoit des nouvelles, vraies ou fausses, de Chalon ou de Besançon. Le bourg commence à comprendre que la victoire allemande a d'autres effets qu'un passage de soldats en grandes manœuvres. Le bourg, maintenant, fait des vœux pour l'Angleterre.

C'est ainsi, la France fait des vœux. Elle n'attend plus rien d'elle-même. Elle choisit entre l'Angleterre ou l'Allemagne, comme un parieur choisit un cheval.

Et moi-même, que puis-je d'autre que de vagues ruminations ?

Les journaux de Lyon commentent avec docilité les thèmes du gouvernement, ce mélange de nazisme et d'idyllisme champêtre.

Un manœuvre est condamné par le tribunal de Trévoux à six mois de prison pour propos défaitistes. Je voudrais connaître la définition juridique du défaitisme en ce mois de septembre 1940.

Je reçois une lettre « ouverte par les autorités de contrôle »[1].

Quelques Chateaubriant écrivent dans les journaux de la *Kommandantur*. J'espère qu'à la solde d'une Allemagne maîtresse de la France, ils ne sont pas sans indulgence pour ces écrivains français inspirés par Staline, qui du moins ne tenait pas sous sa botte les deux tiers de la France.

On attendait de n'importe quel gouvernement qu'il se déclarât avant tout provisoire, qu'il subsistât jusqu'à la paix dans la réserve et la pudeur. Mais celui-ci impose

---

1. Dès l'automne 1940, fonctionne le « contrôle postal et téléphonique », effectué par le Service civil des contrôles techniques, d'abord rattaché au secrétariat d'État à la Guerre. Il permet de surveiller les individus et de contrôler l'opinion publique.

ses passions partisanes et les habille des laissés-pour-compte du fascisme.

La France est comparable à une usine incendiée. Tout a croulé. Seule, la loge du concierge est intacte. Le concierge l'habite et garde les décombres. Mais il devient fou, ne se contente pas de chasser les pillards, les ramasseurs de métal. Il s'imagine qu'il est le maître de l'usine. Et il plaque à sa vitre des mandements aux ouvriers, des notes de service et surveille attentivement un appareil de pointage, qui n'enregistre plus ni entrées ni sorties. Tel est le Maréchal.

Lucien Febvre est mon voisin de campagne. Ses deux cèdres géants ne lui donnent plus qu'un plaisir mêlé d'amertume. Enfermée dans un creux de vallonnements, qui montent doucement vers des crêtes plus rudes, sa maison ne lui est plus un inviolable asile. L'histoire y pénètre et non plus par les archives. Il est accoutumé à la reconstituer. Mais elle se fait autour de lui, toute seule. Il en veut peut-être à la science historique de ne point lui donner une clef des événements. Au fait, il n'a pas besoin de clef. Sa colère sacrée de paysan comtois lui suffit. Colère d'historien aussi, pour qui l'histoire ne fut jamais une classification botanique, mais la poursuite d'une physiologie, autant dire d'une poésie. Je l'ai vu extraire, de vieilles pierres, la vie. Et aussi d'une vieille brochure. Il tenait à la main je ne sais quelle monographie locale de 1840. L'auteur, dans un style académique, mais sonnant juste, étudiait les origines de l'industrie du marbre dans le département du Jura. Febvre, de ce pauvre texte pour académie de province, fit surgir magiquement toute une bourgeoisie, fière d'elle-même, fière d'être censitaire, riche en principes et riche en terres.

33

Le père François[1] est peut-être le dernier de ces artisans dont on parle tant. Il fabrique des chaises, des fauteuils et les paille. Son atelier, tout en longueur, est
dans une venelle. Il se sert d'un tour primitif, dont déjà
son père se servait. Je ne saurais décrire cet appareil,
qui tient du métier du tisserand et de la meule du rémou-
leur. Mais il ne ressemble pas du tout aux machines-
outils de la grande industrie.

Aucune puissance ne réduira le père François au
silence, à moins de le tuer. Non qu'il parle beaucoup. Il
dit ce qu'il a à dire. Rien de plus, rien de moins. C'est
lui qui mesure la dose et non les puissances.

Il a appris à lire à l'école des Frères (il n'y en avait
pas d'autre alors dans la commune). Je ne sais pas ce
qu'il a appris, depuis. Moins de choses que Lucien
Febvre, assurément. On prétend qu'il ne lit jamais que
les journaux de l'année précédente. Cela établit une
certaine analogie entre Lucien Febvre et le père François. Car lire les journaux de l'année précédente, c'est
déjà une technique d'historien.

22 septembre

Suppression des écoles normales primaires[2]. C'est
cousu de fil blanc... Il est vrai que les instituteurs
apprenaient trop de faits bruts. Mais les vouer à
l'humanisme dégénéré du bachot, les vouloir semblables
à ces avocats et médecins, qui se croient cultivés, parce

1. Le « Père François » est artisan-chaisier à Saint-Amour (cité
pp. 142, 192, 193, 195, 234).
2. La loi du 6 octobre 1940 supprime, à compter du 1er octobre
1941, les Écoles normales primaires (qui passaient pour des bas-
tions laïques et républicains) envoyant les élèves-maîtres dans les
lycées.

qu'ils se sont calamistré l'esprit, comme on se fait friser chez le coiffeur…

Il n'est question dans *Le Progrès* que de la famille, de la patrie. Une amplification de bachot enrobe de morale traditionnelle la drogue fasciste.

On ne s'étonne pas qu'un journaliste travaille sur idées en simili, fabriquées en série, interchangeables et réversibles. Mais jamais les gouvernements n'ont été à ce point philosophiques, jamais du moins ils n'utilisèrent si impudemment des déchets de philosophie.

26 septembre

Solitude. Le brouillard, le matin, ferme le paysage. Solitude sans les diversions de la ville. Solitude presque de prisonnier. Un moi enfermé dans une maison. Le non-moi, c'est la guerre et rien que la guerre. Je suis tout seul avec la guerre. Ce qui du monde extérieur vient jusqu'à moi n'est que la guerre ou dépend de la guerre. Les paysans du moins continuent de soigner leurs bêtes, arrachent des pommes de terre.

Les gens de Vichy veulent régénérer la France. Retour à la terre, famille, morale. Régénérer la France avec des poncifs de bachot. Car ils ne connaissent même plus le beau langage, les belles périodes, le style en toge de la bourgeoisie de 1840.

Brûlure de Pascal, tendresse de Corot, le sec et l'ému de Stendhal, la relativité… êtes-vous bien sûr que pour cela vous accepteriez de mourir ?

Dakar. Possibilité d'une guerre civile. De Gaulle ou Vichy. Mais les Français veulent-ils choisir ? Et si l'Allemagne occupe toute la France ?

Si les vieilles femmes, sous les bombardements, ont moins peur à Londres qu'à Berlin, cela suffit, l'Angleterre gagne.

Paroles paysannes : « On ne nous dit pas tout... Si les Anglais et de Gaulle sont partis comme ça de Dakar, s'ils sont allés jusque-là pour partir comme ça... c'est que c'est des cons... Je ne le crois pas. »

« Pourquoi, au mois d'août, il y en avait tant qui étaient pour les Allemands ? C'est simple. Quand les soldats français ont passé... à quoi ils ressemblaient ?... Un soulier à un pied, une pantoufle à l'autre. Ils sont venus chez moi : ils ont réquisitionné de la paille... ils ont gâché la meule. Et ils ont profité de ce que ma femme était seule pour ne pas laisser de bon de réquisition... Ailleurs, ils ont pris ce qu'ils ont pu, des bricoles ou n'importe... À peine s'ils demandaient et ils ne disaient même pas merci. Je sais bien... Ils n'avaient plus leur tête... Mais les Allemands ont passé deux jours après. Bien habillés, bien propres. Et ils n'ont pas fait de mal... »

« Pourquoi ne taxe-t-on que notre beurre et nos œufs ? Est-ce qu'on taxe les charrues ? Et le marchand de draps, qui vend 85 francs un mètre d'étoffe, qui, le mois dernier, était à 28 francs ? N'allez pas dire qu'il s'est réapprovisionné... L'étoffe était mangée aux mites. Et le quincaillier, qui a augmenté ses fourneaux ? Il les avait en magasin. Il n'a pu en faire venir de Chalon. Pourquoi nous seulement ?... »

Ils sont devenus riches, depuis la dernière guerre. Mais on oublie qu'il y a trente ans pas un ne mangeait à sa faim.

« Nulle époque française, me dit Lucien Febvre, n'est économiquement moins connue que le XVIIe siècle. »

Si tous les historiens nous révélaient ce qu'ils ignorent, que nous en saurions davantage !

2 octobre 1940

« Dès ce jour, je vis clairement que les événements ne sont rien, que l'homme intérieur est tout. » (*Servitude et grandeur...* p. 304.)

Pour que l'homme intérieur soit tout, il faut qu'il se soustraie à l'événement ou que, cédant à l'événement, il ne lui cède que son corps. Si l'univers l'écrase, tant pis pour l'univers.

Le chrétien évangélique et l'anarchiste refusent même leur corps. Accorder le corps, c'est déjà une complicité. Ainsi le pasteur Roser, qui fut condamné à cinq ans de prison, les premiers mois de cette année, par un tribunal militaire de Paris. « L'Évangile et la guerre, dit-il à ses juges, sont inconciliables. Mon refus de la guerre est fondé sur une base absolue, sur une révélation [1]. »

3 octobre

L'armistice stagnant fait du Français un étrange personnage. Il dépend de l'Allemagne, il dépend de l'Angleterre, il dépend du Japon, des États-Unis, de la Russie. Les avions abattus et les avions vainqueurs, une maison qui brûle à Londres, une maison qui brûle à Berlin décident de son sort. L'univers entier se bat pour lui ou contre lui. Mais il ne participe pas à cette bataille.

1. Le pasteur Henri Roser a été un des rares Français à refuser la mobilisation comme objecteur de conscience.

L'histoire se fait pour lui comme pour les autres, mais elle se fait sans lui. L'événement vient au Français, mais il ne va pas à l'événement. Il lui reste un pouvoir, un droit : celui de faire des vœux. Il peut pratiquer toutes les vertus de l'homme intérieur, dans la mesure où l'homme intérieur est immobile et muet. Son statut est celui de Siméon le Stylite.

Vichy prépare un statut des Juifs[1].

Le Juif de Pologne, du moins, il se sentait juif. Les gens du quartier Nalewki à Varsovie ne se concevaient pas comme Polonais. Mais le Juif de France ne se sentait plus juif. Le plus juif de cœur ne l'était que par le souvenir de quelques traditions familiales. S'il était naïf, il ne comprenait pas l'antisémitisme, parce qu'il ignorait la méthode politique des abcès de fixation. Ainsi s'explique, sinon se justifie, sa lâcheté ou sa pudeur à s'avouer juif.

Si bien que tel Juif se demandait : « Ne suis-je pas aussi bon philosophe que le meilleur d'entre les chrétiens ? » Et tel autre : « Dans ce conseil d'administration, où j'étais le seul juif, étais-je donc le seul escroc ? »

Le Juif a des tares : riche, celles du riche, pauvre, celles du pauvre. S'il est d'un pays à pogromes, il n'a le choix qu'entre la servilité et la révolution. Ainsi les émigrés protestants allaient servir le roi de Prusse, à l'époque où, pour les gens bien nés, le passage du service de France au service de Prusse n'était rien de plus qu'une permutation, un changement d'arme ou de corps.

1. « La loi portant statut des Juifs », faisant des Juifs français une catégorie à part du fait de leur naissance et les transformant en citoyens de troisième zone, est signée le 3 octobre et publiée au *Journal Officiel* du 18.

Il y eut, en Alsace, au milieu du XIXe siècle, une pureté juive, comme il y eut une pureté protestante. Ces religions nues n'offraient que de durs points d'appui. Ceux qui les pratiquaient étaient d'un groupe suspect, d'un groupe d'opposition. Cela conduit à l'orgueil plus qu'à la facilité. Les âmes catholiques ont plus de souplesse et de douceur que les juives et protestantes. Parfois même elles sont des âmes de cour, tant elles disposent d'un cérémonial parfait.

Mais je sais des juifs décomposés, en lambeaux. Parmi les riches. Ils ont perdu – et en sont vaniteux – tout contact avec le judaïsme. Que dis-je ? Avec tout ce qui peut être religion. Ils ne se sentent pas juifs, ils se sentent riches. Leurs ancêtres étaient murés dans leur foi, non dans leur argent. Ici, ce n'est pas le Juif révolutionnaire qui décompose la société (comme le veulent les antisémites). C'est la société qui le décompose : on constate une pareille déchéance dans les familles chrétiennes de la bourgeoisie. On y est devenu pratiquant, pour ne penser ni à la foi ni à rien. L'homme y est devenu un accessoire d'automobile. Il n'est ni d'un pays, ni d'une religion. Il est d'une marque d'auto. Ces Juifs voudraient bien aussi fréquenter les offices, sans croire. Mais la messe, depuis Hitler, ne déjuive plus.

Des prisonniers s'évadent de la zone occupée ou des civils en passent la frontière. Ils viennent de Chalon ou de Dole. On les a conduits à un bois, à un gué. Tantôt les sentinelles allemandes sont complices, tantôt non. Mais, dans tous les récits, un point constant : on « glisse la pièce » au guide. Je croyais qu'il était des services qu'on ne rémunérait pas. Cette pièce glissée (le tarif

39

est, paraît-il, de cinquante francs) me ferait croire en
effet que « la France est foutue ».

11 octobre

Message de Pétain. Il ne commence pas par « Nous,
Philippe… » [1]. On a dû lui dire que cela avait été d'un
mauvais effet. Un salut aux régimes d'Allemagne et
d'Italie. Ils ont « leur sens et leur beauté ». Mais
« l'ordre nouveau ne peut être une imitation servile
d'expériences étrangères ». Donc, servile, non, mais
imitation, oui.

Nazisme patelin. De ce fatras, on ne peut tirer qu'une
conclusion : le sort du Caudillo d'ici dépend de sa
police. Trouvera-t-il en France des miliciens et des
mouchards, comme il a trouvé des scribes ?

Si on cherche un sens à ce pathos, il est plein de
menaces pour les Français, plein de promesses aux
Allemands. On verra.

Promenade dans les prés, les taillis, les sentiers. Un
bâton à la main, non une canne. L'auto m'avait désha-
bitué. Cela me change d'époque. Je reviens au temps
du promeneur solitaire.

---

1. Le « Message » adressé aux Français le 10 octobre est un
véritable discours-programme de la Révolution nationale. Aucun
des discours prononcés par le chef de l'État français ne débute par
un « Nous, Philippe Pétain, maréchal de France… », formule qui
ouvre en réalité le seul Acte constitutionnel n° 1 du 11 juillet
1940 (les autres Actes débutent par « Nous, maréchal de France,
chef de l'État français »).

40

Saint-Exupéry a passé deux jours avec moi. L'amitié « exercice des âmes, sans autre fruit ». L'amitié n'a guère inspiré la littérature. Il y a plus d'amitié dans ces mots de Montaigne que dans des siècles de livres. Pourquoi l'extraordinaire privilège de l'amour ? Peut-être, parce qu'il est presque universel, qu'il est peu d'hommes qui n'en aient connu quelque chose.

L'amitié est aussi mystérieuse que l'amour, plus peut-être. Car les qualités ou les formes, qui provoquent chez eux le désir, beaucoup d'hommes peuvent les définir. Dans les maisons d'amour on demande aux clients quelles sont leurs préférences. Il n'y a pas de maisons d'amitié.

L'exhibition du moi, les acrobaties d'analyse ne sont que les exercices des amitiés d'adolescents et peut-être les adolescents d'aujourd'hui y ont-ils renoncé.

Il n'est pas d'amitié, si l'ami n'accepte pas l'ami, tel qu'il est. Il n'est pas d'amitié sans acceptation de soi-même. Si l'un des amis s'agrandit ou se diminue, si les deux à la fois se composent un personnage, il n'est plus d'amitié.

Comment disparaît une amitié ? Par l'effet d'une erreur, qui est toujours une double erreur, une erreur à répercussion. Jacques, se trompant sur lui-même, trompe Paul, sans le vouloir. N'étant point assez fort pour une amitié à égalité avec Paul il mime Paul, se calque sur Paul, devient Paul. Mais il ne réussit qu'un Paul stéréotypé. Cependant Paul ne reste point tout à fait le même, il vit. Jacques ne pardonne point à Paul cette variation ; il la tient pour trahison. Paul ne pardonne point à Jacques cette fausse image, cet instantané, qui donne à une parcelle de mouvement l'immobilité de la pierre, le définitif de la statue.

On croit que la politique sépare des amis. Ce n'est qu'une apparence. Un système ne peut rien sur l'amitié. Mais s'il pénètre la chair et le sang, l'amitié en peut mourir. Car elle est chair et sang. Il n'est pas d'amitié, si l'on n'a ensemble rompu le pain.

Il n'y a point d'amitié entre fous. Le fou vit seul, vit pour lui.

L'amitié, comme l'amour, se crée des temples du souvenir : un salon, une auberge au bord d'un fleuve. À Fleurville, la Saône, les arbres pâles, le poulet, la friture auront toujours pour moi un goût d'amitié.

Qui osera écrire un livre sur l'amitié ? C'est peut-être le seul sujet neuf.

Mais pourquoi ai-je parlé de l'amitié *more geometrico* ? Par pudeur peut-être.

Tonio me lit quelques passages de son prochain livre. C'est bloc de cristal. Il n'y veut voir encore qu'une gangue. Alors, c'est que la gangue est en cristal.

Je me souviens d'un vol d'Ambérieu à Paris. Tonio pilotait un Simoun. Il a volé assez longtemps en rase-mottes et quand, pour passer un bois, il cabrait l'avion, je sentais dans mon corps toutes les puissances de l'accélération.

Si jamais je voulais l'étonner par mes belles relations, si je pensais à organiser une soirée philosophique, j'inviterais avec lui Vigny. Ils s'entendraient sur la servitude et la grandeur. Mais Tonio n'accepterait pas le « froid silence », qui est le recours de Vigny. Il croit que les résistances de l'univers et les contraintes que l'homme s'impose sont les occasions de sa délivrance. J'inviterai Vigny quand même. Il me remerciera.

Ce restaurant du Bois, où nous dînions ensemble, l'an dernier. Comment en vînmes-nous à tenter de porter un jugement sur quelques-uns des hommes qui conduisaient alors la France, autrement dit : des ministres ?

Nous leur prêtions des projets, un dessein. Et soudain Tonio murmura : « Je crois que nous faisons de l'anthropomorphisme… »

Un mot, un « mot d'esprit », comme on en faisait jadis, mais moins serré, plus libre. Et voilà que je trahis l'amitié. On n'écrit pas ce qui fut dit. Double trahison. Car je fais d'un sourire une pensée à l'emporte-pièce et je ne restitue pas la légèreté du soir, des lumières dans les arbres et l'impalpable de la dîneuse d'en face, façonnée en star et si respectueuse du parc artificiel et de l'écran qu'elle en avait oublié sa troisième dimension.

16 octobre

J'ai sous les yeux une de ces cartes postales[1], que les Allemands autorisent entre cette zone et la zone occupée. On doit biffer ou compléter les mentions imprimées, comme on remplit une feuille de contributions. Le droit vous est accordé d'écrire que vous êtes en bonne santé, que vous manquez d'argent ou que vous êtes décédé.

Au bourg, dans la salle de l'hôtel. Deux commerçants attablés devant une bouteille de rouge. Ils parlent permis de circuler, répartition d'essence. Puis ils remontent jusqu'à la débâcle le cours de l'histoire. Et l'un d'eux inlassablement répète : « Trahis-vendus-vendus-payés. »

Visages de dictateurs. Je n'y mets pas de parti pris. Mais ils ne sont pas beaux. Mussolini débutant ressemblait à

1. La réglementation du courrier entre les deux zones n'admet alors que l'envoi de cartes postales dites « familiales », comportant treize lignes de formules préétablies. Il est spécifié que « toute carte dont le libellé ne sera pas uniquement d'ordre familial ne sera pas acheminée et sera probablement détruite ».

un petit ténor rondouillard de tournées en province. Mais il s'est travaillé le masque. Il s'est fait une mâchoire carrée de chef. Cette transformation, le cinéma en montra les étapes. Mais on voit trop que le torse en met un coup. Et ce « dynamisme » est celui des forains bonimenteurs, qui vendent leur marchandise par lots et donnent aux ménagères l'illusion d'acheter tout un souk.

Le visage de Hitler, la pauvreté en est lamentable. C'est fait d'un trait regrigné. La vulgarité en est obsédante. Et le regard – c'est ainsi – est punais.

Les « autorités occupantes » ont fait briser à Paris les matrices des disques de Wanda Landowska [1], parce que Wanda Landowska est juive.

C'est un pouvoir fort que celui qui brise l'ébonite et porte un jugement musical fondé sur les chromosomes.

21 octobre

Je tiens à une civilisation, à la France. Je n'ai pas d'autre façon de m'habiller. Je ne peux pas sortir tout nu.

Les paysans font grève. Ils vendaient, au marché de Louhans, la volaille tuée trente francs le kilo. La préfecture ou l'intendance, je ne sais, la taxèrent à quinze francs. La semaine suivante, le marché fut sans volailles. Les paysans étaient restés chez eux.

Quelle étrange manie de s'accrocher à la France ! La France ne peut pas disparaître… disaient-ils. Ce n'est pas vrai. Elle n'a même pas vingt siècles d'exis-

1. Wanda Landowska est une des grandes interprètes au clavecin de Bach, Scarlatti…

tence. Et les Savoyards ne sont Français que depuis 1866. Comme toute figure de la terre, la France change et peut mourir. La Grèce, vous savez bien… Les moines ont transmis la Grèce à l'Occident, mais non pas à la Grèce. Une France germanisée, dans combien de siècles la ressuscitera-t-on ? Et qui dit qu'on la ressuscitera ? Peut-être cependant, dans dix siècles, un bonze chinois révélera la France à la Chine, c'est-à-dire révélera à un quarteron de professeurs chinois un philosophe ou un poète français, dont trente-huit millions de Français de 1940 ne connaissaient même pas le nom.

Céderais-je à l'entité narcissique ? Vais-je moi aussi fonder la France sur le classicisme, sur Racine, sur une hiérarchie, telle que l'établissent, d'après les manuels scolaires, ces journalistes de l'histoire que les académies prennent pour des historiens ? Céderais-je au nationalisme impulsif du badaud des revues du 14 juillet ? Vais-je moi aussi hurler à la France, comme les chiens hurlent à la lune ?

Quand j'étais un adolescent, la France, c'était ses écrivains, ses savants, un éternel siècle de Louis XIV. En y ajoutant la justice, tout irait bien. Nos professeurs d'histoire dormaient. Nous dormions aussi, surtout quand le poêle de fonte tirait fort. Leur histoire était une morne chronologie, que chauffait légèrement une vague de chaleur de batailles éteintes.

Beaucoup plus tard, nous connûmes des sentiments révolutionnaires. Le fond en était simple : on tient pour intolérable que des millions d'hommes soient voués à une misère, qui n'est pas seulement effet de la fatalité, mais un véritable statut qui la légalise et fonde sur elle en même temps les spéculations de la finance ou même les hautes joies d'une élite.

Après la révolution russe, le marxisme précisa cet évangélisme, puis devint lui-même religion. Mais le maréchal Pétain opère une vaste synthèse. Il dénonce le capitalisme international et le socialisme international, étroitement conjugués pour la destruction de la France.

L'internationalisme ne pouvait être que pour de pauvres têtes une négation totale des patries. Mais il refusait à la patrie le droit de justifier l'injustifiable. Retranchant du patriotisme le droit à l'oppression et le narcissisme, il le réduisait à ses plus hautes valeurs.

Quand, pour la première fois, je vis, près de Montargis, un régiment allemand fouler le sol français, ce régiment insultait à la fois à mon sens national et à mon internationalisme. Également blessés l'un et l'autre. Mais je ne savais pas encore que la France deviendrait, sous l'occupation allemande et sous l'occupation Pétain, un mythe plus lointain, plus insaisissable que l'internationalisme.

Le soir, la plaine de Bresse n'est plus du tout la graisse de la terre. Elle est embrumée : rien n'y est dessiné, rien n'y est plein que la fumée horizontale d'une locomotive.

Quant au bourg, on dirait un petit port mélancolique, battu par une mer de brouillard. La tour de l'église est une tache bizarrement noirâtre et tordue.

Le journal est plein d'exercices de bonne humeur et d'optimisme. La France va se relever, la France se relève. Cette rhétorique de consigne déconcerte par sa stupidité, j'allais dire par sa goujaterie : on ne danse pas dans la chambre d'un grand malade.

Le petit avocat d'Auvergne louchait vers la politique. Un large sourire de matrone et une moustache de flic d'antan. Ses souliers alors étaient dressés en proue et ses semelles bâillaient. Maintenant un des grands de la terre. Les grands de la terre, dites-vous, avaient autrefois meilleure apparence. N'êtes-vous pas dupes des costumes d'apparat, des beaux déguisements ? Au musée de Berlin, on voit un Charles Quint, qui n'est qu'un pauvre débile, un vacillant Gribouille.

Voit-il quelquefois dans ses cauchemars sa tête au bout d'une pique ? Non… ce petit avocat joue aux échecs sur le cadastre de la France. Il travaillerait avec la même impassibilité sur le cadastre du monde. Et rien n'empêche qu'il gagne, si, comme il est arrivé quelquefois, les pièces du jeu ne s'éveillent de leur sommeil de bois et ne sautent à la gorge des joueurs.

Si le vieux militaire et le petit avocat s'étaient, au temps de leur jeunesse, rencontrés par hasard, ils ne se fussent ni flairés ni devinés. Leurs origines, leurs aboutissements vraisemblables étaient sans parenté. Si Pétain n'eût été maréchal, il eût été gendarme. Si Laval n'eût été ministre, il eût été tenancier de maison.

Si Laval avait fait son temps dans la compagnie du capitaine Pétain, il n'eût prévu pour Pétain d'autre avenir politique que celui de maire du village, où il prendrait sa retraite. Et Pétain eût pensé de Laval qu'on n'en pouvait faire qu'un sergent-major, ou mieux, un fourrier (à cause de la caisse). Mais la fortune les assemble et les met en équipe.

Le secrétaire d'État aux Finances : « Le régime qui se crée ne veut s'inspirer que de ces grandes idées : travail, famille, patrie… » Ainsi nous voilà délivrés des erreurs démocratiques. Mais il nous reste le style dont usaient les ministres en leurs discours du dimanche. Hitler et Mussolini travaillent mieux la pâte humaine. Les discours de Hitler sont des aboiements d'idées. Ceux de Mussolini sont d'une plus luisante rhétorique et de cette sorte d'éloquence, qu'un imbécile appellerait méditerranéenne.

L'entrevue Hitler-Laval. L'ancien peintre en bâtiment et le petit avocat de Clermont se réunissent en tableau historique [1]. Ces deux « marque-mal », les yeux dans les yeux, vont fabriquer de l'histoire.

L'un face à l'autre : ils ont la même trivialité, la même roture d'âme. Mais Laval est plus grassement trivial, plus étalé. Il ne se sent pas l'égal de l'autre. Il n'y eut pas jonction entre la foule et lui. Pour Hitler l'Allemagne a trépigné. Les soldats allemands mouraient (on lisait cela dans les journaux du *Reich*) « *für Führer und Vaterland* ». Hitler avant la patrie.

Si je tentais, pour quelques jours au moins, de quitter les lieux bas ? Lire Spinoza, retrouver l'âme sous la scolastique, m'attabler avec Spinoza, qui fumait une pipe en terre en buvant une chope de bière. Lire Balzac ou Stendhal. Me réfugier en ces retraits où Rembrandt donne ses plus mystérieux rendez-vous. On touche la terre de ses doigts et quelles lueurs pourtant qui semblent

1. Le 22 octobre, à Montoire, Pierre Laval rencontre une première fois Hitler (qui se rend à Hendaye pour s'entretenir avec Franco). C'est Hitler lui-même qui affirma avoir dû travailler comme ouvrier du bâtiment pour gagner sa vie à Vienne. Rien n'est moins sûr. Il est certain, en revanche, qu'il vendit aquarelles et tableaux. Quant à Laval, originaire de Châteldon, en Auvergne, il fut d'abord répétiteur puis avocat, mais il installa son cabinet à Paris.

d'au-delà de la terre. M'attendrir auprès des figures de Corot. Assister aux grands feux d'artifice de la chair, me faire inviter par Rubens.

Et même le boudin du pays et le fromage de chèvre. Le coup de vin par-dessus.

Fuir au Yunnan et y fumer l'opium ? Mais les Japonais ?

Promenade solitaire. Assez haut dans la montagne. Je me suis assis sur l'herbe. J'étais heureux. Un état de grande perfection, qui doit être celui des animaux, quand ils ne souffrent pas. Un état que je pourrais aussi appeler de méditation. Il me semblait que je pourrais vivre là des années, ermite vénéré. À condition que les gens du village voulussent bien chaque jour faire six kilomètres pour m'apporter en offrande du lait et du pain.

Ou simplement m'anesthésier, comme tant d'autres. Chasser de moi l'avenir, comme on chasse un importun. Mais je ne puis. Qui n'a pas d'enfant peut se dire : « Que m'importe demain, la France dans dix ans, les siècles des siècles ? Que m'importent les blessures du monde ? Si je veux, je suis invulnérable. »

Qui a un fils est vulnérable.

28 octobre

Les entretiens Laval-Hitler, Pétain-Hitler, préparent « l'intégration » de la France au bloc germanique. Laval et Hitler tentent de noyer dans une offensive de paix le sentiment national français. J'apprends que Laval se permet des passions historiques. Comme deux journalistes allemands, avant de quitter Vichy pour Paris, prenaient congé de lui : « J'espère, leur a-t-il dit, que vous m'enverrez bientôt une carte postale de Londres, quand ces cochons d'Anglais auront été battus. »

En auto, la vitesse, si l'on y cherche autre chose qu'un chiffre glorieux, est une illusoire libération. Mais elle s'oublie plus vite encore que l'amour physique. Évaporée du souvenir, elle ne laisse rien après elle.

L'effet immédiat de la marche est d'augmenter le sentiment que j'ai d'être seul. La solitude conseille l'immobilité, invite à se tapir. Il ne faut pas trop l'agiter : elle devient trouble.

Le Progrès publie une photographie du Conseil des ministres : le Maréchal et Laval rendent compte de leurs négociations avec Hitler. Dix personnages sont groupés autour d'un tapis vert. Cette photographie est d'une étrange impudeur. Hors deux ministres, dont on ne voit guère que les nuques, et Pétain, qui semble inquiet et absent, tous les autres s'épanouissent dans la béatitude et la jubilation. On dirait les convives d'un déjeuner de chasse, réjouis de vin et de gaudriole. On dirait qu'ils se gaussent de la dernière histoire marseillaise. Si même la France eût écrasé l'Allemagne, cette photographie, pour des yeux un peu délicats, ne serait point tout à fait sans indécence.

On dit au village que Laval est vendu à l'Allemagne. Mais le Maréchal ne voudrait pas le suivre. Et plusieurs ministres – et peut-être le Maréchal lui-même – sont partisans d'un double jeu : signer avec l'Allemagne, et, si l'Angleterre gagne, accueillir de Gaulle, s'unir à lui.

Pour une esthétique de la Radio.

Le speaker développe sur un ton langoureux le thème de la collaboration franco-allemande. Dans ce petit atelier de bijouterie, personne n'écoute. Ils n'interrompent pas l'émission, n'en diminuent même pas l'intensité. Pour me parler et m'entendre, cela ne les gêne pas. J'ai quelque difficulté à ne pas entendre. Eux pas.

La Radio enseigne à ne pas entendre. Elle est annulée, comme le tic-tac de la pendule. Mais la pendule donne deux sons égaux. Les escamoteurs disent que la difficulté d'un tour augmente, si les accessoires sont de poids inégaux. Le prestidigitateur d'oreille acquiert, par l'usage de la Radio, une étonnante maestria : il escamote tous les bruits, tous les sons, tous les mots.

30 octobre

J'ai été soldat pendant l'autre guerre, mêlé à ces millions d'hommes, qui vivaient entre la vie et la mort, mais qui, ayant passé d'une civilisation encore chaude au cataclysme, méditaient si peu sur la mort et la vie. J'étais enfoncé dans la terre. Si je levais les yeux, je ne voyais que la terre boursouflée par les termitières de ceux d'en face. Je me confondais avec ces millions d'hommes, qui croyaient que l'air aurait le même goût qu'avant : un goût de pantoufle et de civilisation. Mais l'armistice stagnant de 1940, je le vis seul, je le rumine.

Pourquoi donc ai-je un tel souci de mon âme européenne et de mon âme française ? « L'homme est tout… » Pourquoi ne pas me réfugier dans mon homme intérieur ? Si laide que puisse être l'Europe de demain, je n'ai qu'à décider d'y vivre en meublé.

Mais l'homme intérieur n'est pas un atome indivisible, une molécule d'absolu. L'homme intérieur, moins que rien suffit à le corrompre : une grippe, Hitler.

L'homme intérieur, il est agile, mais nu. Il arrive que l'homme nu cherche ses poches, le nœud de sa cravate.

Les moines, dans leur monastère, ont peut-être le temps de s'accoutumer à leur homme intérieur. Et encore il n'est pas sûr qu'ils ne lui mettent pas un uniforme. Je fuis dans les sous-bois d'automne, ils me renvoient mon homme intérieur. Parfois, je le trouve maigre. L'aurais-je mal nourri ?

Descendu au bourg. À la porte du bureau de tabac, un magazine est affiché. Je lis quelques lignes. De Montherlant y conte son scrupule d'écrivain, son goût de la bonne ouvrage. « Polissez-le sans cesse... » Il a presque réécrit un de ses livres. Il s'étend longuement sur le soin qu'il donna au choix de ses mots. Enfin il se commente lui-même, comme jadis un régent de collège eût accumulé des gloses sur un texte classique. Cela ne prête qu'à sourire. Mais l'auteur ajoute que ce travail de révision « ne lui a pas rapporté un sou ». Qui aurait écrit cela avant 1914, sans que le lecteur en fût dégoûté ? Mais le lecteur d'aujourd'hui prend un vieux gant de crin pour un cilice. Naguère aucun écrivain n'eût osé affirmer sur ce ton de boutiquier qu'il mettait quelque soin à écrire et qu'il ne travaillait pas uniquement « pour les sous ». Cette naïve grossièreté, cette indécence, je n'irai point jusqu'à dire que, par elles et quelques signes du même ordre, on peut expliquer la débâcle de juin. Et pourtant, si on cherche plus loin que les grosses causes immédiates, que le mécanisme de la bille choquant la bille... Ainsi – et cette blague allait plus loin qu'il ne pensait – Vlaminck disait : « La guerre de 1914 était dans le cubisme. »

Une vis dose la pression de mon ressort de briquet. Cette vis est mue par un axe quatre pans, qui coulisse en elle. Cet axe n'est plus retenu, il s'échappe de la vis creuse. J'ai fait un bel effort de précision et je suis sûr que vous n'avez rien compris à mon savant exposé mécanique. Et, comme dit l'autre, « ça ne me rappor-tera pas un sou ».

Je consulte G…, l'horloger, ingénieux à résoudre les problèmes de petite mécanique. À peine a-t-il jeté un regard sur mon axe coulissant qu'il trouve quatre com-binaisons pour le maintenir au bout de sa course.

Il parle de la guerre sans passion. Comme si elle ne le touchait pas. Il met sur deux plateaux la victoire anglaise et la victoire allemande. Il ne tente pas, par prière ou par vœu, de faire pencher l'un des plateaux. « On ne voit pas, dit-il, comment l'Angleterre, si elle ébranle l'Allemagne, s'y prendra pour manifester sa victoire… » L'Allemagne est-elle capable d'effacer les frontières, d'unifier l'Europe, par persuasion, par la force des armes, par police et par assassinat ? Va-t-elle, par le crime, réaliser le rêve des anciens pacifistes ?

Ce n'est pas un intellectuel désaxé qui parle, mais un artisan. Je m'étonne de cette philosophie planante, de ce point de vue de Sirius. Mal nourrie, zigzagante, la pensée de G…, l'artisan, rejoint la dialectique que D…, il y a quelques jours, attribuait aux Drieu, aux Montherlant. « L'Allemagne est vacante, le nazisme est vacant. Toutes ces constructions sont vides. On y peut introduire ce qu'on veut, on y peut introduire leurs contraires. Peu importe le cadre, peu importe la ruche… Une abeille intelligente y fabriquera peut-être son miel… Le miel de l'avenir sera peut-être, dans le nazisme même, antinaziste. »

1er novembre 1940

Déclaration de Laval à la presse, une phrase dont le comique est terrible : « Quand j'ai vu le maréchal Pétain, face à face avec le *Führer* Adolf Hitler, j'ai compris que l'on pourrait autrement que par des batailles régler le sort de nos deux nations. » En effet…

Pétain et Hitler face à face. Nous apprenons que Hitler n'a point brutalisé le Maréchal. Le Maréchal lui en a rendu témoignage. « Aucune contrainte, aucun *Diktat*… », lui fait-on dire à la Radio. Il est gonflé d'histoire, il est satisfait. Ne lui a-t-on pas rendu les honneurs militaires [1] ?

3 novembre

L'automne a perdu ses habitudes romantiques. Il abandonne au style journaliste ses accessoires de rouille et cuivre. Les prés sont plus verts que l'été. Les arbres ne sont ni pourpre ni cuivre, mais d'un jaune qui rappelle l'aigre du printemps. Et les sapins ne sont d'aucune saison. La forêt de Fontainebleau aurait-elle seule gardé le secret du vrai Automne ?

Le premier régiment allemand que j'ai vu défiler sur une route française, des larmes vinrent à mes yeux. Je n'aime pas les défilés militaires. Mais ce régiment allemand me fut intolérable. C'était un sentiment banal, conformiste si l'on veut. Il est devenu hétérodoxe. Il est de ceux que maintenant la censure réprouve. Il est devenu « défaitiste ».

Lorsque, pour la première fois, à la fin de juin, j'ai rencontré deux femmes françaises qui s'ouvraient tout

1. Le 24 octobre 1940, Philippe Pétain, en arrivant à Montoire, est accueilli par Ribbentrop et Keitel, tandis que la garde personnelle du Führer lui rend les honneurs, au son de *La Marseillaise* ; Hitler se montra particulièrement déférent à son égard. Le « Message » – important – adressé aux Français par Philippe Pétain le 30 octobre, qui les incite fermement à collaborer avec le Reich, précise effectivement que, lui Pétain, n'a subi aucun « Diktat ».

entières, cuisses et tête, à Hitler, j'en fus stupéfait ; elles me parurent deux monstres. Je croyais observer deux cas et je ne voyais pas l'épidémie. J'étais persuadé que, si un mouchard les eût dénoncées, elles eussent subi les rigueurs de la justice militaire.

Poignées de main historiques. Les photos de journal nous ont montré la poignée de main Hitler-Laval. Deux larges sourires, deux faces épanouies. « Topez là... » Poignée de main Pétain-Hitler. Hitler costaud et bien-veillant semble « remonter » le Maréchal. La dernière poignée de main que les journaux nous avaient mon-trée, c'était, en août 1939, celle de Staline et de von Ribbentrop[1].

7 novembre

Je me réveille avec une obsédante envie d'un vête-ment en *homespun* : quelque chose dans les bruns, avec des points rouges et des points bleus, et avec un remords, touchant mes ruminations sur le sens national. Tant que j'ai été mêlé à la horde des réfugiés, je distinguais mal entre le sens national et cette dignité, qui impose au vaincu de se raidir contre le vainqueur. Elle n'est que politesse envers soi-même. Si j'étais l'hôte d'une tribu saharienne et que je fusse capturé, en même temps qu'elle, par une autre tribu, je n'irais pas me rouler aux pieds du chef vainqueur.

Mais depuis ?... N'ai-je pas trop accordé au sens national de l'artisan en chaises ? Ce peuple, dont une partie tend vers l'Angleterre et vers de Gaulle, est-il la

1. Le 23 août 1939, à Moscou, la signature du premier pacte germano-soviétique est suivie de toasts au champagne et de poi-gnées de main.

vérité et la chair de l'histoire, continue-t-il Jeanne d'Arc ou élimine-t-il les dernières toxines d'un patriotisme narcissique, que ses maîtres lui inspirèrent ?

Je me bute au même point. Selon que ce peuple est lié à Pascal, c'est ou non une escroquerie que de lui demander de mourir pour la France. Peut-être Pascal n'échange-t-il des signes qu'avec Montaigne et les Pères. Peut-être Cézanne ne fut-il – par le truchement d'ignobles reproductions – en communication qu'avec Véronèse. Ainsi que les gens du monde ont des liens d'usage et de vocabulaire, ainsi les maîtres seraient d'un même monde, le monde du génie. Et peut-être Bossuet n'est-il rien que le sublime dans l'éloquence. Pour le reste, un membre de l'Académie des sciences morales et politiques. Vous souvenez-vous, Tonio, quand je vous disais à l'hôtel du bourg : « S'il n'y a point un secret entre la servante et Pascal, de quel droit demanderions-nous à la servante de résister à Hitler ? »

La liberté de l'esprit… Les malins vous diront qu'elle est inutile, qu'il y aura toujours des libertins, qui se refuseront à la vérité d'État comme il y eut des libertins qui se refusèrent à la religion d'État. Ceux qu'on hisse sur un bûcher, c'est qu'ils ont parlé devant le peuple. Et le peuple n'a pas besoin de cette liberté. Si on la lui donne, c'est le désordre, c'est le régime de l'apprenti sorcier.

On comprend la haine qu'ont vouée à Michelet tous les négateurs de la liberté. Pour lui, la liberté n'est pas un mythe, c'est la France elle-même. Ils le traitent de poète ou de rhéteur égaré dans l'histoire. Ils ne lui pardonnent pas d'avoir découvert les signes mêmes dont ils usent et qu'ils détournent de leur sens.

Il a inventé Jeanne d'Arc. C'est ici le miracle. Le miracle de Jeanne d'Arc, c'est le miracle de Michelet. Qui donc avant lui a parlé d'elle ? Villon la cite avec

Archipiada et Thaïs. Et Voltaire écrit *La Pucelle*. Des siècles ont passé sans qu'il soit question d'elle. Au XVIIᵉ siècle, au XVIIIᵉ, les prédicateurs et les moralistes se soucient bien d'elle. Sans Michelet, notre siècle n'aurait pas vu les cortèges de Jeanne d'Arc.

La liberté supprimée, quelques dizaines d'hommes en souffrent, pour qui elle est le sel de la terre. Mais au bourg et dans les fermes, on n'a point encore senti la dictature. Il est vrai qu'elle procède par étapes et que, comme ils disent, on attend.

Un peuple libre devient vite semblable à ces riches, qui ne sentent plus leur luxe.

Promenade sous la pluie par les sentiers et par les « teppes ». Un hameau isolé. Renaud, du fond de son hangar, m'appelle. Sa femme remue dans un baquet la pâtée des cochons.

Le 17 juin, me conte-t-il, il causait sur la route avec un gendarme. Une auto vient à eux ; à travers les vitres, ils ne distinguent que des visages de femmes et des valises. Le gendarme fait signe au conducteur de s'arrêter. Celui-ci, un capitaine, se penche à la portière, crie au gendarme : « J'ai l'autorisation d'emmener ma famille… », embraye et repart.

Renaud en reste stupéfait. Il a raison. Ce qu'il a vu n'est qu'un détail entre mille, superposable à des milliers d'autres. Mais qu'on le rapporte à la panique ou à la disparition soudaine de toute autorité, on n'explique pas comment s'évanouit, en quelques heures, non pas seulement toute résistance, mais cette forme même de pudeur, qui semblait se confondre avec les mœurs de la France. On explique la panique par la panique. La panique endormait la pudeur, parce qu'il y avait en elle une vertu dormitive.

Le matin, les nuages sont bas. Le paysage est blême, fripé. On dirait qu'il a passé toute la nuit en chemin de fer.

« Les heures qu'il avait libres furent remplies de bonnes lectures, et ce qui passe toutes les lectures, de sérieuses réflexions sur les erreurs de la vie humaine et sur les vains travaux des politiques, dont il avait tant d'expérience. » Ainsi je vis à peu près comme Michel Le Tellier, depuis que je suis « réduit à une espèce d'oisiveté et de solitude ». La différence est que je n'ai pas une grande expérience des travaux des politiques.

Je lis Bossuet. Je me vante d'ailleurs quand je dis que je lis Bossuet. Ni je lis, ni je ne relis. Je consulte la partition et je fredonne. Je me demande si je n'ai pas toujours lu ainsi.

Faute d'informations, j'en suis réduit à mettre le présent et l'avenir en syllogismes. Mais c'est l'imprévu qui gagne. La débâcle totale n'était pas prévue ; les plus pessimistes ne prévoyaient que la défaite. Au début de 1940, qui eût prédit une dictature à la solde de l'étranger et une terreur blanche en miniature qui ne demande qu'à grandir ?

Si le conflit se prolonge, accumulant les destructions, mais n'aboutissant à rien, combien de temps encore les foules toléreront-elles ce provisoire, ces parenthèses de guerre ou d'armistice ? Viendra-t-il en quelque pays un homme qui parle langage d'homme, non point un aboyeur du type Hitler, non point un trafiquant du type Laval, non pas un parlementaire cauteleux, mais un homme, libérateur ou despote, tel qu'on puisse, comme faisait Stendhal de Napoléon, le nommer « un grand homme » ? Les peuples, partout soumis à des dictatures, lesquelles concluront des accords économiques, s'en iront-ils vers un avenir de bestialité confortable ?

Par sentiers et sous-bois, j'ai été jusqu'à l'Aubespin, hameau perché en haut de colline. Je dis colline par modestie. Mais on sent déjà la montagne ; tout est plus serré, moins ondulant. En cette saison, le promeneur ne s'aventure guère jusque-là. Personne, sauf les chiens, ne me témoigne d'hostilité. Mais j'ai le sentiment d'être indiscret. Le chemin entre les fermes me semble un couloir intérieur. Et je suis gêné, comme si j'y avais pénétré par effraction.

Hypocrisie : une belle fille rousse dans l'ombre d'un hangar m'épie. Je m'approche et lui demande où mène un sentier, dont je sais fort bien qu'il se perd dans les « teppes ». Je prolonge jusqu'à la limite des convenances cette conversation topographique.

Je traverse le hameau, j'arrive à une route, une route empierrée, avec traces de goudronnage. Elle monte en lacets entre des bouleaux et des pins. Depuis des semaines, je n'avais pas vu de route, de vraie route. J'allais par des sentiers, par des pistes, à travers prés. Je m'accrochais à des ronces. Je ne voyais que des ronces. Il me fallait ruser, franchir une haie pour apercevoir un peu de paysage. Mon pied se heurtait à de la roche, à des racines, enfonçait dans une couche de feuilles sèches ou dans la boue. J'étais enfermé, enfoncé dans la terre. Cette dure matière, ce ferme dessin d'une route m'étonnent, comme si j'avais sans transition passé d'un continent à un autre. Comme si, n'ayant jamais vécu que dans les bois, je découvrais l'architecture. Car cette route, c'est une architecture. Tous ces sentiers, je les suivais en explorateur, m'orientant comme un sauvage. Mais la route fait un grand signe, un grand signe clair. Son langage est plein de souvenirs et d'allusions. Elle ressuscite en moi des voyages anciens, des villages conquis, des bonheurs oubliés. Elle me rend à ma mobilité, elle me délivre de ce moi collé à sa solitude, comme l'anémone de mer à son rocher.

16 novembre

Je cherche je ne sais plus quoi. Je me vois passant d'une chambre à l'autre. Car je remplis seul l'espace. Rien ne me distrait de moi. La solitude a pour effet qu'on se voit bougeant et même qu'on s'écoute pensant. Un soldat me disait pendant le guerre de 14 : « Me marier ?… Jamais… Ta femme, elle voit tout ce que tu fais… » Hé bien, je vois tout ce que je fais. Ainsi la solitude augmente d'abord le moi, aboutit au même effet que, par le truchement de la vanité, la vie de société. Avec l'habitude, on doit finir par ne plus se voir. Sans quoi quel obstacle à l'humilité pour les anachorètes.

Sur la table de la ferme, un numéro de *Paris-Soir* du dimanche 2 octobre 1938. « À 14 heures, les Allemands ont commencé l'occupation de la zone des Sudètes. » « Les dons affluent pour offrir en France à M. Neville Chamberlain la maison de la paix et des souvenirs de reconnaissance à MM. Daladier et Georges Bonnet. » [1]

Et dans un article de Saint-Exupéry, qui sera un des matériaux de *Terre des Hommes* : « Quand la paix nous

1. Au lendemain de Munich, *Paris-Soir* et *L'Œuvre* ont ouvert une souscription pour offrir à Neville Chamberlain une « Maison de la paix sur un coin de terre de France » ; mais le projet tourne court. Un livre d'or portant les signatures de plus d'un million de « Français reconnaissants » sera bien remis à Édouard Daladier et Georges Bonnet.

semblait menacée, nous découvrions la honte de la guerre. Quand la guerre nous semblait épargnée, nous ressentions la honte de la paix. »

L'homme ne résout les contradictions que par un nouveau langage. Ainsi Newton, Einstein. Il en est des contradictions de la société comme de celles de la science. Un nouveau langage est une simplification. Et la simplification qu'il faut trouver, c'est l'homme. Je résume ainsi une aérienne méditation de Saint-Exupéry. J'enferme en gangue scolastique des pensées qui sont de la vie purifiée prises aux quatre coins du monde et dont aucune n'a souffert d'être capturée.

Je me bute à la conclusion. Je touche un obstacle.

Mais je n'ai pas avec Saint-Ex l'esprit de discussion. Je suis vaincu. Je lui dois trop : il m'a rendu ma jeunesse, j'avais égaré ma jeunesse, il m'a fait cadeau d'une autre.

S'il est là, nous avons l'air d'argumenter. C'est une illusion. Ce n'est pas discuter que chercher la meilleure prise. L'un veut déplacer l'autre, pour qu'il distingue mieux on ne sait quelles traces sur l'horizon. L'autre résiste. Il se croit bien installé. Mais il m'est arrivé, quand j'avais tard la nuit causé avec Saint-Ex, de me rendre compte, plusieurs jours après, que j'avais bougé.

Et il m'écrivait, il y a quelques mois : « J'ai souvenir de longues discussions avec vous. Et je ne suis pas partial, je vous donne presque toujours raison. »

Mais que notre amitié est au-delà d'un banal accord d'idées !

Je crois que je finirai par donner des notes au paysage, que je vois par ma fenêtre. Il travaille assez mal, ce trimestre d'automne. Aujourd'hui, trop de vent, des nuages mal lavés. Le pré prend mal la lumière. Comme un paillasson dans l'ombre d'un escalier.

18 novembre

Nouvelles du bourg : les Allemands auraient limité à deux minutes la durée des conversations à la barrière, entre membres d'une même famille, habitant les uns la zone libre, les autres, la zone occupée. Les Allemands expédieraient en Allemagne les hommes de moins de trente ans.

Le journal : Laval revient de Paris. Il n'a pas parlé. Mais « on remarqua cependant qu'il avait l'air particulièrement satisfait des résultats de son voyage... » Ce journaliste est évidemment très physionomiste.

Il paraît que le Maréchal a le regard clair. Le bleu vide du regard est l'ordonnance chez les vieux militaires et chez les vieux domestiques de famille.

19 novembre

Le ciel a la couleur d'un vieux pot d'étain.
Quelques étoiles figées, qui ne scintillent pas. Elles semblent toutes proches : on les saisirait avec la main. C'est un ciel discret pour réception intime, c'est une belle nuit d'automne. Par une telle nuit, comme il serait désolant que Londres fût bombardé, comme il serait satisfaisant que Berlin le fût ! Le bombardement de Berlin est en harmonie avec cette nuit, le bombardement de Londres y insulte. Pour satisfaire la nuit, la justice et moi-même, il faut que Berlin soit touché par les bombes anglaises. Et, Berlin détruit, la nuit serait plus belle encore.
Ainsi cheminent dans les têtes d'hommes les passions de la politique, hautes ou basses. Mais la plupart

des hommes ne s'en étonnent pas et croient qu'au bout de toutes leurs passions est l'harmonie du monde.

Ce matin, écrasé par des nuages sales, qui laissent passer un peu de soleil et l'interceptent aussitôt, le paysage est regrigné, maussade. À Paris, à peine aurais-je constaté que la lumière était triste. À Paris, on ne sort jamais de chez soi. Paris n'est qu'un grand appartement.

Se méfier de tout homme qui n'a pas d'enfant, s'il n'a pas de génie.

J'apprends par une lettre de Paris, passée en fraude il va de soi, que Langevin a été arrêté[1]. On me donne le fait brut sans commentaire ni détails.

Ainsi Langevin rejoint, si j'ose ainsi parler, Einstein au Panthéon des victimes du nazisme. La preuve est faite qu'il y a un nazisme français, portant ses coups aux mêmes points que l'autre. L'étape conservatrice, familiale et bien-pensante de Vichy est franchie.

Les professeurs vont-ils se taire ? Et les deux ou trois académiciens qui ont une syntaxe et qui, s'ils n'ont jamais joué les martyrs, n'ont point encore déclaré qu'ils faisaient métier de laquais ? S'ils veulent courir leur risque, ils risquent peu aujourd'hui. S'ils ne courent pas leur risque, demain, ils seront tous en péril. Le savent-ils ?

---

1. C'est le premier scientifique français de renommée internationale à subir la répression. Physicien, professeur au Collège de France depuis 1909, militant à l'extrême gauche, il est arrêté le 30 octobre 1940 et incarcéré à la prison de Fresnes, malgré ses 68 ans, au régime du droit commun et au secret ; après qu'une campagne de protestations eut abouti à sa libération, il est placé en résidence surveillée à Troyes.

Il fut un temps où notre scepticisme se fût peut-être amusé à contempler la crapuleuse ascension d'un Laval.

J'ai vu d'assez près un ou deux personnages de journaux, fabriqués de la même matière. Et, quand je les avais regardés, j'éprouvais la même satisfaction que, lorsque étant encore un enfant, je revenais du jardin zoologique.

Mais que je suis loin de cette planante et fausse sagesse. Je me sens peuplé. J'aime la physique à la façon du peuple. La physique m'est indispensable. Il ne m'est pas tolérable qu'on touche à la physique ou à l'astrophysique.

Et qui y touche, qui emprisonne Langevin ? Voyez les hommes, les vies, les âmes, les visages. Je vous dis que je crois à la pureté du laboratoire, à la pureté de la science. Je suis peuple et cours du soir. C'est la clarté de la science. La science, entends-tu ?... la science éclaire le monde.

Qui emprisonne la science ? Qui emprisonne Langevin ? Le politicien véreux et le soldat stupide. Ainsi se dessine la France de demain.

Je me souviens d'avoir écrit, avant cette guerre, que la France connaissait ce désespoir et cet affaissement, qui précèdent les dictatures, que plus rien ne s'opposait à la dictature que les mœurs de la liberté française, qu'elles étaient le dernier obstacle au nazisme. Que la France et l'Allemagne différaient en ceci que Hitler pouvait chasser Einstein ou l'emprisonner, mais que nul Daladier ou Laval ne pouvait toucher à un Langevin. L'obstacle est franchi.

23 novembre

Marché. « Les Italiens en ont pris un coup... », me dit une vieille femme, de celles qui portent encore le bonnet bressan. Elle ne commente pas et je ne lui pose aucune question. Je n'ai pas lu le journal d'aujourd'hui. Elle non plus, sûrement. Mais c'est une nouvelle circulante et elle a créé en elle un état de béatitude politique.

L'idée vole un peu partout que le Maréchal joue contre les gens de Vichy, qu'il n'est pas leur complice, qu'au contraire il les attend au tournant.

Le père François, l'artisan en chaises, n'est pas loin de croire à cette fable. Je lui demande sur quoi il se fonde. « Je ne sais pas, me répond-il, à de petites choses ici ou là… ».

« J'ai vu dans le journal qu'à Lyon on n'a pas chanté devant Pétain le premier couplet de *La Marseillaise,* mais le troisième. Le journal disait : "Le couplet cher à Pétain". Vous rappelez-vous les paroles ? Non pas *Allons enfants de la Patrie…* mais : *Liberté, liberté chérie…* »

Je me souviens que Régis Gignoux, dans la revue *1912* qu'il écrivit en collaboration avec Charles Muller, nous révéla que personne n'était capable de réciter *La Marseillaise* d'un bout à l'autre. La scène était très amusante : un ministre, pour quelque inauguration, prie son chef de cabinet de lui en écrire les paroles. Le chef de cabinet ne peut aller au-delà du premier couplet. Il mande le chef adjoint, qui mande le secrétaire, qui mande les attachés, qui mandent l'huissier qui mande le garçon de bureau. Au-delà du premier couplet, personne ne sait plus que « Pom… pom… »

Ils n'avaient oublié que le vieux chaisier. Je vous jure que, de *La Marseillaise,* il connaît tous les couplets. Je l'ai entendu, après un souper de moisson, chanter *Les Montagnards.* Il chantait de toute sa poitrine. Ce n'est point ainsi qu'il me chante le troisième couplet. Nous sommes seuls, lui et moi, dans son atelier. Assis sur un siège bas, il achève de pailler une chaise. Il interrompt son travail mais ne lâche pas son brin de « laîche ». Et, comme s'il disait une prière, à voix basse, mais détachant les mots, il chante :

> *Liberté, liberté chérie*
> *Conduis, soutiens nos bras vengeurs...*

Il chante pour lui et pour moi. Il chante, comme il réciterait une prière. N'allez pas lui dire en cet instant que la liberté n'est que la permission qu'on accorde au peuple de mourir de faim. Je m'excuse auprès des personnes délicates de la vulgarité de mon émotion. Un vieux chaisier me chante un couplet de *La Marseillaise* et je suis ému. Je sens bien que je ne me délivrerai jamais d'un je-ne-sais-quoi de canaille.

Je pense au père de Charles-Louis Philippe, qui fut sabotier. Charles-Louis Philippe, Marguerite Audoux. Je pense à ces soirs de l'île Saint-Louis, à ces soirs de la rue Léopold-Robert. L'un comme l'autre étaient loin de la foule des usines. Peut-être l'inventaient-ils, le peuple. Et leur fierté d'en être n'était peut-être que leur fierté d'être eux-mêmes. Mais pour eux, seul, le sang du peuple était du sang bleu.

Vichy, négligeant aujourd'hui nos âmes régénérées, se penche vers nos ventres et nous conseille de ramasser des glands... « Ils peuvent être utilisés soit à la nourriture des porcs, soit comme produit de remplacement du café... »

27 novembre

Les journaux sont pleins de « l'indignation qu'a suscitée en France » le bombardement de Marseille par des avions anglais [1]. Un paysan fume son champ. À

1. Des bombes lâchées, le 25 novembre 1940, d'avions réputés anglais font quatre morts et cinq blessés.

peine avions-nous échangé quelques mots sur le temps et le vent : « Les avions de Marseille, me dit-il, c'étaient des avions italiens maquillés en avions anglais… on le dit en ville et ça ne m'étonnerait pas… »

Effet de la dictature : la presse est tenue pour nulle. Le bourg invente ses symboles.

J'ai causé au bourg avec un de ses riches marchands. Ils forment un groupe dont les origines sont de l'autre guerre. Ils n'étaient que boutiquiers prospères. Ils sont devenus des riches. On dit que le quincaillier, le marchand de draps sont plusieurs fois millionnaires, d'autres encore. Ils n'ont guère changé leur train de vie, ils ont continué leur métier, ils ne cherchent point à paraître.

Quand ils ont acheté de la terre, ils ne savent plus où s'accrocher. Ils n'ont ni la constance de type et de mœurs qui fit un caractère à leurs ancêtres de 1830 et qui aida Balzac à être Balzac. Ils se cherchent une justification. Le bourg conte avec malice qu'une de ces familles, connue pour son indifférence religieuse, devint dévote aussitôt après qu'elle eut gagné son premier million.

Impuissants, les Français pèsent le monde chaque nouveau matin et ils se communiquent les résultats de leur pesée.

Le problème de la liberté n'a guère de sens pour L… Il sait que, quoi qu'il advienne, la liberté du négoce ne sera point intacte. Quant aux autres libertés, il ne s'en soucie pas, elles sont un luxe qui lui est indifférent ; il ne les désire pas plus qu'il ne désire un yacht de plaisance ou la direction de l'Opéra.

Le journal :

Le préfet de Saône-et-Loire interdit « dans les lieux ouverts au public la réception des émissions de postes britanniques et, en général, de tous les postes se livrant à une propagande anti-nationale ».

Demain, ce sera l'interdiction de la réception à domicile.

Après-demain, le voisin dénoncera le voisin.

« On communique de source allemande (Où donc est l'autre ?) que 50 000 Lorrains seulement (et seulement est admirable) ont été transférés en zone non occupée. »

La gelée blanche couvre les prés. Dans le sentier elle dessine les nervures des feuilles au sol et en couvre les creux d'un implacable tamis. Chaque feuille est un chef-d'œuvre de fée. Je me promène dans une campagne de dentelle.

Il faut peut-être au début un peu de courage pour supporter la solitude, pour boucher toutes les fissures par où l'ennemi pourrait passer, pour dompter le temps. Mais bientôt il vous porte. Bientôt le temps et le travail se confondent. Le temps devient travail, comme il était paresse. On n'a plus affaire qu'à soi-même et au temps. On dispose du temps et on n'a plus une minute à soi.

28 novembre

Chasser de soi la guerre. Ne plus penser à la France, à l'Angleterre, à l'Allemagne, à la civilisation, à un instable état des mœurs, ne plus souffrir en soi la souffrance de deux millions de prisonniers et de cinquante mille Lorrains chassés.

Je ne veux plus cesser d'être un homme pour devenir un animal historique, je ne veux plus m'anéantir dans une pitié trop vaste, qui cesse d'être de la pitié, qui devient elle-même historique.

L'époque me touche, me traverse, m'envahit, s'attaque à ma chair. Mais elle opère sur de tels chiffres et de telles dimensions que je n'ai pas assez de points de ma chair pour en recevoir les excitations. Que les deux millions de prisonniers et les cinquante mille Lorrains et cette civilisation en voie de dissolution, ne soient plus que des abstractions historiques, ne me touchent plus qu'en ces froides régions de moi-même, où je contemple l'exode de la Bible, les grands massacres classiques, la conquête de la Grèce par Rome et la défaite de Vercingétorix !

Il serait peut-être temps de me réfugier dans l'amour intellectuel de la nécessité. Pendant la précédente guerre, dans la tranchée, je lisais Spinoza. Que cette phrase fait bien et me donne une belle attitude ! Les balles sifflent, les obus tombent et je lis *L'Éthique*. Voulez-vous que je conte aussi que mon Spinoza fut traversé d'un éclat d'obus ou qu'une balle s'y vînt amortir et que Spinoza ainsi me protégea de la mort ? Il est vrai qu'un ami m'ayant demandé quel livre il pouvait m'envoyer, je réfléchis que j'avais peu de place dans ma musette, qu'un roman se lit en une heure et que devenant l'homme d'un seul livre, j'avais avantage à choisir un ouvrage qui ne se lût pas comme un magazine et avec lequel ma familiarité ne fût point complète. Il m'est donc arrivé de lire Spinoza dans ma termitière.

N'avoir du monde qu'une vue philosophique, lui opposer une impassibilité de géomètre. Je n'y puis rien : je ne suis pas philosophe. Je suis selon le temps qu'il fait et les êtres sont pour moi autant d'absolus, distincts les uns des autres, comme l'étaient l'ogre et le Petit Poucet de mon enfance. Les plus beaux théorèmes, les plus belles lois ne me sont de rien. Je n'ai pas la tripe philosophique et les philosophes eux-mêmes, je sais bien que leur chair n'est pas de leurs systèmes. Le philosophe me promène en sa philosophie comme le pilote me promène en son avion. Je monte, je vois jusqu'à l'horizon. C'est une ivresse. Mais ces deux mécaniques me sont étrangères. Et même de là-haut, je regarde avec attendrissement les petites maisons d'en-bas.

Il y a Dieu. Mais le Dieu d'aujourd'hui est vraiment trop modeste et trop peu exigeant. Trop poli pour être honnête.

La conciliation du temporel et du spirituel dans le catholicisme me semble une admirable construction. Bossuet a réponse à tout. Les révolutions et les guerres sont les moyens de Dieu, servent ses desseins. Il sait à la fois louer les grands dans le siècle et les abaisser dans l'éternité.

Mais le siècle est devenu trop encombrant et personne ne fait croisade, sauf Hitler. Quel Dieu meut quelque chose pour le dérèglement du monde ?

Et l'argent pose des questions brutales, auxquelles il faut personnellement répondre. Je ne sais si la guerre a donné une maladie à l'argent. Mais elle ne l'a pas supprimé. Qu'on ne dise pas : « les plus riches aujourd'hui ne sont pas assurés du lendemain ». Même en cas de famine, les riches mourront de faim les derniers. Si je n'avais pas de soucis d'argent, je bâtirais bien plus facilement ma niche dans le désastre et j'y astiquerais bien plus à l'aise mes ornements spirituels.

Ou je mènerais la vie d'une bête domestique. Je vivrais, comme tant d'autres, sans autre raison de vivre que d'être vivant.

Je n'ai pour imaginer Paris que quelques signes disper-
sés. Queues devant les boutiques. Un ami me demande
de lui envoyer un sac de choux et de poireaux. Manifestations d'étudiants [1]. Mais je ne sais rien de ces
manifestations. Je ne sais si vraiment les facultés sont
fermées. Les élèves de l'école de Sèvres doivent chaque
matin apposer leur signature sur un registre, au commissariat de police. Les rues, la nuit, sont sans lumière et
le couvre-feu est à minuit. Mais je ne sais pas si Paris
étouffe, s'irrite ou dort.

Étonnant diptyque. D'une part, les journaux sont
pleins des projets de Vichy : « Refaire la race, refaire
une éducation. » D'autre part, le pays tout entier sus-
pendu à la radio anglaise. Le gouvernement opère en
vase clos. S'il s'occupe de la foule, la foule ne s'occupe
pas de lui. Étrange parallélisme : où et quand ces deux
lignes cesseront-elles d'être parallèles, où et comment
se rencontreront-elles ?

« Je n'achète plus le journal, me dit Aimé François [2],
jeune employé du chemin de fer à Louhans, j'écoute la
radio anglaise. »

Je l'interroge sur la ville, ses camarades. « On ne
s'occupe, me dit-il, que des restrictions et, pour le reste,

1. Pour protester contre l'arrestation de Paul Langevin et surtout exprimer leur patriotisme à l'occasion du 11 novembre, plus
de 3 000 lycéens et étudiants parisiens manifestent, notamment le
long des Champs-Élysées ; il y eut des blessés graves et les Allemands et les policiers français procédèrent à 200 arrestations ;
l'occupant fit fermer les facultés et n'en n'autorisa la réouverture
qu'après les vacances de Noël.
2. C'est le fils du « Père François » (cf. *supra* p. 34) et le frère
d'Andrée François (cf. *infra* p. 86).

on attend. On espère que l'Angleterre gagnera. C'est tout. On ne parle pas de politique… » – « Et Laval… » – « Très impopulaire… » – « Et Pétain ?… » – « Beaucoup pensent que, sans lui, les Allemands feraient pire… »

1 900 millions ont été votés pour la construction de stades, de terrains de sports, de piscines… On revoit dix ans de cinéma, les défilés des jeunesses hitlériennes, toutes les béatitudes du rang serré.

Le commandant de Maisonneuve révèle à la presse que « le développement corporel sera la pierre angulaire de l'éducation générale ». Il faut former des hommes de caractère… « L'intelligence tourne en rond si elle ne s'appuie pas sur le caractère… »

Pour cette classe de primaires du secondaire, l'intelligence est en effet soit une mécanique qui tourne à vide, soit un arsenal d'engins subversifs. Ils n'ont pas tout à fait tort. Dans un monde organisé par eux, l'intelligence en effet sera toujours subversive.

Je pense à Stendhal, à ses « deux bêtes d'aversion, l'hypocrisie et la sottise ».

Quand, en 1918, les peuples furent démobilisés, ils avaient perdu tout sens de la vérité et du mensonge, toute envie et toute curiosité de les distinguer. Les guerres précédentes n'avaient été que des échauffourées, auxquelles ne participaient guère que des spécialistes. Les civils y épuisaient leur goût de l'héroïsme, comme les spectateurs de vélodromes y épuisent leur goût de la vitesse. Mais les peuples furent embauchés dans l'usine insalubre de la guerre de 14. Ils connurent la plus déprimante des émotions : l'émotion de jeu. Chacun se demandait s'il serait le lendemain vivant ou mort. Et les mères se demandaient si leur fils serait vivant ou mort. Quand on ferma le casino, il n'y eut plus en Europe que des joueurs décavés.

Ainsi l'Allemagne pouvait accepter sans dégoût le grossier ciment de l'hitlérisme. Ainsi devenait possible sur les routes de France cette fuite d'officiers ayant lâché leurs unités. Ce sont deux faits du même ordre, si l'on veut bien y réfléchir.

Lorsque j'étais un enfant, un de mes camarades demanda à notre professeur d'histoire s'il était bien vrai qu'autrefois on ne pouvait pas sans passeport passer d'un pays dans l'autre. Cela lui paraissait inconcevable. Cette question d'enfant éclaire un état de mœurs. Et la liberté de passer une frontière, sans que les États interviennent, n'est tout de même pas une forme métaphysique de la liberté.

Voici peut-être un des aspects de cette mystérieuse civilisation : le rôle de l'État n'est que celui de l'agent qui règle la circulation ou du cantonnier qui balaye.

On rapporte de la zone interdite que les troupes allemandes sont démoralisées, qu'il y a même des bagarres entre les jeunes et les vieux. Les jeunes, hitlérisés et les vieux repris des vieux doutes du civilisé. C'est par là peut-être que l'Allemagne craquera. Hitler fusillera, torturera. Mais on ne sait quoi venu du fond de l'homme anéantira Hitler.

4 décembre 1940

Le soleil à peine glisse un œil au-dessus de la montagne. Les nuages sont sans lumière. Les arbres bruns, les prés vert bouteille où la neige a fondu, la neige ambrée, cette ambre, ces glacis, c'est tout à fait un vieux tableau hollandais.

Chère Hollande, ses beaux contrastes : le port de Rotterdam et les fumées des remorqueurs, les vieux costumes de Walcheren, le passé et le présent ensemble comme ils ne sont nulle part, la Hollande qui est chez Rembrandt et à Batavia, cette Hollande si hollandaise et dont je ne puis m'imaginer qu'elle ait pris un visage allemand.

Le Maréchal à Marseille. Douze colonnes de journal. Hier, on le comparait à Napoléon, pinçant l'oreille de ses grognards, aujourd'hui « une petite fille qui voulait à toute force l'embrasser, ne pouvant y parvenir, éclate en sanglots. » Ainsi les journaux ont pour consigne de fabriquer une légende du Maréchal. Mais les rotatives ne sont pas, en cette matière, si efficaces qu'on pourrait croire. Le peuple n'accepte point telles quelles les vérités qu'elles lui débitent. Je dis : les rotatives. Car le gouvernement commande les rotatives et les journalistes ne sont plus entre la rotative et le gouvernement qu'un organe de transmission. Un ingénieur habile demain les remplacera par une machine, comme on remplace une équipe de porteurs par un plan incliné ou une benne basculante.

On ne voit plus du tout le nom de Laval. La presse travaille à une sorte de transfert au Maréchal des passions de la foule. Ses haines s'évacuent sur Laval et les disponibilités de son loyalisme sont orientées vers le Maréchal. La foule n'a plus devant elle un gouvernement, mais un vieux soldat qui pince l'oreille des grognards et qui embrasse les petites filles, porteuses de bouquet. Quant aux ministres et secrétaires d'État, à peine si on en retient les noms. Ils sont les adjudants, les chiens de quartier du Maréchal.

Nous ne savons pas si le Maréchal est mené par ses chiens de quartier ou si d'autres montreurs de marionnettes, invisibles dans la coulisse, en tirent les ficelles. Reste l'hypothèse que le Maréchal se conduise par lui-même. Aux débuts de la dictature, on le tenait pour une idole protectrice, à jamais calée dans sa niche. Mais le Maréchal, depuis son voyage à Lyon et son voyage à Marseille, a prouvé qu'il était parfaitement transportable.

Je ne puis résister à un intolérable dégoût, quand le Maréchal invoque « la personne humaine ». Depuis quelques jours, le journal donne la vedette à la personne humaine. Le Maréchal en parle ou on l'en fait parler.

Non… pas vous… pas ceux de Vichy. Ordonnez à vos scribes de railler en elle la pire des nuées métaphysiques. Ordonnez-leur de nous montrer que, si elle se croit sa propre maîtresse, elle se dissout elle-même et conduit à l'anarchie. Dites ou faites dire cela et créez vos sections d'assaut et vos gardes de fer. C'est de votre ordre. Germanisez et roumanisez la France. Mais laissez la personne humaine ; elle n'est pas à vous.

Nous l'avons rencontrée dans le christianisme épars, dans Tolstoï, dans le socialisme. Ce sont des terres où vous ne sauriez respirer. Elle nous a troublés d'inquiétudes et de scrupules, qui ne sont pas les vôtres. Hitler et Mussolini du moins ne l'invoquaient pas. Si vous êtes assez forts, comme on vient de tuer Jorga en Roumanie, faites tuer ceux qui croient en elle. Mais foutez-lui la paix, à la personne humaine. Elle n'est pas de votre monde. C'est une étonnante création de l'homme ; une de ses plus audacieuses hypothèses.

5 décembre

Je n'ai qu'un poêle à bois et je rêve d'un âtre, où l'on jette des troncs d'arbre. Je m'offre un âtre en réduction. J'ouvre la porte du poêle, je me mets à quatre pattes et je contemple les lèchements de la flamme et, près d'un nœud, un bouillonnement de résine.

La nuit dernière, une nuit claire, au ciel congelé avec quelques astres sans mystère, bien découpés, des avions ont passé, tout près de la maison. Ce sont, dit-on, des Anglais, qui vont bombarder l'Italie. Ces jeunes hommes là-haut, qui volent à cinq cents à l'heure, ne sont pas, comme furent les fantassins de l'autre guerre, enfermés, endormis dans la guerre. La mort ne vient pas les chercher à domicile, ils vont à elle, ils la contournent. Leur risque est dans un cadastre de ciel. Ils ont quitté leur popote chaude. La veille, ils dînaient peut-être dans un restaurant de grande ville. Leur vie est faite de cette alternance.

Mais après la guerre, les survivants ? J'entends déjà le beau développement académique (nous l'avons entendu pendant la précédente guerre) : « Voici des hommes qui ont su vaincre et se vaincre. Ils nous referont un monde à l'image de leur héroïsme. » Hélas ! si pourries qu'elles puissent être de guerre, les vertus d'une paix n'ont rien de commun avec les vertus de la guerre. Ces hommes redeviendront des enfants agités ou las. Ils chercheront quelque part une popote ou des pantoufles.

Pendant toute la guerre, Antoine de Saint-Exupéry accomplit des vols de grande reconnaissance. Un jour après l'autre. Je le voyais entre deux vols. Il reprenait sa place parmi nous, comme s'il n'avait eu la veille ou le jour même aucune relation avec la mort, comme s'il n'en devait pas avoir le lendemain. Tantôt je ne pouvais m'empêcher d'imaginer l'avion abattu, une carlingue brisée et lui, immobile à jamais, dans cette carlingue. Et aussitôt je me disais : il est invulnérable. Ne pas le croire invulnérable me semblait une trahison.

Ce risque, il le voulait. Que de fois lui avons-nous répété qu'il pouvait mieux servir que par l'exemple de sa mort.

Ce n'était ni les Andes, ni le désert, ni le Guatemala. C'était un autre risque. Comme les autres risques, il veut non pas seulement l'affronter, c'est trop facile, mais le recueillir, l'enrichir de sa propre substance, le filtrer. Ce que le risque lui donne est peu au prix de ce qu'il lui donne. Il a tant à offrir, outre sa vie.

J'ai vécu deux jours de l'hiver de 1939 à la popote de son escadrille. J'ai marché par les champs congelés, j'ai bu au bar de Klondyke, j'ai vu un avion partir dans la nuit. On chantait à table des chansons de salle de garde, de ces chansons où l'obscénité à sa limite n'est plus qu'une convention rituelle. Chansons de rapins d'autrefois, chansons de régiment, où l'obscène géométrie, délivrée de la canaillerie du grivois, atteint à une pureté de cantique. Je suppose cette soirée contée par un reporter : de jeunes héros se délassant et opposant à la mort une gaieté plus forte que la mort. En vérité, c'était grave et triste, c'était la seule façon décente dont on pût être grave et triste. Et déjà j'imaginais après la guerre les survivants éparpillés, ou réduits à des tâches de comptable, cherchant en vain quelque sens à la paix.

Les paysans d'ici, s'il ne s'agit de restrictions ou réquisitions, sont absolument indifférents à tout ce que dit et fait le gouvernement. Ils ne lisent même pas « la journée à Vichy ». Ils s'intéressent au duel entre l'Angleterre et l'Allemagne et, en ce moment, surtout à la guerre italo-grecque. Ils ont découvert l'Albanie et tout échec italien les met en état de jubilation.

Si bien que tous les actes, mesures, réformes ou projets de Vichy passent inaperçus. Comme si un coup de baguette magique avait rendu invisibles et impalpables

les gens de Vichy. Les paysans et les gens du bourg ni ne se réjouissent ni ne s'effrayent de cet hitléro-fascisme. Soit qu'ils ne l'identifient pas, soit qu'ils tiennent que Vichy n'est pas dans le coup, que la partie se joue ailleurs.

6 décembre

Le temps est bouché. Il pleut. Plus de lointains, plus de vert bouteille, d'ambre ou de glacis. Le mamelon de pré que je vois de ma fenêtre est d'un vert sans vraisemblance, d'un vert d'ameublement, le vert des bureaux de chef de gare ou des salles d'attente de premières.

À vol d'oiseau. Les hommes du XVIIIe siècle et ceux de la première moitié du XIXe siècle aimaient la raison et la sensibilité. La seconde moitié du XIXe siècle divinisa la raison. Le XXe siècle a découvert les vertus de l'irrationnel et enfermerait volontiers la raison dans la maison des fous. Mais ce qu'il appelle l'irrationnel n'est pas au-delà, mais en deçà de la raison.

Il n'est pas au pouvoir du gouvernement de rapatrier les deux millions de prisonniers qui sont en Allemagne. Mais il rapatrie Dieu. Les nouveaux programmes introduisent Dieu à l'école primaire [1] : « Devoirs envers nous-mêmes, envers nos semblables et envers Dieu. »

1. C'est à l'instigation de Jacques Chevalier, futur ministre de l'Instruction publique, que sont réintroduits dans les programmes scolaires les « devoirs envers Dieu », par un arrêté ministériel du 23 novembre 1940 ; *La Croix* peut titrer le 12 décembre : « L'École sans Dieu a vécu » ; la mesure sera reportée par Carcopino le 10 mars 1941.

Je sais combien l'anticléricalisme est chose vulgaire. Je sais aussi que, si, par définition, l'anticlérical est vulgaire, Barrès ne l'était pas, quand il traitait l'instituteur de Maître Aliboron.

Mais ce Dieu de l'école primaire, quel est-il ? Celui du maréchal Pétain ou celui de Voltaire ? Quel Dieu vont enseigner les instituteurs de France ? Chacun enseignera-t-il son Dieu ? Et ceux qui n'ont pas de Dieu ou qui ont d'autres dieux que Dieu ? Le maréchal Pétain et Laval vont-ils, un soir, tête à tête, assis à la même table, définir un Dieu qui leur soit commun ? Je donnerais beaucoup pour connaître le Dieu de Laval.

Je jure que je n'ai envers aucun dieu une de ces pensées qu'ils appellent primaires. Si pourtant, ce dieu façonné par un vieux militaire et par un vieux parlementaire et auquel M. Ripert [1] a mis la dernière main, me répugne.

Et tant pis pour les pensées vulgaires. Je pense que la liberté de penser, c'était une conquête.

J'entends qu'on me reproche de prendre au sérieux des morceaux de propagande et de commenter les textes d'un attaché de cabinet. C'est d'abord s'abaisser et c'est aussi choisir une partie trop facile. Sans doute ces misérables morceaux viennent de chez le brocanteur. Mais ils n'en sont pas moins des symptômes, ils n'en montrent pas moins des tendances. Ce fascisme, qui se développe en vase clos, qui semble n'exciter, ni dans un sens ni dans l'autre, les passions de la foule, se couvre de momerie. C'est sa faiblesse. Hitler et Mussolini proposaient des au-delà de la morale traditionnelle, un

1. Georges Ripert, membre de l'Institut, est depuis 1937 doyen de la faculté de droit de Paris. Notoirement réactionnaire, il sera secrétaire d'État à l'Instruction publique et à la jeunesse du 7 septembre au 14 décembre 1940.

narcissisme nouveau. Ils galvanisaient les brutes et les intellectuels débiles. (Cet horrible mot : « intellectuel » charriait une nuance péjorative de l'intelligence. Il en faudrait un autre déjà pour désigner l'intellectuel qui n'est même plus un stérile manieur de concepts, mais l'agent de publicité des dictatures). Hitler et Mussolini avaient des vertus de bonimenteurs forains. Ceux de Vichy sont ternes. Le fascisme est le gouvernement d'un parti, mais d'un parti nouveau. Ils n'ont même pas su inventer un parti. Ils ne sont que l'extrême-droite au pouvoir et ne s'appuient que sur les troupes d'occupation. Ils ne conduisent la France qu'à une exaspération de ses luttes politiques. D'où naîtra une révolution ou un fascisme. À moins qu'un grand miracle national ne suive le miracle d'une victoire anglaise. À moins qu'une victoire allemande ne résorbe tout, la France et Vichy.

7 décembre

Ils m'accueillent ainsi, les paysans ou les gens du bourg :
– Qu'en dites-vous ?...
– De quoi ?...
– De la situation...
Je fais des deux bras un geste vague, qui veut dire : « Que sais-je ?... Je n'en sais pas plus que vous... C'est d'une complication qui nous dépasse tous... »
Alors, ils me disent : « On attend... » Si je demande : « Quoi ?... » Ils répondent : « L'Angleterre... » Jamais un mot sur Vichy.
« Que pensez-vous de la situation ? » Je n'en pense pas grand-chose, mais je ne fais qu'y penser. J'y penserais peut-être moins, si je n'étais isolé des miens. De mes amis. Je la partagerais avec eux, la situation. Mais je suis seul avec elle.

L'ai-je assez dit, l'ai-je assez écrit, pendant la précédente guerre, que la dimension des événements n'était point à considérer et que l'homme avait son refuge en lui-même. Et voici qu'au fond de moi-même je me cogne à Hitler et à Laval. Je n'avais jamais été si salement habité. Mes hôtes étaient d'une autre qualité.

J'ai un fond canaille. C'est canaille que se coller ainsi à l'événement. L'élégance est de le filtrer, n'en traiter que par allusions, le dépouiller de cette vulgarité qui n'est point séparable de l'immédiat, l'accommoder historiquement alors qu'il est encore tout chaud, en faire un concept aux facettes bien taillées, un bloc délicat de cristal.

Dominer les temps, se dominer soi-même, ne point égarer sa liberté intérieure, je trouve ce thème jusque dans le journal. De nobles vulgarisateurs s'évadent ainsi et de l'Allemagne et de Vichy. Ils me proposent tantôt d'être le roseau pensant, tantôt le flexible roseau qui résiste à la tempête. Je flaire en ces propos une odeur d'hypocrisie. Ce n'est pas de l'événement qu'ils se garent, mais des risques.

Un écrivain, un vrai, avait pendant l'autre guerre écrit des notes terribles sur les mensonges de l'héroïsme par contrainte. Empruntant la forme de la parabole évangélique, il montrait Jésus faisant des miracles. Jésus passait. Et celui-ci était paralysé de la jambe gauche et celui-là paralysé du bras droit. Et ainsi ils étaient délivrés de la guerre.

J'admirais son courage et lui demandais quand son livre paraîtrait.

« Jamais, me répondit-il. Mes lecteurs n'ont point à savoir ce que je pense de la guerre. Je n'ai nulle envie de me colleter avec mon époque. Je veux, s'il me plaît, être académicien, sénateur, ou mieux, pair de France. Pair de France est un titre que j'eusse aimé. Je ne me bats point contre la guerre, mais je ne lui donne rien.

La littérature n'est pas du tout ce que vous croyez. Je veux plaire. Avez-vous oublié que les vieux auteurs voulaient plaire ? Je ne cède pas aux puissances, comme vous croyez. Je me gare. Ma tradition est celle du libertin. Je goûte au fond de moi-même la joie de nier avec sérénité ce que la foule adore. »

J'ai lu quelques versets de Josué et des Juges. Les enfants d'Israël n'ont guère de mérite à gagner des batailles. L'Éternel crée la panique ou la stupeur chez leurs ennemis ou les fait s'entre-tuer. Mais les enfants d'Israël, ayant connu les signes de la protection de l'Éternel et de sa puissance, ont à peine battu un peuple qu'ils adorent ses dieux et rejettent l'Éternel. Cette stupide ingratitude étonne. J'ignore l'interprétation des docteurs. Y a-t-il un sens caché ? Par exemple qu'il est difficile de trouver Dieu en soi et de l'y préserver ?

9 décembre

Qu'il y a donc de dieux, depuis le dieu de Vichy jusqu'à l'infinité des dieux possibles. Avant 1914 ce fut le temps des conversations littéraires et pédérastiques. On eût dit que l'homosexualité conduisait tout droit à la religion. Puis le catholicisme devint confortable. M. Paul Claudel remercie Dieu de ne l'avoir fait semblable ni à Voltaire, ni à Michelet, ni à Renan. C'est trop de contentement de soi-même. Mais la religion de littéraire et confortable devint, aux temps des hostelleries, une manière de complément de la gastronomie.

Je n'ai pas sur Dieu de pensée bien à moi, mais je ne puis supporter qu'on l'accepte comme une mode ou comme un règlement d'administration publique. Je ne hais point Dieu, mais je hais tout dieu facilement accepté.

La politique de Vichy, c'est l'intégration de la France à l'Allemagne. Le pays la repousse mollement, la réprouve. Mais c'est un mouvement intime, une réprobation intérieure. Il ne résiste pas et sans doute il ne peut résister. Et c'est face à mon papier que depuis six mois je résiste. Mais ne serait-il point temps de m'évader de ces pensées étroites et de ces passions, accrochées au présent ?

Juif, vais-je réduire le monde aux commodités qu'auront les Juifs dans l'Europe de demain ? Mon jugement va-t-il dépendre de ce que, depuis quelques semaines, je n'ai plus le droit d'être maréchal de France ?

Serais-je de ces idéalistes au regard vide qui glissent leur main dans les engrenages de la machine à fabriquer l'histoire et se la font broyer ? Serais-je la dupe de vieux mots (pas si vieux que ça, après tout) qui traînaient hier dans les journaux mêmes et dans les discours des politiciens du dimanche ? Ne saurais-je point encore que la foule ne pense pas ? Il est vrai que les savants ne pensent guère davantage, quand ils ne pensent pas les choses de leur laboratoire. Ignorerais-je que l'histoire ne s'enferme pas dans un système de logique ? Pour faire cette France à laquelle je tiens tant, il a fallu que des pendus se balançassent sur les routes de la Bretagne de la Sévigné[1]. Les Lorrains et les Juifs fabriquent de l'histoire à la façon de ces pendus bretons.

---

1. La Bretagne s'était insurgée en 1675 contre l'instauration d'un nouvel impôt : c'est la révolte du « papier timbré », énergiquement réprimée par les soldats du roi. La marquise, de sa résidence près de Vitré, écrit à sa très chère fille, madame de Grignan, le 24 septembre 1675 : « *Nos pauvres bas bretons, à ce que je viens d'apprendre, s'attroupent quarante, cinquante par les champs et dès qu'ils voient les soldats, ils se jettent à genoux et disent mea culpa : c'est le seul mot de français qu'ils sachent... On ne laisse pas de pendre ces pauvres bas bretons. Ils demandent à boire et du tabac et qu'on les dépêche...* »

Un peu de sagesse enfin, un peu de vol planant. Par-dessus les cimes, par-dessus les temps.

Et si même la France mourait, qui s'en apercevrait ? Certes pas ces patriotes, qui acceptent d'un cœur si léger qu'elle risque de mourir. Qui s'en apercevrait dans une bonne paix germanique ? Le vieux Cournot [1] peut-être, dans sa tombe, qui disait que le génie français était inséparable d'un « pli d'opposition ». Einstein, Eddington ou Langevin ne sont pas indispensables au fonctionnement des centrales électriques. L'Allemagne abattrait les taudis. Sans doute on verrait, comme après toutes les guerres, quelque désordre dans les mœurs. On y parerait par la religion ou la gymnastique. À moins que la morale d'État ne s'affranchisse des vieux préjugés sexuels. Les trains et les avions arriveraient à l'heure. Et n'avons-nous point vu, quand les bourgeois français jugèrent le fascisme à ses débuts, que c'est là le plus haut signe de la plus haute civilisation ?

Les petits pays comme les grands empires dispa-raissent. C'est peut-être la seule certitude de l'his-toire. Que de vaines alarmes ! Quand la Grèce dispa-raît, il reste les hellénistes. Et quelle stupide illusion de continuité est la nôtre, en ce qui touche les Beaux-Arts et les Lettres. Déjà les moralistes de la débâcle s'apprêtent à reconstituer nos arts et notre littérature. Comme on recrute une armée et comme on embauche chez Renault. Les grandes époques d'art sont des îlots dans le temps. Venise, Florence, c'est un siècle de pein-ture. Après quoi les Italiens calligraphient ou paraphent. Ou deviennent futuristes et font de la sculpture avec des tuyaux de poêle. La pourriture française, entre 1920

1. Antoine Cournot (1801-1877), mathématicien, économiste et philosophe français, qui développa une conception probabiliste et relativiste de la connaissance, fit volontiers figure de non-conformiste.

et 1940, serait-elle donc à préserver ? Vais-je défendre et souhaiter la liberté de pourrir ? Non, je laisse couler l'histoire et je me gare. Je ne risque même pas l'erreur. Ce qui arrive fera toujours de l'histoire.

Je n'ai point tant d'années à vivre. Que puis-je faire de mieux que travailler à les aménager confortablement ? Et j'entends non pas les années de l'histoire, mais les miennes. J'ai vécu assez pour que mon passé me soit un roman-fleuve. Et mon présent, pourquoi tenter autre chose que le protéger, m'isoler avec ceux que j'ai choisis, me refuser aux grandes conflagrations et ne contempler qu'en curieux ces conflits de forces immenses, que meuvent des pensées puériles. Penser contre un Hitler ou un Laval, n'est-ce point déjà aussi bas que borner sa pensée au monde d'un Hitler ou d'un Laval ?

Se refuser, tout est là. Tout est-il là ?

Je pense avoir été lâche assez souvent pour conter un de mes actes courageux ou, si l'on préfère, le seul peut-être que j'aie jamais accompli. J'entends courage en son plus pauvre sens. Je n'avais pas beaucoup plus de vingt ans. Il pouvait être deux heures ou trois heures du matin. C'était l'hiver. Je suivais le boulevard Arago, désert, sinistre. J'avais hâte de regagner mon lit. Soudain, j'entendis un grand cri de : « Au secours !... » poussé par une voix de femme. Je ne sais à quel absurde instinct de terre-neuve j'obéis. Je courus, je courus « vers ce cri ». Bientôt je distinguai dans l'ombre un groupe d'hommes en cercle. Je courus plus fort. J'ai pourtant très peur des rôdeurs. Je n'eus pas le temps d'avoir peur. Je ne sais quelle puissance souveraine me guidait et me protégeait. Je m'arrêtai net devant le groupe. Il me sembla que j'avais arrêté sous moi un cheval au galop, que je sautais à bas de ce cheval et que j'étais invincible. Quatre ou cinq hommes et la femme m'attendaient et déjà la femme semblait à l'abri de leur attaque.

C'étaient quelques jeunes gens, point du tout patibulaires, et une jeune femme d'allure fort convenable. Ils avaient innocemment plaisanté et la jeune femme avait crié par jeu. Mais je devais dans cette minute si bien ressembler à un guerrier tartare que personne ne se moqua de moi et que la scène me fut expliquée avec beaucoup de gentillesse.

Il y a peu d'années, j'ai entendu de ma chambre le même cri : « Au secours ! » Je sautai de mon lit, j'ouvris la fenêtre. Mais je ne descendis pas. Je me donnai à moi-même le prétexte que j'étais en pyjama, que je ne pouvais pas descendre en pyjama (et pourquoi donc pas ?…) que le temps que je mettrais à m'habiller même sommairement était du temps gagné par les agresseurs. C'était la sagesse. Mais c'était aussi la peur. Je me penchai par la fenêtre et poussai un grand cri qui les fit s'enfuir. Car il s'agissait bien cette fois d'une véritable agression. Deux escarpes avaient eu le temps de coucher au trottoir un jeune homme qui habitait la maison voisine.

Quoi m'empêcherait aujourd'hui de rester dans mon lit ? Ce qui me lie aux conflits historiques est moins consistant que ce qui me liait à ces inconnus criant au secours dans la nuit ? Un rien suffit à nous délier du monde.

J'allais me délier du monde. Mais Andrée François[1] revient du bourg : « Le général de Gaulle a parlé hier à la Radio… Il a dit que les Italiens étaient fichus et que les Allemands le seraient bientôt… »

---

1. Employée au service de Suzanne et de Léon Werth, depuis 1922, Andrée François fait partie de la famille. On la retrouve citée à maintes reprises dans le Journal (pp. 124, 172-173, 231, 249, 286, 328).

22 décembre

Il y aura demain une semaine que j'ai quitté mon nid
et ma neige. J'ai passé ces journées à Lyon chez mon
vieil ami Latarjet [1].

Depuis trois mois, je vivais seul face à la guerre, pas
même face à moi-même. Je commence à comprendre
que la solitude dissout le « moi », plutôt qu'elle ne le
cristallise. Les premiers jours, elle est héroïque, bientôt
elle n'est plus qu'un faisceau d'habitudes. Tout s'éloigne
du moi et le moi s'éloigne de lui-même. Je veux bien
qu'à pousser plus loin la solitude on atteigne à un très
haut état de méditation. Mais je me méfie. On a vite
fait d'appeler méditation le demi-sommeil.

Ce fut d'abord le train. Wagon complet. Trois soldats, deux du type dolent et un costaud, haut en taille et
en couleur. Une jeune femme ni de la grande ville, ni
de la campagne, de quelque Lons-le-Saunier peut-être.
Petit être, petite nature, des traits mous, que l'œil ne
sait par où saisir, mais que rassemble un sourire timide,
où il n'y a que de la gentillesse, une gentillesse qu'un
rien ferait passer à la maussaderie. Elle est triste
comme sa pauvre fourrure en peau de lapin. On voudrait la sauver, l'aimer. En face de moi, un vieux qui
louche en toutes directions (ses prunelles sont déco-
lorées et ressemblent à des taies), crachote entre ses
jambes, avec une remarquable virtuosité dans cette
balistique. Il me répugne. Je pense à Tolstoï, décrivant
un wagon rempli de moujiks sales et tout près de Dieu
et jetant ce cri : « La voilà la vraie aristocratie ! » Philippe aimait à citer ce passage : comme je comprends

1. André Latarjet, professeur d'anatomie à la faculté de Médecine de Lyon, est un ancien condisciple de Léon Werth au lycée
Ampère à Lyon ; il est cité p. 301.

Tolstoï et comme j'aimerais voyager seul dans un wagon de première.

Ma solitude a fondu. Cela paraît tout simple. On s'assied autour d'une table. Et l'on retrouve une famille et une civilisation.

Le soir je me suis promené dans les rues obscures, reniflant le passé. Je pourrais tenter de décrire ce passé, mais non pas ces rues trop pleines de mon adolescence. Ce que j'aperçois d'elles est à peine de l'ordre visuel. Je n'ai jamais vu qu'en rêve des rues si délivrées de leurs matériaux, de leur architecture, de leur urbanisme. Ces façades, ces fenêtres n'ont de sens que pour moi. Je ne sais distinguer ce que j'en aperçois et ce que mon souvenir en a gardé. Elles sont fixées en moi à jamais et, telles quelles, mourront avec moi.

De mon lit, j'entends le tramway, dont les roues, en prenant le tournant, frottent contre les rails et gémissent. Cette chanson du tramway est aussi belle que le silence de la campagne.

À la campagne, le Maréchal n'était pas obsédant. Nous n'avions vu son image que sur le journal. Les vendeurs de cartes postales ne sont pas venus jusque dans les fermes isolées. À Lyon, le Maréchal est partout. Ses portraits, ses messages, ses allocutions radio-diffusées sont collés aux glaces des magasins. Signe d'un incontestable enthousiasme ? J'apprends qu'avant son passage à Lyon la préfecture avait distribué ces placards et que nul commerçant ne se fût risqué à ne les point apposer. La publicité du Maréchal fut organisée comme celle d'un grand cirque. Sur les arbres des quais, la préfecture a fait coller des bandes imprimées, qui portent l'inscription : « Vive Pétain ! »

À la devanture d'une librairie, je lis quelques lignes d'un article de tête, signé d'Henri Béraud. Chiappe est un grand Français. L'Angleterre nous hait. On ne comprend rien aux événements, si l'on ne part de ce principe historique que l'Angleterre nous hait. Je n'ai pas lu plus loin. J'ai retrouvé la lie des conversations bistrotiques. Pour avoir une ou deux fois vu le visage de ce journaliste, je refusais de me laisser entraîner à un jugement tout d'une pièce. Le plus misérable, si on l'a vu en chair et en os, on lui prête des nuances et des complications d'homme. Et l'on craint de porter au compte de la bassesse ce qui n'est que de l'ordre de la vulgarité. Ce scrupule ou cette manie psychologique m'ont trompé. Il n'y a là que bassesse. Ces quelques lignes suffisent à reconstituer un tout. Qui a pu les écrire est bas. Il fait honte [1].

Latarjet me montre un numéro d'un nouvel hebdomadaire : *Vaillance*. Il en a lu quelques lignes et n'a pas été plus loin. Il hausse les épaules. Il annule ces menus symptômes. Je n'ai pas cette sagesse. Je n'annule pas un symptôme pour raison de bassesse ou de sottise. Si totale que soit la sottise, elle a une direction, qu'elle choisit selon ses propres lois ou qu'on lui impose. Cet hebdomadaire est d'une insupportable momerie : toute âme un peu noble prendrait à tout jamais le dégoût de la famille, de toute discipline et de toute patrie. Cette orthodoxe momerie est pire que toute pourriture. Elle me dégoûte autant que la pornographie et je l'en distingue mal. L'une et l'autre salissent et abêtissent ce qu'elles touchent.

Ce séjour à Lyon me désoriente dans le temps. J'aurais besoin que quelqu'un me prouvât que je n'ai pas quinze ans, que je n'ai pas de leçon à apprendre, que je ne dois pas préparer mon cartable pour aller au lycée.

1. Dans *Gringoire* du 12 décembre 1940, Henri Béraud célèbre la mémoire de Chiappe et se livre à un violent réquisitoire contre les Anglais.

Dans le hall d'une banque, des passants sont assemblés, pendant qu'un employé inscrit à la craie des nouvelles sur un tableau noir. Les nouvelles n'ont pas le temps de « déposer », comme à la campagne. Chaque minute apporte la sienne. Elles se poussent.

Je ne sais plus réagir à toutes ces piqûres d'épingle. J'en suis gêné, troublé. Tous mes raisonnements liés dans la solitude m'apparaissent sans vie, comme des pétrifications logiques.

N… espère et souhaite la victoire de l'Angleterre et, en même temps, il croit en Pétain. J'ai déjà constaté que quelques paysans séparaient Pétain d'avec les hommes de Vichy. Mais pour eux Pétain est une manière de bon vieux. Au lieu que N… lui prête de fermes desseins. Il a sauvé, de la France, ce qui, après la débâcle, en pouvait être sauvé. En attendant que l'Angleterre ait gagné, Pétain fait l'intérim de De Gaulle. Pour résoudre cette contradiction, N… ne manque pas d'arguments logiques. Il en manque d'autant moins que, depuis sa jeunesse, il a vécu sans préoccupation politique et qu'il est naïvement « bon Français ». À peine s'il fut troublé par la propagande de « saine politique » de la droite. Quant au marxisme, il n'en a jamais approché son nez, même pour le renifler. Toutes les doctrines et toutes les passions de la politique, depuis une trentaine d'années, lui sont étrangères. Il croit à la sainte duplicité de Pétain. Le Maréchal est par-dessus Vichy une carte postale en couleurs, une image de piété, une icône dans sa niche. N… construit une France sans saint Barthélemy, une France où Henri IV ne fut jamais assassiné, une France sans pli d'opposition, une France artisanale et de bons laboureurs, pendant à leur mur la photographie du bon Maréchal.

Nous passons, rue de la République, devant le *Centre de propagande individuelle des Français*. On y voit circuler les gendarmes ou des gardes mobiles. Aux glaces sont collés des papillons : maximes extraites des messages du Maréchal ou témoignages de fidélité. Je lis sur un de ces papillons : « Vous avez été contraints à la guerre par 5 000 francs-maçons et Juifs, payés par l'étranger. » Telle est la philosophie de l'histoire pratiquée par le Maréchal.

N… et ses amis construisent sur l'anecdote. Quelques-unes sont belles et non sans signification. Mgr Gerlier a cité, dans une récente allocution, Sidoine Apollinaire. Si corrompue que fut la Rome antique, a dit Sidoine Apollinaire, elle domine les hordes des Barbares ariens. Le cardinal a détaché : « ariens ». Noble espace où les maréchaux et les cardinaux font de l'histoire avec de nobles allusions. Le cardinal jouait sur aryens et ariens (partisans d'Arius).

Deux soldats allemands, revolver au flanc, traversent la place Bellecour [1].

La place Ampère est hors le temps, une oasis de province, non pas une de ces places où le passé s'habille d'architecture et murmure des secrets historiques, non pas une place musée. Elle est aimable et triste. Ampère est assis au milieu du terre-plein et rend paternellement la justice. Les arbres montent moins haut que sa tête.

Vue par la vitre du tramway, le soir, la place Bellecour ne me donne rien du Lyon compact, étouffé, qui fut le mien. Quelques baraques de fleuristes font une

1. Léon Werth, en homme de zone Sud, note la présence de deux soldats allemands.

bizarre fantasmagorie. Sous les ampoules électriques voilées, les fleurs ont l'air d'être peintes au Duco.

Lyon serait-il le refuge des snobs parisiens ? Mme G… pépie comme elle pépiait à Paris. Sur les musiciens et les peintres. Elle ne m'irrite pas moins qu'à Paris, il y a dix ans. Cette irritation, m'a-t-on dit, est ridicule, et, de plus, injustifiée. Le snob est nécessaire. Il véhicule du peintre et du musicien. Je ne me laisse guère persuader. Le snob véhicule n'importe quoi et juge de n'importe quoi. Le vieux snob joue au juge, comme les enfants jouent au soldat. Il rend la justice à longueur de journée, une justice sans attendus. Il picore ses idées dans l'air du temps. Et non pas seulement ses idées sur la peinture et la musique. Tout se lie, tout se tient. Il répand partout sa poussière de jugements, de modes et d'émotions feintes. Il est contaminant. Et qui apprend à se mentir sur Matisse apprend à se mentir sur tout. Une balance faussée l'est pour les poids de tout métal.

J'apprends que R… est à Vichy, qu'il a adhéré à la politique de collaboration. J'en suis stupéfait. Chassé d'Italie au début du fascisme, R… vécut en Russie, fit partie du *komintern*, quitta la Russie. Il avait lu les philosophes, dont Marx. Il n'était pas de ces révolutionnaires qui remplacent par un catéchisme de vulgarisation marxiste leurs concepts de certificat d'études. Il ciselait Marx et toute doctrine d'un net trait de burin. Il semblait avoir nourri de sa propre chair les plus lointaines espérances de l'ordre socialiste. Possédé autant et plus peut-être par le besoin de donner un sens aux événements que par le démon de l'agitateur.

Et il collabore. Je commence à croire qu'il y a une passion de la haute politique, indépendante de son contenu, comme il y a un goût de l'amour qui se satisfait de n'importe quelle femme.

J'ai rendez-vous avec quelques amis à la brasserie du Lion d'Or. Cette salle aux boiseries sombres, calcinées, me fait penser à je ne sais plus quel bar de Londres. Mais comme on s'y sent à Lyon ! Comme on s'y sent dans un Lyon qui pèse son juste poids de Lyon ! Loin des agitations du monde et de la rue de la Ré, la taverne du Lion d'Or est, à cinq heures de l'après-midi, un retrait de silence…

« La masse lyonnaise, me dit Faure, c'est lui prêter beaucoup de consistance que la diviser en partisans de Pétain et en partisans de De Gaulle. Il est peu de Lyonnais qui, par hâte d'en finir, souhaitent la victoire allemande. Mais il en est peu qui croient fermement à la victoire anglaise. »

Que Mermillon[1] me pardonne. Je me demandais si j'allais le retrouver semblable à lui-même. Doute sacrilège. J'ai vu, en ces vingt dernières années, quelques-uns de mes meilleurs amis parisiens se laisser mettre en loques par l'époque. J'ai craint une seconde pour son parfait équilibre, pour cet étonnant dosage de générosité et d'horreur du flou, pour ce courage à accepter le sens commun, s'il le tient pour juste, et à le bafouer, s'il lui paraît méprisable. Mermillon que Signac appelait Marius, Mermillon est intact. Mermillon est incassable.

Il me décrit un bizarre petit groupe lyonnais, qui tient la défaite, la débâcle pour nulles et non avenues. Ça ne compte pas. Dans un monde épuisé par la guerre, la France sera l'arbitre.

Je me demande si trois mois de solitude n'ont pas transformé en obsessions les plus pauvres de mes pensées. La solitude ne priverait-elle pas l'homme de

1. A collaboré aux *Cahiers d'Aujourd'hui* dans les années 20.

lui-même ? Il se creuse et, se creusant, il se vide de sa substance. Le meilleur ne nous vient-il pas par choc, par ébranlement ?

3 janvier 1941

Ma femme est arrivée. Non pas par les voies régulières, non pas avec des tampons de la *Kommandantur*, mais elle a franchi la ligne à travers champs, la nuit, entre Montceau et le mont Saint-Vincent. Une organisation ingénieusement ramifiée assure, moyennant un prix forfaitaire, le passage clandestin de la ligne. Les clients prennent d'abord contact dans l'arrière-salle d'un bistrot des Ternes. À la gare de Lyon, ils sont accueillis par un certain Roger, qui porte casquette et foulard rouge. Roger est accompagné d'une jeune femme. Il fait le voyage avec ses clients. À Montceau, on descend du train. On fait escale dans un bistrot. Roger témoigne de la plus vive tendresse envers sa jeune amie. À la nuit on prend la route, on la quitte, on passe à travers champs. Il faut faire dix kilomètres à pied pour atteindre la ligne de démarcation. Cette nuit-là, la route et les sentiers étaient couverts de verglas. Hommes et femmes glissaient. L'un des hommes tomba dix-sept fois.

Le groupe, conduit par Roger et par un homme du pays, était composé de trois prisonniers évadés, de Suzanne et d'une dame, qui allait rejoindre à Marseille son mari et ses fils. La petite amie de Roger portait un capuchon en gutta, dans lequel s'engouffrait le vent bruyamment.

– Enlevez ça, dit le guide, on ne va pas au bal…

– Tout ça, dit Roger, on le verra plus tard au cinéma… Mais ne vous en faites pas trop… la sentinelle est dure de la feuille…

On ne sait pas si Roger a par expérience découvert que la sentinelle entendait mal ou s'il a acheté cette dureté d'oreille.

On arrive au Mont Saint-Vincent. On est en zone libre. J'éprouve à ce récit la plus violente indignation. Quelle abjection que se faire payer cette sorte de services ! Toute ma morale se hérisse. Mais la morale n'est qu'un cadre imparfait où glisser les actions des hommes. « Ce n'est pas si simple, me dit Suzanne. Et d'abord ces gens ne font pas payer les prisonniers évadés. » Leur milieu est difficile à définir ! Le milieu, si l'on veut. Ils ressemblent à ces habitués des boîtes de Montmartre, qui trafiquent de la coco.

Comme seuls ils ont des sauf-conduits en règle, ils portent sur eux, pour le passage de la ligne de démarcation, l'argent, les bijoux, les lettres de leurs clients. Les clients retrouvent tout la ligne franchie.

L'un d'eux, dans le bistrot de Montceau, ayant déposé sur la table une sacoche, montrait avec plus de vanité encore que de plaisir le gain de sa semaine ou de son mois : cent cinquante billets de mille francs. Quelqu'un lui dit : « Vous serez désolé, quand la guerre sera finie… » Il se redressa, indigné. « Tout ça, je le donnerais pour qu'elle cesse immédiatement. Et pas seulement parce qu'on a du cœur, mais parce que nous, on s'en fout, parce que nous, on sait toujours gagner de l'argent… »

Il est exact que Langevin fut quelques jours emprisonné par les autorités occupantes. Elles lui ont volé sa montre. Il est actuellement en résidence surveillée, à Troyes. Je demande sous quelle forme ont protesté le Collège de France et la Sorbonne. Il paraît qu'ils n'ont pas bronché ou que, s'ils ont témoigné de leur sympathie à Langevin, ce fut si discrètement que personne n'en a rien su. Je pense avec quelque tristesse au commentaire que j'écrivais, il y a quelques années, d'une photographie représentant des professeurs allemands, écoutant avec docilité un discours que leur tenait Gœbbels. Je montrais qu'un pareil consentement n'était point absolument impossible en France et que les voies académiques ouvrent une belle route à la lâcheté.

Les Allemands ont fait savoir à Langevin qu'ils l'emprisonnaient comme « belliciste », mais qu'ils n'avaient pas exigé sa révocation, dont seul Vichy était responsable. C'est donc bien le Maréchal qui, pour le salut de sa principauté de Monaco, a révoqué Langevin. Beau sujet d'image d'Épinal.

La France du Maréchal ne peut s'accommoder de Langevin. Le Maréchal fout dedans Langevin et la physique, comme Hitler, si Einstein ne s'était exilé, eût foutu dedans Einstein et la relativité. C'est parler gros, je le sais. L'académisme veut plus de nuances et aussi plus de mensonge. J'entends l'objection déjà. Einstein ne fut chassé par Hitler que parce qu'il était juif et Langevin ne fut révoqué par le Maréchal que parce qu'il assista à des meetings communistes.

« La France n'a pas besoin d'intelligence. La France n'a que trop d'hommes intelligents. » J'avais entendu cela, au début de la guerre, de la bouche d'un officier d'état-major. Ainsi parlent beaucoup de ces savants philosophes, qui ont appris la philosophie dans les manuels du bachot. Déjà, Stendhal répondait à ces sortes de philosophes et dénonçait cette « vulgarité ». J'ai cité ce passage de la *Chartreuse*. Mais tout est renversé depuis Stendhal. L'élégance est dans la foi du charbonnier. L'élégance est de dénoncer le rationalisme et la science. De montrer au besoin, par de subtils jeux acrobatiques, que la science elle-même n'est pas rationnelle. On ne sait si ces ingénieux penseurs font ou non exprès de confondre la science avec ces appareils qui, dans les charcuteries, découpent avec une haute précision les tranches de jambon.

Il paraît que les journaux de Paris ont bassement attaqué Langevin et Perrin[1]. Le comique est que les rédacteurs de ces feuilles ont mis le débat sur le plan scientifique et les ont dénoncés comme de pauvres savants. L'ignoble est que ces physiciens de feuilles publiques s'abritent, pour insulter des savants français, derrière les autorités occupantes.

La France est en tronçons : France occupée, France du Maréchal, France des paysans, France des ouvriers, France des bourgeois, France de droite et France de gauche, l'une prétendant étouffer l'autre et tout résoudre par le fascisme, qui demain peut-être se décomposera en Italie même. France travailleuse, savante et pensante, France des cartes postales du Maréchal, tous ces tronçons de France se rassembleront-ils ? Sous la botte allemande, par la brutalité du fascisme, d'un parti de l'ordre à tout prix ? Ou bien la France se réinventera-t-elle ? Le peuple la réinventera-t-il ? La bourgeoisie n'est plus capable de penser la France. L'idée de France est devenue une idée difficile. Le peuple l'éclaircira-t-il ? Mais le peuple existe-t-il encore ?

Quoi que devienne la France, qu'elle doive se perdre à jamais ou se réinventer, la France espère. Je sais maintenant que Paris espère et résiste. Et le bourg espère. Ce n'est plus du tout le bourg d'après la débâcle, le bourg renonçant, contaminé par des relents d'hitlérisme. Je ne sais s'il pèse juste les victoires anglaises

---

1. Sur Paul Langevin et son arrestation, cf. *supra* p. 63 ; Jean Perrin, physicien renommé pour ses travaux sur la physique nucléaire, Prix Nobel en 1926, est parvenu à gagner les États-Unis.

en Libye [1], et le déconcertement de l'Allemagne devant sa victoire sans combat. Mais il espère, il prend peu à peu dans la défaite une âme de vainqueur. « Ils sont foutus… », me dit le médecin, que j'ai rencontré dans la rue, couverte de neige. « Ils sont foutus. » Et il a dit cela, comme il eût dit : « Il fait froid… » avec la même certitude.

Une dame d'âge, qui ne connaît la politique que par les bruits en circulation dans l'air d'une petite ville de province, téléphonant à une amie, lui demande des nouvelles de la santé de ses enfants et soudain pose cette question, tout simplement : « Est-il vrai que le maréchal Pétain s'est mis avec de Gaulle ?… »

« Je ne suis pas riche, m'a dit Laurent… Mais pour que l'Angleterre gagne, je donnerais bien une de mes vaches. »

6 janvier

J'ai changé de solitude. Une chambre d'hôtel à Bourg. Ce n'est pas un décor très savoureux. Mais l'homme est une drôle de bête. En deux jours, j'y ai déjà des habitudes, des attaches. Je ne la quitterais pas sans un rien de mélancolie.

Le journal : M. Jacques Chevalier est bien décidé à « donner à tous le sens des valeurs spirituelles, de la norme divine qui les mesure, de la foi qui y adhère,

---

1. Le 9 décembre, les forces du général Wavell lancent une contre-attaque contre les forces du maréchal Graziani ; les Italiens sont battus, trois jours plus tard, à Sidi-Barrani et perdront Tobrouk le 23 janvier. Dans cette offensive-éclair, les Anglais qui déplorent 476 morts font 130 000 prisonniers.

et sans laquelle rien, ici-bas, ne se fait de grand et durable ».

Ce Chevalier est-il un vieux philosophe spiritualiste pour femmes du monde, une ganache branlante ou un roublard ? Soit dit en passant, son « qui y adhère » n'est pas fameux.

Je serais bien incapable de dire comment s'est constitué en moi le scénario Pétain-Laval-Abetz : Laval ouvrant aux troupes allemandes les voies ferrées de la zone libre vers l'Italie, Laval congédié et sous la surveillance des gardes du Maréchal, Abetz exigeant le retour de Laval, l'ultimatum d'Hitler, le refus du Maréchal. Quelle est la part de la tradition orale, quelle est la part de mon interprétation des très brefs communiqués de Vichy, je n'en sais plus rien. Mais le scénario est ferme, bien établi. Et non seulement dans ma tête, mais dans toutes les têtes. Dans la zone libre comme dans la zone occupée. Et cet unanime accord est sans une divergence de détail. Chacun a son scénario et ce scénario coïncide avec tous les autres. Des millions d'hommes, dont aucun ne pourrait donner la même version que l'autre d'une brève séquence de cinéma ou d'un accident de bicyclette, ont un identique scénario dans la tête. Et, si l'on en cherche les sources contrôlables, à peine trouve-t-on la moitié d'une colonne de journal, qui se réduit à ceci : Laval a été congédié, Pétain a déjeuné avec Abetz, et sur la fin de l'après-midi a reçu Laval [1].

1. L'information ne filtre que lentement puisque le renvoi de Laval date de la mi-décembre. À l'issue d'un bref conseil des ministres, tenu dans la soirée du 13 décembre, Laval a été effective-ment congédié par Philippe Pétain. Encore que la politique officielle de collaboration ne fût pas en cause, l'ambassadeur d'Allemagne en France, Otto Abetz, arrive à Vichy, le 17, accompagné de deux auto-mitrailleuses. Après une entrevue très orageuse entre Pétain et Laval, ce dernier repart pour Paris dans la voiture d'Otto Abetz.

Au lycée de Bourg, un tract a été collé sur un placard où l'on appose d'ordinaire les notes et circulaires de l'administration.

« Si vous voulez la liberté : PÉTAIN.

« Si vous voulez être esclaves des Juifs et des Francs-Maçons : DE GAULLE. »

Ce qui prête à désespérer, c'est qu'on ne peut pas plus sur la bêtise que sur la folie. Je sais : les généreux sursauts des foules, l'esprit qui a toujours le dernier mot. Mais si les sages ne sont point sages avec rage, l'Europe sera pendant vingt ans gouvernée par des fous menant des imbéciles. Antonesco, Hitler et Pétain pourront se tendre les bras et s'étreindre à travers l'Europe.

Je trouvais que ma chambre était sale. La bonne en a dix-sept à « faire » par jour. Mais elle sera bientôt riche. Le Maréchal a dit que désormais « l'argent serait la récompense du travail ».

D'une revue de presse. M. Fernand-Laurent[1] (*Jour-Écho de Paris*) : « Le nouveau régime s'acharne à remettre en honneur ce qui est au fond la vieille notion paysanne et artisanale de chez nous, la notion du travail bien fait… »

C'est à cette poésie du passé, à cette poésie pour écho-tiers et à un moralisme flou que la bêtise s'accroche. J'ai entendu dans la rue deux bougres, deux belles têtes d'apéritif, ni ouvrier, ni monsieur, tout-petits bouti-quiers ou tout-petits représentants : « Nous n'avons que

---

1. Camille Fernand-Laurent est un député conservateur inscrit à la Fédération républicaine ; il rejoindra Londres puis New York en décembre 1942.

ce que nous avons mérité… Personne ne voulait plus faire son devoir… »

On ne m'a guère donné, comme preuves de notre déchéance, que la loi de quarante heures, les congés payés et le sabotage. Bons apôtres. Mais l'impureté des avocats, des juges, des médecins, l'esprit de lucre dans les professions dites libérales et les mauvais peintres. Et ces officiers qui, en juin 1940, fuyaient en autos sur les routes et dépassaient leurs soldats. Et aujourd'hui même on me lit la lettre d'un médecin dénonçant un confrère qui, en juin, aurait abandonné sa formation (ces deux médecins sont d'âpres concurrents et exercent dans le même village). L'oubli de toute décence et de la stupidité dans la peur – et bien avant cette guerre – la voilà, l'explication de la débâcle.

Nous ne pouvons pas nous évader des catégories de la droite et de la gauche. Toute pensée politique s'intègre en elles. Et la gauche, dans son vague espoir d'une civilisation humaine, tente d'étreindre un insaisissable avenir. Et la droite, en son désir d'un monde hiérarchique et bien cadastré, tente d'étreindre un passé qui n'est guère moins inconnu que l'avenir.

J'ai quitté ma chambre qui donnait sur un mur et qui ressemblait à une toile d'araignée désaffectée. Par ma fenêtre, il entre maintenant du jour. Et j'ai vue sur un flanc de l'église jésuite, quelques charrettes à bras et un extraordinaire édifice qui est fait d'un urinoir et d'un kiosque à journaux accolés l'un à l'autre. La guerre ne m'en semble pas moins intolérable.

Il me souvient qu'en octobre 39, C…, très anarchiste, très personne humaine et récusant la guerre pour sa stupidité, me disait : « Avant tout, pour ne pas déchoir, ne pas entrer dans les passions de la guerre, la mépriser, la fuir – et au moral et au physique – ne rien donner à la guerre. » Mais si en ne donnant rien à la guerre, on donne tout à Hitler ? Ce n'est qu'en rejetant la guerre qu'on peut rejeter Hitler. Un peuple assez grand, assez sûr de lui pour se refuser à la guerre, n'a rien à craindre de l'envahisseur. Sa seule présence anéantirait, déconcerterait jusqu'à l'anéantissement, l'envahisseur.

Nous sommes immatriculés à l'hôtel.

La bonne, portant les plats, traverse la salle, d'un pas de cheval dressé, tête levée. Elle encense. La patronne a un étrange sourire. Je suis toujours ému par un sourire. Mais j'ai remarqué que ce sourire était réglé selon les lois de la plus stricte économie. Il se déclenche d'un coup, demeure invariable et cesse d'un coup, en même temps qu'elle s'éloigne du client. Il ne faut pas qu'il y ait de restes perdus.

Il m'arrive d'échanger quelques mots avec elle ou avec les hommes. Jamais un mot de la guerre. La vie de l'hôtel continue, la vie de Bourg continue au ralenti.

Hier soir, la salle du restaurant se reflétait, était projetée à travers la glace, dans la rue. Étrange tableau surréaliste. Les tables bien dressées, brillantes sous les lampes du plafond, les pensionnaires sages qui baignaient dans l'ombre de la rue, posés sur la boue de la rue. Cette ombre de rue baignait leurs visages. Ils n'étaient plus que silhouettes incorporelles et l'ossature de leurs visages semblait transparaître. Quelle belle mise en scène pour *Le Grand Large*, cette pièce anglaise que donna Jouvet et dont les personnages étaient des morts, qui ne savaient pas qu'ils étaient morts. Quel symbole : une petite bourgeoisie, ni vivante ni cadavre, persistante et décomposée, dans la guerre, qui est partout, comme une saison, comme la boue, comme la pluie.

Discours de Hitler. « Je me suis heurté à l'internationalisme juif. » Cette explication du désordre du monde satisfait à la fois les Maurras et les marlous qu'on embauche pour les manifestations de rues. Elle n'est donc pas inefficace. « En 1941, il n'y aura plus de privilèges, plus de tyrannie, plus de grandes puissances financières. » « Notre mouvement n'est pas le fait d'un homme, il durera mille ans... » Me voilà rassuré. Ce bond dans les nues de l'avenir me rassure. Je sais, les yeux fermés, que le national-socialisme ne durera pas mille ans. Si Hitler le croit, il est fou, il est perdu. Croire que le national-socialisme durera mille ans, c'est une plus grande illusion que de croire à la justice immanente. Voilà que, par Hitler, la justice immanente devient une créature de chair et de sang.

« Vous avez tort, me dit D..., de chercher à connaître la pensée des gens de Bourg. Ils pensent à leur ventre. » C'est trop simple. Si je disais que les gens de Bourg ne pensent qu'à l'immortalité de l'âme et qu'au destin de la France, ce ne serait pas beaucoup moins vrai. Ce que dit D... n'exprime que sa propre souffrance. Elle ne date pas de la guerre. D... est sensible à l'impureté du monde, comme d'autres sont sensibles au froid. Il se calfeutre. Je ne sais quelles furent, quand il était jeune, ses tentatives de contact avec les hommes, avec les femmes. Mais il fuit aujourd'hui, comme une biche. Ou il se rétracte. Il porte une barbe grise. Mais c'est un adolescent blessé.
Je me demande parfois pourquoi il ne s'est pas réfugié dans la religion ou dans quelque mystique personnelle. Parce que la religion sans doute contient encore trop d'impureté, trop de sentiment. Et le sentiment est

trop près de la chair, trop près de la palpitation physiologique. Parce que la religion ne promet pas le repos
absolu, le néant. D'où son goût physique pour la métaphysique hindoue. Je n'arrive guère à m'intéresser à
ces spéculations. Je reste à la porte. Je n'y vois que de
la logique formelle à sa limite. Mais j'entends encore,
après quinze ans, un monotone, un obsédant orchestre,
quatre ou cinq musiciens accroupis, qui jouaient à
Ceylan, je crois, dans une pagode. C'est tout ce que je
connaîtrai jamais de la métaphysique hindoue.

Les gens de Bourg ne pensent qu'à leur ventre.
J'aimerais mieux dire : ne pensent que leur ventre. Le
reste, ils ne le pensent pas. Mais ils le sentent vaguement. Les grands événements ne sont un excitant, un
bouleversement de pensée que pour les forts. Les faibles
se laissent ballotter ou s'agrippent davantage à leurs
petites doctrines. Toutes leurs doctrines étaient assez
floues pour coller à tout événement et leur permettre de
prendre des airs de prophètes. Je sais quelques camarades à Paris qui dormaient sur l'oreiller de la paix. Ils
se calfeutrent. Ils ne sont pas malheureux. Ils sont prêts
à accepter leur pitance de l'Allemagne, de l'Angleterre,
de l'Amérique, de la Chine. Ils mendient au cataclysme
un peu de bien-être. Pour un peu, ils n'achèteraient pas
le journal, si la lecture du journal ne leur était une
nécessité automatique, comme de fumer, d'échanger
quelques mots sur un film, de jouer aux cartes. Ils
s'endorment dans la guerre. Ils se couchent de tout leur
long sur la guerre. Comme sur un lit d'hôtel. Ils tâchent
de ne pas entendre la guerre, comme on tâche de ne pas
entendre les trains dans un hôtel près d'une gare.

Qui ne songe à la guerre en fonction de soi-même ?
Sans doute. Mais un soi-même est plus ou moins étendu,
plus ou moins ramifié. Je ne voudrais pas être pharisien ; mais je ne crois pas avoir commis de péchés de

guerre. J'entends la guerre qui commence en 1914 et dont celle-ci n'est que le prolongement. Par la faute des hommes. Car rien ne prouve qu'on ne pouvait amputer net la guerre, en 1916 et même en 1918. Il ne fallait que faire un saut par-delà les rites. Mais les hommes ne sont guère bondissants.

En 1914, je partis consentant. Je devançai mon départ pour le front. Il fallait infliger une leçon à la belliqueuse Allemagne. Nous étions un petit détachement commandé par un caporal. Nous offrions notre vie, ou plutôt nous courions notre risque pour la paix. Nous étions volontaires. On ne nous embarquait pas dans le train comme du bétail militaire. Et quand nous arrivâmes aux lignes, le caporal Fabre, qui fut tué plus tard, s'approcha de moi et me fredonna à l'oreille :

> *Et demain* L'Internationale
> *Sera le genre humain...*

Cela prête à sourire aujourd'hui. C'était ainsi.

Avant 1916, nous comprîmes le mensonge de la guerre, son absence de signification ou son abjecte signification. Il ne s'agissait plus que d'en délivrer le monde et de s'en délivrer soi-même, comme d'une maladie honteuse.

1920-1940. La bourgeoisie, par peur du communisme, créait tout ce qui crée la guerre. Et bien avant la débâcle, toutes les doctrines et tous les sentiments nationaux ou révolutionnaires se mélangent, comme ces résidus de peinture que les peintres en bâtiment déversent dans un même pot.

13 février 1941

Je comprends la misère de certains « psychopathes ». Il me semble que l'orange de mon dessert a, elle aussi, goût de graisse.

La France, l'Angleterre, l'Allemagne, les succès anglais en Libye, c'est sur ces vastes ensembles que nous raisonnons. Nous brassons des pensées de vaste étendue et de mince profondeur. En vérité, nous sommes en plein monde d'abstractions. Nous faisons de l'algèbre.

$$\text{Angleterre} + \text{États-Unis} > \text{Allemagne} + \text{Italie}$$
$$\text{Angleterre} + \text{France} = \text{liberté} + \text{dignité.}$$

Il y a d'autres équations :

$$\text{Allemagne} + \text{France} = \text{ordre nouveau.}$$

Ceux mêmes qui manient le mieux ces équations, ceux mêmes à qui l'événement donnera raison, ne font que des raisonnements de jeu d'échecs. Ils pensent les peuples, ils pensent la liberté, la dignité, comme les joueurs d'échecs pensent la reine et la tour. Ils ne peuvent dépasser cette histoire algébrique. Il va de soi que cette algèbre est, de plus, sentimentale. Tous ces A + B sont gorgés de passions bien plus confuses encore que l'amour et la haine, quand la haine et l'amour vont de l'individu à l'individu. La loyale Angleterre prend sa place où se logeait jadis la perfide Albion. L'Allemagne de l'ordre nouveau, où se logeait le royaume des Vandales boches.

Le plus haut, le plus subtil de la civilisation dépend du résultat d'une rixe, d'un pugilat. Le vocabulaire héroïque n'y peut rien changer. Une guerre n'est qu'une rixe. Des hommes pris de boisson se battent. Et l'enjeu de la rixe, c'est le pain, c'est la terre et la mystérieuse liberté.

Aucun de nous n'est capable de comprendre un hameau. Chacun de nous doit comprendre l'univers. Plus les idées sont vastes, plus elles glissent facilement les unes sur les autres. Moins elles opposent de résistance. Ce sont bien ces idées générales qui s'appliquent à tout, sans rien accrocher. Plates comme des vues panoramiques, elles sont la limite où bassesse et bêtise se rejoignent. En elles s'assemblent les résidus des souvenirs scolaires (ils remontent en surface, comme les souvenirs d'une enfance religieuse), la lie des polémiques de journal et la « sublimation » des plus bas intérêts.

Ainsi toute guerre crée des âmes faibles. À l'heure de la paix, les combattants qui ont couru un risque à force d'être quotidien et commandé devenu mécanique ne seront plus capables que de divagation dans les bars. Et les stratèges et les philosophes de l'histoire que nous sommes tous devenus, à force d'avoir volé de cime en cime (et je ne dis rien des hypocrites), retomberont au sol, étourdis. Et ceux qui ne sont encore que des enfants ne comprendront rien à ces événements que l'histoire aura truqués et ennoblis et ils recommenceront sans doute.

Et Pascal dit : « *S'ils ont écrit de politique* (Platon et Aristote)*, c'était comme pour régler un hôpital de fous ; et s'ils ont fait semblant d'en parler comme d'une grande chose, c'est qu'ils savaient que les fous à qui ils parlaient pensaient être rois et empereurs. Ils entraient dans leurs principes pour modérer leur folie au moins mal qu'il se pouvait.* »

Prodromes : Dans le manuel de littérature française, que le lycée prescrit à Claude, Maurras est présenté comme un penseur.

17 février

Le rapport des événements aux hommes, non pas l'équation historique, mais ce rapport, tel qu'il est senti. Il est de plus en plus lâche, de plus en plus fragile. Ou plutôt chacun se gare comme il peut, chacun prépare sa niche. Ils voudraient bien que les Allemands s'en aillent, parce que les Allemands gênent le commerce. Et aussi ils ne voudraient pas « être des Allemands ». Mais l'hitlérisme, le fascisme les préoccupent peu. Ils ne veulent pas être Allemands. Mais ils ont surtout peur du communisme. Et Dieu sait comment ils se représentent l'hitlérisme et le communisme.

Et moi-même, qui depuis quelques mois pesais le monde, comme si l'histoire et moi, comme si ma propre peau et le sort des États ne faisaient qu'un, n'ai-je point été la dupe d'une illusion d'intellectuel solitaire ? N'ai-je point été victime d'une obsession qu'un peu de fermeté et de critique eût écartée ? N'ai-je point été un sot de désirer, d'espérer autre chose que ce que je puis encore attendre pour moi-même de bonheur ou de joie ? Ai-je vraiment été sincère ? J'entends : sincère vraiment, d'une sincérité qui nettoie tout dans les tripes comme dans la tête. Et non pas d'une sincérité nourrie de résidus de morale, de religiosité et de politique. Que d'écrivains, depuis vingt ans ou un peu davantage, ont travaillé fin la plus grosse matière ! Les idées surgissaient devant eux comme les icebergs dans la débâcle des glaces. Ils polissaient l'iceberg, qu'il fût national, catholique ou russe. Ils choisissaient selon les préférences de leur vieille mère, de leur éditeur ou selon la mode. Ou plutôt ils ne choisissaient pas, ils cédaient aux pressions de l'époque. Ils étaient sincères : les hystériques aussi, quand ils se laissent persuader.

L'amiral Darlan à l'Intérieur. Tout nous manque, mais nous avons des sabres. Peyrouton, ambassadeur en Argentine. Que signifient ces figures de danse ?

Les membres de l'assemblée consultative indigène du Laos tiennent à proclamer solennellement la volonté unanime du peuple laotien de demeurer uni sous la protection française. Quatorze lignes de ce ton et : « La motion a recueilli l'adhésion spontanée de la population… ».

Cette dépêche en rappelle une autre, du temps de la guerre de 1914 ; les indigènes de je ne sais quel Cameroun manifestent leur enthousiasme, apprenant qu'ils étaient délivrés de l'oppression allemande et qu'ils allaient désormais goûter les joies de la liberté française ou britannique.

On saisit ici l'une des méthodes de propagande dont usent tous les gouvernements. Car ces informations, on ne peut même pas dire qu'elles sont à base de mensonge. Mensonge suppose encore l'altération d'un fait, le contraire d'une vérité. On peut, en le retournant, en faire une sorte de vérité. Mais ces dépêches sont à base de néant, nourries d'impossible. Fabriquées par le Vichy de l'Allier ou n'importe quel autre, elles irritent et font éclater de rire quiconque a voyagé au-delà de Port-Saïd.

24 février

Discours de Hitler. « Nos ennemis ne comprennent pas encore. Ils ne comprennent pas que, lorsque je considère un homme comme ami, mon amitié est fidèle et que cette position ne comporte pas de machinations commerciales. »

C'est de cela qu'il crèvera, pour peu qu'il y ait, de par les mondes, une infinitésimale parcelle de justice immanente, c'est d'avoir invoqué l'amitié.

« Nous ne bâtissons pas notre économie suivant les désirs des banquiers de New York ou de Londres, mais exclusivement d'après les intérêts du peuple allemand. Je suis, dans ce domaine, un socialiste fanatique, qui ne voit jamais que les intérêts généraux de son peuple. »

Si elle existe, cette infinitésimale parcelle, il crèvera d'avoir invoqué le socialisme. Je ne sais si elle existe, mais lui affirme qu'elle existe : « Nous croyons à une justice immanente. » « La Providence bénira ceux qui ont mérité sa bénédiction. » « De même que la Providence nous a protégés depuis 1931 jusqu'à aujourd'hui, de même, à l'avenir, elle nous conservera son appui. »

Crèvera-t-il d'avoir invoqué la Providence ? Il n'est pas sûr que la Providence soit si délicate.

27 février

« On annonce que le maréchal Pétain sera à Saint-Étienne samedi 1er mars. »

Éloquence de la syntaxe. Le correspondant accrédité du *Progrès* à Vichy nous ouvre les coulisses d'un enthousiasme prémédité. « Les commerçants stéphanois vont recevoir par les soins de l'administration des P.T.T. de petites affiches reproduisant les allocutions et les messages du Maréchal : ils apposeront ces affiches bien en vue… Tous les Stéphanois donneront à la cité industrielle son air de fête en décorant et en pavoisant leurs fenêtres, grandes ou modestes, riches ou pauvres… » Il n'est pas toujours facile de distinguer le futur de l'impératif.

« Le Maréchal se rendra en pèlerinage à la cathédrale du Puy, pour y renouer une tradition établie par dix rois de France. »

15 000 veaux et je ne sais plus combien de cochons ont passé de la région louhannaise en Allemagne.

À Louhans, un des inspecteurs préposés à la répression de la fraude emportait chez lui quelques kilos de beurre. Un gendarme lui a dressé procès-verbal.

À Saint-Amour, la femme d'un inspecteur achète deux shampooings chez un coiffeur. Elle les paye trois francs. Quelques minutes après, l'inspecteur dresse contravention. Le coiffeur n'avait pas le droit de les vendre plus de deux francs cinquante.

Le Maréchal avait raison de dénoncer la corruption de la France : on n'a ni lapidé ni écharpé la femme de l'inspecteur.

Retour à Bourg.

Je croyais que la femme de chambre n'avait « fait » ma chambre qu'à moitié. Elle a laissé la descente de lit sur l'appui de la fenêtre et des moutons traînent un peu partout. Mais elle s'en va et je m'aperçois qu'elle est à d'autres pensées, qu'elle rêve. Je ne sais pas à quoi, mais elle rêve.

Cela me réconforte, cela me donne de l'espoir. Tout peut être sauvé, s'il est encore des êtres pour faire sans amour ce qui doit être fait sans amour.

Le Maréchal à Saint-Étienne : « Renoncez à la haine… on ne construit que dans l'amour et dans la joie. »

Cependant l'Allemagne gouverne la France, les bombes de la *Luftwaffe* éclatent sur l'Angleterre, les bombes de la R.A.F. sur l'Allemagne ; les troupes allemandes entrent en Bulgarie, les Anglais battent les Italiens en Somalie[1], vingt mille soldats de Tchang Kaï-Chek entrent en Birmanie, l'Europe ne sait pas comment elle mangera demain, s'il lui restera, dans dix ans, dix

1. Sous l'impulsion du germanophile Bogadan Filov, nommé à la tête du gouvernement le 15 février 1940, la Bulgarie adhère le 1er mars 1941 au pacte antikomintern et autorise l'entrée des troupes allemandes sur son territoire ; depuis la mi-janvier 41 Britanniques et Français libres attaquent l'Afrique orientale italienne ; Mogadiscio est tombée, le 26 février.

hommes capables de saisir une pensée, fût-elle la plus pauvre. Mais le Maréchal, au milieu du cataclysme, joue du pipeau.

4 mars 1941

Chez le coiffeur. Il me conte que deux escrocs ont tenté de lui vendre dans l'emballage des plus récentes lames Gillette, de « vulgaires » lames à trois trous. Il me conte comment il ne fut pas leur dupe et comment il les chassa. Tout était dans ce récit : la fuite honteuse des escrocs, sa propre perspicacité et sa domination de l'événement dans cette minute. Tout cela et bien d'autres choses encore : la paix et la guerre, la morale et la politique, l'univers et la philosophie. Mais inexprimé et inexprimable. Aucun écrivain ne fut assez génial pour exprimer ce que contient une minute du temps, fût-elle la plus banale, fût-elle chez le coiffeur. L'écrivain extrait de la minute des matériaux comme des pierres d'une carrière, puis il taille ces pierres, et, au besoin, les polit. Ainsi naissent la maxime du moraliste ou la dégoûtante affabulation du dramaturge ou du romancier. C'est pourquoi les vieilles chansons et l'art archaïque nous plaisent : ils ne cherchent pas à donner l'illusion de la vie.

La France du Maréchal est quelque chose comme l'Autriche après le traité de Versailles.

Dole, zone interdite ; un homme, qui parlait parfaitement français, est venu chez le curé : « Je suis un prisonnier évadé… Comment puis-je rentrer en zone libre ? » Le curé renseigne l'évadé avec complaisance. L'évadé était un mouchard de la *Kommandantur*. Le curé est en prison.

Le neveu de Mlle R… qui tient à Saint-Amour une boutique de mercerie a reçu une lettre d'un camarade démobilisé : « Tu verras qu'on va remettre ça… On verra si nous ne sommes pas des soldats… » J'ai appris, pendant la guerre de 1914, ce que valaient, en profondeur, ces affirmations de la décence patriotique, ces abandons au conformisme. Mais, précisément, ce jeune soldat n'est pas conformiste. Le Maréchal ne lui a jamais proposé de remettre ça. Il lui a même expliqué dans un de ses messages pourquoi il ne fallait pas « remettre ça ».

Existe-t-il, contre Vichy, un sens populaire de la nation ? Et trouvera-t-il son occasion ? Dans une levée en masse, emportant tout ? Dans une guerre civile ? Car le Maréchal, fabriquant son entité de révolution nationale sur une miette du territoire, a préparé d'assez bonnes conditions de guerre civile, pour le cas où l'Allemagne vaincue ou renonçante ne pourrait entériner ses messages.

Lu quelques lignes d'Henri Béraud dans un hebdomadaire en vitrine. La sincérité du polémiste est l'effet d'un délire, qui lui devient confortable. Chaleur de cette sincérité ; c'est en bougeant qu'on s'échauffe le sang. Et plus sa polémique lui devient automatique, plus le polémiste, délivré de scrupule, devient sincère.

Les arguments ne sont plus qu'accessoires de polémique. Ainsi ses ballons et ses bâtonnets pour le jongleur. Le polémiste n'y met aucun cynisme. Le plus honnête des journalistes connaît et respecte les « tabous » de son journal. Le plus honnête journaliste s'est assoupli à bien établir le départ entre les idées de « la maison » et les autres. Notre polémiste n'a peut-être pas même aperçu l'insensible dégradation, qui le menait à la vénalité. Il ne se tient pas pour vénal. Il ne sait même plus ce qu'est n'être pas vénal.

J'erre dans les rues de Bourg. Je connais par cœur les étalages. Je connais par cœur les visages. Je m'y cogne comme à des murs de prison. Ma vie flotte ; je ne puis pas la rattraper.

Claude a pris à la bibliothèque *L'Éducation sentimentale*. Me voici en état de lecteur de roman. Je ne connais guère cet état second, je n'en ai guère l'habitude. Je me laisse aller. Je voyage en diligence, en bateau sur la Seine. Je flâne dans un Paris disparu, j'écoute le vieux peintre raté, qui parle de la Beauté, je vais au bal chez Rosanette. Je rêve.

Mais ce rêve n'est point parfait. Je sais trop que c'est un rêve. Je suis comme un fumeur d'opium qui n'a pas sa dose. Et pourtant, le maître des cérémonies, c'est Flaubert. Que serait-ce s'il était un de ces petits romanciers, qui travaillent pour la grande confection ou un de ces équilibristes de la jolie nuance ? Mais je n'ai plus assez de docilité pour me plier même à un grand écrivain. L'admiration et l'abandon total du lecteur à l'auteur sont deux choses. Je cède au vertige du bal chez Rosanette, mais j'y mêle mes bals à moi. La littérature, peut-être, ne s'adresse qu'à la jeunesse, peut-être n'est-elle pas pour adultes. J'ai besoin de fabriquer moi-même les matériaux de mon rêve.

11 mars

Sur les quarante élèves de la classe de première, Claude me donne cette statistique approximative : 20 anglophiles, soit pétinesques, soit gaullistes ; 14 pétinesques vichyssois, dont 2 hitlériens, 3 *Action Française*, 3 partisans de la collaboration, 6 indifférents.

Est-ce une image de la France non occupée ?

Claude doit préparer les vingt premiers vers de la première *Églogue*. Il est sans enthousiasme. Je tente de l'encourager. « Évidemment, ce n'est pas très rigolo. Mais suis les mots jusqu'au bout, la syntaxe, et tâche de trouver des équivalents. C'est au moins aussi amusant que les mots croisés et c'est moins bête. » Mais déjà il a pris le journal et le décortique. « Les événements me pèsent sur le crâne », me dit-il.

J'erre dans Bourg, pour tuer le temps. Je connais maintenant les quatre ou cinq chiens, qui n'ont ni nurse ni gouvernante et qui, faute de chienne à poursuivre, se donnent rendez-vous derrière l'église ou l'école Carriat... Je les connais de vue, comme les pensionnaires de l'hôtel.

Je suis obsédé par la tête du jeune Sciences Po, et par la tête de l'homme qui a été au Grand-Guignol.

26 mars

La guerre continue, la Yougoslavie adhère au pacte tripartite[1]. Le sort de la France se joue en Angleterre, en Orient, en Amérique. Elle ne participe ni aux coups d'échec, ni aux coups de dés, ni aux relances de poker. La France est semblable à ces joueurs qui, autour d'une table de jeux, attendent une aumône du gagnant. Quelques Français même n'attendent rien du tout sinon que demain succède à aujourd'hui et que la viande et le pain reviennent par miracle en abondance sur leur table. La

1. Le Régent, le prince Paul, foncièrement antilibéral, cède aux pressions du Reich : la Yougoslavie adhère le 25 mars au pacte tripartite (antikomintern).

France ne sait même pas si le Maréchal joue la politique de Montoire ou feint de la jouer. Mais on lui propose de croire au Maréchal, comme on croit à une relique. Le salut de la France lui viendra par radiations, par effluves et fluides de la personne du Maréchal.

28 mars

M. Matsuoka chez M. Hitler… Coup d'État en Yougoslavie… Keren[1] a capitulé… Et en France ? En France, « le buste du Maréchal remplacera celui de Marianne dans les mairies, les écoles, les tribunaux ».

30 mars

L'état de siège en Yougoslavie, une protestation du ministre allemand à Belgrade. Pendant ce temps, le gouvernement de Vichy adopte un projet de loi sur le divorce, décide, pour apaiser tous les conflits sociaux, que le 1er mai serait célébré à la fois comme fête du travail et jour de la Saint-Philippe et peut-être même propose au prince de Monaco une modification du règlement de la roulette.

M. Jacques Chevalier pose sa candidature au fauteuil d'Henri Bergson à l'Académie française. Étranges

1. M. Matsuoka est le ministre des Affaires étrangères du Japon ; en Yougoslavie, des officiers favorables aux démocraties libérales, inquiets de la politique pro-allemande du Régent, contraignent, le 27 mars, le gouvernement Cvetkovic à démissionner, le remplacent par le général Simovic, tandis que le roi Pierre II accède au trône ; Keren est une ville d'Érythrée, sur la route d'Asmara, prise le 26 mars 1941 par les Britanniques, après une bataille de 53 jours.

courbes. De bon psychologue, Bergson devint métaphysicien pour dames, puis inclina vers le spiritisme, dit-on, et vers le catholicisme. De philosophe il devint consolateur. Et peut-être va-t-on le remplacer par Chevalier, métaphysicien pour valets de chambre.

« Je ne suis ni pour l'Angleterre, ni pour l'Allemagne ; je suis neutre... » Ainsi parlait un élève de sixième du lycée de Bourg.

Le docteur D... me prête *La Pensée chinoise*, de Marcel Granet, livre savant. Je ne puis lire ceci sans plaisir : « *Houaï nan tseu dit d'une danseuse : "Son corps, c'est un iris d'automne aux souffles du vent".* »

Je lie la sagesse chinoise aux vieilles peintures chinoises et aux petites chanteuses des restaurants de Cholon. Mais la sagesse hindoue (le sage qui touche l'absolu, qui devient l'absolu) je ne sais point la décrasser d'une logique formelle qui, à travers les transcriptions européennes, me semble vaine. Je ne suis qu'un pauvre Occidental. Un Philistin sans doute. Mais il me semble que ces jeux austères ne sont que jeux de mots, si l'on n'est point un philosophe de métier, bien armé, accoutumé à mettre au point la jumelle à rapprocher les doctrines.

La métaphysique de D..., son schopenhauerisme, sa curiosité de la philosophie hindoue ne sont rien que son refus de la bêtise et de la cruauté, l'effet d'une intolérance organique. Mais, pour une fois, il n'a pas fait le diagnostic.

À une vingtaine de kilomètres de Bourg, à la limite des Dombes, un étang mélancolique, une ferme basse, la maison du pauvre pêcheur, les monts du Bugey, d'un bleu de velours.

Je quitte Bourg, ville de nulle part, pas même bressane.

Un pâtissier de Saint-Amour, comme deux inspecteurs voulaient pénétrer dans son « laboratoire », a jeté sur eux sa veste blanche et a cogné, l'une contre l'autre, leurs deux têtes.

J'apprends par le bulletin paroissial que Dieu a accordé un miracle à la France en la personne du Maréchal.

De Paris. L'historien Lucien Febvre et le bibliothécaire de l'École Normale ont chargé sur une charrette à bras et transporté en lieu sûr les papiers et notes de travail de l'historien Marc Bloch, réfugié en zone libre.

Quelques savants ou hommes de lettres, en aucune façon suspects de trahison à la Chateaubriant, ont accepté le contact avec des délégués de la propagande allemande. Délégués de haute culture, sans nazisme bestial. Ils n'ont même pas peut-être de mission déterminée, sinon de créer une atmosphère, de sauver la face, de masquer ou troubler l'image de l'hitlérisme. Inutile, il va de soi, de signaler leur haute courtoisie. Mais je suis trop simple pour ne point être gêné de la courtoisie des Français. Cette courtoisie cède à Hitler.

Les pèlerins révolutionnaires de Kienthal et de Zimmerwald[1] étaient respectivement les ennemis de leurs régimes nationaux. Ils transcendaient la guerre. Ils n'étaient que les partisans de la Révolution, d'une

---

1. À Zimmerwald, du 5 au 8 septembre 1915, et à Kienthal, du 24 au 30 avril 1916, s'étaient tenues en Suisse deux réunions de militants socialistes, « minoritaires », des pays belligérants, radicalement opposés à la guerre « impérialiste » et à l'Union sacrée.

révolution qui était de tous les peuples. Mais ces Français délibèrent de hauts problèmes avec ces Allemands qui, si même ils laissent entendre qu'ils ne croient pas au nazisme de la rue, ne dissimulent pas leur loyalisme hitlérien. Ces Français, plus que vaincus, s'approchent de ces Allemands dans le cadre de la guerre, à l'intérieur des frontières de la guerre.

10 mai 1941

La vieille Parisienne qui, au mois d'août de l'an dernier, préférait les Allemands aux Anglais, n'a plus aujourd'hui de préférence. Elle accorde même que « avec les Anglais on serait plus libres… » Mais elle « les déteste autant que les Allemands, parce qu'ils prennent tout et ne rendent jamais rien ».

Pourquoi ne suis-je pas à Londres ou en Amérique ? Il semble qu'on puisse retrouver la France, en en quittant le sol.

Ainsi on sort un instant d'une chambre de malade, pour respirer une bouffée d'air.

Que la France doit être belle, vue d'Amérique !

La France est réduite à l'état contemplatif. Elle reçoit les événements *sub specie æternitatis* et en fonction de son ventre. Étrange combinaison. Les paysans sont devenus des seigneurs féodaux. Ils possèdent tous les biens de la terre : le lard, le lait, les œufs. Des Lyonnais viennent par le train, viennent en bicyclette leur mendier quelques victuailles.

Et moi-même, est-ce que je veux autre chose que préserver mes petites habitudes ? Que deviendrais-je sans pipe, sans tabac, sans briquet ? Et mes briquets n'ont même pas la vertu de l'interchangeabilité mécanique.

Mes deux briquets sont des « souvenirs », auxquels je tiens, qui sont irremplaçables. Qu'est-ce que je désire comme incidence personnelle de la paix ? Finir ma vie en aïeul respecté et le droit de prononcer quelques jugements derniers sur la peinture.

Qu'est-ce qu'un bourgeois français ? Un ventre qui se voudrait à nouveau de délicates pensées de ventre bien nourri et frotté d'un peu d'esthétique. Et encore si on faisait le compte des ventres non frottés.

16 mai

L'entrevue Darlan-Hitler[1]. « Ce nouvel entretien, déclare le Maréchal, nous permet d'éclairer la route de l'avenir. » Il permettra à la France de « surmonter sa défaite ».

Rudolf Hess. Sa descente en parachute sur l'Écosse[2]. Notes confuses du D.N.B. qui, tour à tour, le déclare fou, anglophile, idéaliste, humanitaire.

Général de Gaulle, l'Angleterre gagne, vous débarquez en France. Nous ne vous demandons rien qu'un peu de génie.

---

1. Les 11 et 12 mai, Darlan rencontre Hitler à Berchtesgaden dans une atmosphère détendue. Darlan, qui entend signifier que la collaboration continue malgré l'éviction de Laval, dit et redit que le gouvernement français développera la politique de Montoire, tout en demandant que, en retour, le Reich fasse un certain nombre de concessions politiques.

2. À la surprise générale, Rudolf Hess, qui était jusqu'alors considéré comme le dauphin du Führer, se fait parachuter en Écosse, en se disant porteur d'un plan de paix. Après quelques jours d'hésitations, les autorités britanniques l'internent comme prisonnier de guerre, tandis que Hitler le qualifie de « malade mental ».

Inauguration à Paris d'un Institut d'études des questions juives[1].

Si l'on veut juger l'antisémitisme, il est absurde, il est bas de le prendre où il touche, il faut le prendre à son point de départ. Car les Juifs sont indéfendables. Tout autant que les Auvergnats, ces empoisonneurs publics, tout autant que les Corses, ces gabelous, ces adjudants. D'ailleurs, il est à remarquer que la foule, aux dénominations ethnologiques, attribue presque toujours un caractère péjoratif. Le Normand est processif, le Breton est brut, le Méridional est lâche et bavard. À tout groupe humain, l'homme-foule oppose d'abord un jugement de défense et de réprobation. Son narcissisme y trouve son compte. Mais s'il s'agit des Juifs, le mot entraîne tout. Il est chargé de souillure par vingt siècles de persécution. L'abstraction juive est une des moins réversibles. On passe plus facilement de la perfide Albion à la loyale Angleterre. On passe plus facilement de l'Allemand boulimique et pillard à l'Allemand organisateur. Il n'y a donc rien de spécifique chez le Juif ? Mais si... Et chez le Marseillais aussi. Et rien ne vous empêche d'expliquer Cézanne par Marius.

30 mai

Après la guerre de 1914, l'Allemagne était malade. Elle consulta plusieurs médecins, elle fit venir à son chevet la République de Weimar, qui ne fit pas un bon diagnostic. Elle fit alors ce que font tant de malades las de tout. Elle consulta le rebouteux. Il arrive que le

1. En mai, les nazis parrainent l'Institut d'études des questions juives, une officine de propagande française, dirigée par un ultra de l'antisémitisme, le capitaine Sézille, stipendié par l'occupant.

rebouteux remette des muscles en place ou agisse par persuasion. L'Allemagne crut que Hitler l'avait sauvée. Mais les rebouteux ne savent soigner ni le diabète ni la vérole.

Ce fut après la guerre de 1914 que mourut le patriotisme de café-concert :

> *Qu'est c'qui casse la gueule aux Pruscos ?*
> *C'est mon homme, c'est mon Julot.*

Les formes virulentes du patriotisme, les diverses catégories du nationalisme tendaient à se résorber dans le fascisme.

Dès la fin du XIXe siècle, le patriotisme était devenu un narcissisme ou un délire de haine ou un attribut de la petite épargne. La presse l'orientait à volonté contre l'Allemagne ou contre l'Angleterre. Le mot s'était teinté d'une trivialité électorale, d'une bassesse de bastringue ou d'académie. Il ne rend plus le son qu'il rendait au milieu du XIXe siècle. Dans *Le Médecin de campagne*, Balzac montre, en longues dissertations, les vertus humaines et sociales du catholicisme et de la royauté. Mais soudain il use du mot patriotisme. Et le voilà sur un autre plan. Ce qu'il nomme patriotisme, c'est une austère passion du bien, c'est presque la charité.

Une conférencière officielle se promène de chef-lieu en chef-lieu et de bourgade en bourgade. Elle parle devant les enfants des écoles. Elle s'appelle Dorvyl, bon pseudonyme pour une figurante ou une petite chanteuse. Elle fait joujou avec Saint Louis, Montaigne, Corneille, Péguy et le Maréchal. Ces jeux de cime et de siècle à siècle ont toujours eu bonne place dans les discours officiels. Et on les propose comme sujets de dissertation aux candidats au bachot. Mais, en France, les clichés, qui sont les engins de ces jeux, ne sont pas le résidu de vérités moyennes, les aboutissements d'une tradition, ce sont des mots en liberté. Car la France, si elle est nourrie d'histoire, n'en est nourrie que dans son inconscient. La France n'a point de passion pour ses héros historiques. Ils ne sont que souvenirs scolaires et gloires de musée. C'est le XIXe siècle qui découvre Jeanne d'Arc. On sait à quelle sorte de divertissement Voltaire, sans faire scandale, l'utilisa. Puis elle est devenue prétexte à défilés, patronne des partis de droite. Si Hitler a la France, il en fera sa sainte. On croirait que les Français n'aiment l'histoire que quand elle n'est point histoire, quand elle est actualité ou politique. Vercingétorix ne les émeut pas. Et guère davantage les hommes de 89. Ils se passionnent pour ou contre la Révolution, mais ils ignorent Robespierre ou Danton. L'histoire n'est pour eux qu'un souvenir d'albums d'enfance, de contes de fées, de quelques images : Clovis et le vase de Soissons, Saint Louis sous son chêne, Louis XIV à Versailles. Les héros nationaux ne hantent point l'âme du peuple. Et ils ne sont de mode, une saison ou deux, que si les littérateurs ou les petits historiens s'en mêlent.

Les élèves du lycée, me dit Claude, ne se réunissent que selon leurs idées, selon qu'ils sont ou non « collaborationnistes ». Les collaborationnistes cherchent la bagarre. Ils n'ont rien à craindre. Ils sont en relation avec le cercle de propagande. Les fils d'instituteurs doivent être prudents. S'ils parlaient trop fort, on révoquerait leurs pères.

Quand nous avions seize ans, nous discutions des poètes. Que sera la génération de ceux qui discutent de la France, de l'Allemagne, de l'Angleterre et de la liberté ?

Les élèves réfugiés de Besançon où les Alsaciens résistent durement à toute idée de collaboration. Parmi les élèves dont les familles habitent Bourg, la plupart sont inertes. Pour eux, l'Allemand est loin et il y a encore du beurre dans les fermes.

9 juin 1941

En 1918, j'ai fait pleurer une jeune fille, en lui montrant l'absurde inutilité des hécatombes. Elle pleurait parce que j'avais ébranlé en elle une confortable orthodoxie, elle pleurait parce que je lui arrachais la pensée consolante que ses morts étaient douillettement, pour l'éternité, installés dans l'héroïsme, parce que je lui imposais la pensée que des millions d'hommes étaient entrés dans le néant pour du néant.

Quelle illusion, quelle passion serait aujourd'hui assez forte pour faire pleurer une jeune fille, si on l'y bousculait, si on l'en expulsait ? L'époque est molle. Mais, avant l'orage, le temps aussi est mou.

Le journal : « Les Anglais et les gaullistes ont attaqué la Syrie. »[1]

Le bourg s'éveillerait-il ? Andrée François, qui en revient, me dit :
– Les gens sont par petits groupes et ça bavarde…

1. Le 8 juin, des troupes anglaises auxquelles s'étaient jointes les Forces Françaises Libres pénètrent en Syrie dès lors que Vichy a accordé, un mois plus tôt, des facilités de transit à la *Luftwaffe* lors d'un soulèvement antibritannique en Irak. Les combats opposent surtout soldats gaullistes et troupes demeurées fidèles à Vichy.

Le statut des Juifs[1]. La déclaration de judaïsme est obligatoire comme celle d'une maladie contagieuse. Les Juifs ne pourront plus être croupiers. Le métier de croupier retrouvera sa grandeur et la tradition de Jeanne d'Arc.

Le plus ignoble, ce sont les exceptions prévues. Les Juifs autorisés à exercer leur métier devront-ils choisir de mourir de faim ou accepter la faveur que leur consentent les Vallat, les Darlan et les Pétain de Vichy ?

À Bourg, un élève interne de première décide de rentrer au lycée, une après-midi de dimanche, pour « potasser » son bachot. Mais les heures d'entrée et de sortie sont déterminées. La concierge refuse à l'élève l'entrée du lycée. L'élève s'adresse au proviseur, qui le renvoie au censeur, qui refuse l'autorisation, pour la raison que le tableau de service ne prévoit, à cette heure d'après-midi dominicale, la présence d'aucun surveillant. L'élève sort du lycée, en fait le tour, saute le mur et s'installe flegmatiquement dans une étude vide.

Le jeune Clerc, dont le camion ne roule plus, traîne lui-même un char chargé de tonneaux. Il croit à

1. Le 2 juin, paraît le deuxième « Statut des Juifs », modifiant celui du 3 octobre 1940 ; il précise la définition du Juif et multiplie le nombre des professions interdites aux Juifs français. Le même jour, une loi prescrit le recensement des Juifs en zone Sud. Elle fait obligation aux Juifs de remettre à la préfecture ou à la sous-préfecture « une déclaration indiquant qu'ils sont juifs au regard de la loi et mentionnant leur état civil, leur situation de famille, leur profession et l'état de leurs biens ». En zone Nord, un recensement des Juifs a déjà été fait en vertu d'une ordonnance allemande du 27 septembre 1940.

l'effondrement de l'Allemagne et de Vichy. « Mais nous n'avons pas de chefs, me dit-il. Il faudrait des hommes, comme les vieux républicains. » Voilà qui eût fait éclater de rire un jeune fasciste.

Clerc se réattelle à son char, se penche vers moi et me dit à voix basse : « On retrouvera la liberté. »

20 juin

Hier, message de Darlan aux dissidents. Aujourd'hui, le gros du journal n'est que propagande pour « l'ordre nouveau ». On promène à Limoges et à Saint-Léonard le maréchal-icône. L'évêque de Limoges reçoit le Maréchal. La fabrique de mots historiques ne chôme pas. « Vous avez trois prisonniers, madame, fait-on dire au Maréchal. J'en ai un million et demi car, vous le savez, tous les prisonniers sont mes enfants. »

Le professeur de première, André Mandouze, le professeur de philosophie, dix professeurs, hommes et femmes, du lycée Lalande et du lycée de jeunes filles, un dominicain, le père Chéry, quelques élèves du lycée ont manifesté hier à Bourg, contre la projection du film antisémite allemand : *Le Juif Süss* [1]. Le père Chéry s'était demandé s'il devait ou non, par décence, dissimuler sa robe. Il a finalement décidé de la recouvrir du manteau de pluie de Mandouze.

1. Xavier Vallat a décidé d'accorder son patronage à la projection en zone Sud du film, doublé en français, *Le Juif Süss*, de Veit Harlan. En mai, des étudiants ont manifesté contre sa projection au cinéma Scala, en plein centre de Lyon ; à Bourg, c'est effectivement André Mandouze qui organise la manifestation avec C. Devivaize, professeur de philosophie.

Les professeurs, les élèves, le père Chéry crièrent :
« À bas Hitler… » Mandouze et le professeur de philo-
sophie furent traités, par quelques opposants, de « Sales
Juifs » et de « Vendus aux Juifs ».

Quelques spectateurs d'âme bourgeoise protestèrent :
ils avaient payé leur place, ils étaient venus pour voir le
spectacle.

Le cri de « À bas Hitler » déconcerta les partisans du
Maréchal, qui n'osaient quand même pas répondre par
un « Vive Hitler ».

Un petit vieux, qui restait sagement assis à sa place,
murmurait : « *Heil Hitler* », doucement, gentiment, sans
colère.

Les gendarmes conduisirent au poste André Mandouze et le professeur de philosophie. Mandouze ne fut
qu'encadré, mais ils passèrent les menottes au professeur de philosophie.

Une quarantaine de jeunes gens les suivaient dans la
rue et obtinrent que les menottes fussent enlevées.

Après vérification d'identité, les deux professeurs
furent relâchés.

Je donne ce récit d'après Claude, qui faisait pour la
première fois, hier soir, acte de citoyen.

23 juin

L'Allemagne déclare la guerre à la Russie. Première
image : on voit déferler des Cosaques et des Tartares.
On voit l'Allemagne engloutie dans les steppes.

Hitler lance un appel au peuple allemand. « Dans le
passé, l'Angleterre a ruiné l'Espagne par de nombreuses
guerres. En 1815, elle fait la guerre à la Hollande. » Le
ton est d'un manuel de révision pour le bachot. On
s'étonne que Hitler ne remonte pas jusqu'à Jeanne
d'Arc. Tous les politiciens du monde excellent à ces vues

planantes de manuel. Hitler, en terminant, invoque le Très-Haut dans le ciel.

Hitler accomplit-il un acte de désespoir ? Se jette-t-il contre la Russie comme il se jetterait à l'eau ou croit-il qu'il vaincra ? Le monde sera-t-il délivré de Hitler ou ce dément rusé, aux propos d'asile et de petit café, dominera-t-il le monde ?

Le journal, c'est-à-dire Vichy, déclare que cette guerre « est moins une offensive contre la Russie qu'une réaction de l'esprit européen contre le bolchevisme ». Ce n'est plus le soldat polonais qui veille aux portes de la civilisation, c'est le soldat allemand.

Un appel de la radio allemande aux soldats russes les invite à fraterniser avec les soldats allemands. « L'armée allemande est essentiellement révolutionnaire : elle cherche à établir la justice sociale dans le monde entier. » Hitler, comme ses partisans français, prétend annexer jusqu'aux mots. Les transferts de sens sont complémentaires des transferts de populations.

8 juillet 1941

Moune (dix-sept ans) et Poulette (quatorze ans)[1] arrivent de Paris. Elles ont passé en fraude (Buxy, Ouroux), ont fait trente kilomètres à pied. Adolescence et robes légères, elles sortent du train, comme deux oiseaux des îles s'envolent d'une cage noire.

À les entendre, on comprend que Paris n'est point en sommeil autant que la zone non occupée. Deux jeunes filles parlent et je vois dans les steppes des milliers de cadavres allemands, de beaux cadavres historiques, de

1. Surnoms respectifs des deux filles de Lucien Febvre, Lucile et Paulette.

beaux cadavres de tableaux d'histoire. Le monde est délivré. Deux jeunes filles venues de Paris viennent témoigner de sa délivrance.

9 juillet

Je vais à Lons. Il me semble, sur le quai de la gare, que le monde a fait une rechute. Un gendarme demande à la marchande de journaux si elle a un *Paris-Soir*. « C'est pour le feuilleton », dit-il. Et il voudrait savoir si *Gringoire* a paru. L'univers allégé qu'apportaient, hier soir, Moune et Poulette, a disparu.

Je vais à Lons pour y déclarer qu'aux termes de la loi du 2 juin 1941, je suis juif. Je me sens humilié, c'est la première fois que la société m'humilie. Je me sens humilié non pas d'être juif, mais d'être présumé, étant juif, d'une qualité inférieure. C'est absurde, c'est peut-être un défaut d'orgueil, mais c'est ainsi.

Ainsi le Maréchal et M. Xavier Vallat[1] me contraignent à me réclamer d'une patrie juive, à laquelle je ne me sentais pas lié. Une patrie, une seule, c'est parfois déjà encombrant. On n'y pense pas, on n'en fait guère cas. Mais si un étranger prétend m'humilier à travers cette patrie, je suis blessé et je ne sais plus si c'est cette patrie ou moi-même que je dois défendre. Mais la plus simple dignité m'oblige à m'identifier avec elle.

Peu après la guerre de 14, j'avais pris le train à Budapest pour Paris. Mon wagon de troisième était complet. Un Hongrois se mit à exalter l'Allemagne, qui bientôt,

---

1. Ancien combattant, député de l'Ardèche, militant catholique de la droite extrême, nationaliste germanophobe et antisémite convaincu, partisan d'une exclusion sociale des Juifs, Xavier Vallat a été nommé à la tête du Commissariat général aux questions juives créé le 29 mars 1941.

disait-il, prendrait sa revanche. Je croyais encore en ce temps-là qu'on pouvait sauver le monde en démontrant la stupidité de la guerre. Je n'avais pour l'Allemagne ni haine ni mépris. Je croyais que les peuples voulaient la paix et que les marchands de canons voulaient la guerre et que les peuples pouvaient vaincre les marchands de canons. Cependant tous les voyageurs du compartiment regardaient narquoisement ce Français qu'on prétendait humilier. Il me parut que c'eût été lâcheté que d'invoquer mon pacifisme, mon internationalisme. Peut-être me trompais-je, peut-être eût-ce été plus sage. Mais c'était trop facile, c'était fuir. Je préparai laborieusement ma réponse. Je mobilisai mon vocabulaire allemand, que je dois tout entier à M. Gélis, qui fut en septième mon professeur de langues et je répondis ou à peu près : « J'ai quelques amis allemands, mais aucun parmi eux ne serait assez goujat pour parler ainsi à un Français qu'il ne connaît pas. » Mon Hongrois agressif se tut. Le wagon fut pour moi. J'avais gagné.

Ainsi ils prétendent m'imposer une autre patrie, un autre groupe. Quelle lâcheté serait de délibérer sur le point de savoir si je me sens ou je ne me sens pas juif. Si vous insultez en moi le nom de juif, je suis juif, éperdument juif, juif jusqu'à la racine des cheveux, juif jusqu'aux tripes. Après on verra.

Je décidai donc de remettre au préfet du Jura la déclaration à laquelle me contraignait la loi du 2 juin. Je descendis le chemin qui mène au bourg et où broutaient des chèvres, dressées tout droit sur leurs pattes de derrière, comme les chèvres de fables. Je pris le train de Lons-le-Saunier. Comme d'autres vont déclarer leur cheptel et le poids de leurs cochons, j'allai à la préfecture déclarer que j'étais juif.

Je me souviens d'une audience de Correctionnelle, où l'on jugeait des affaires d'adultère. Le président demanda à un jeune homme qui s'avançait dans le prétoire : « Qui êtes-vous ?… » – « Je suis venu, lui répondit le jeune homme, pour dire que j'ai couché avec Mme Gorenflot… »

Je fis ma déclaration à la préfecture. Je lançai le mot : Juif, comme si j'allais chanter *La Marseillaise*.

J'erre à l'heure du déjeuner, sous le soleil, dans la ville sans passants. On dirait une ville oubliée dans une anse du temps, où le temps a cessé de couler.

Le journal nous apprend que « le maréchal Pétain a établi les principes de la future constitution de la France ». La France se soucie peu d'un projet de constitution, dont elle sait qu'il ne lui sera appliqué que si elle est anéantie.

Le XVIIe siècle… On vous permet tous les topos que vous voudrez sur le classicisme. Mais si Racine de l'au-delà arrivait parmi nous, s'asseyait à notre table, que de difficultés dans la conversation ! Il faudrait tout expliquer, tout traduire. Au lieu que les hommes du XVIIIe siècle en quelques instants seraient au point, seraient de plain-pied.

19 juillet

Je me sens comme ces insectes, qui, ne pouvant plus fuir, font le mort.

Les paysans, les gens du bourg étaient des personnages de vacances, les figurants des vacances. Je n'arrive pas à en faire ma ressource quotidienne.

Claude a reçu (on a dû relever les noms des nouveaux bacheliers) une lettre circulaire du colonel du 5ᵉ régiment d'Infanterie, en garnison à Saint-Étienne. Ce colonel l'invite à s'engager dans son régiment, qui « fut celui de Navarre et qui est demeuré plein de chic et d'allant ».

« Tribunal correctionnel de Saint-Claude. Trois mois d'emprisonnement et 10 francs d'amende à Pierre M…, 17 ans, étudiant, poursuivi pour cris de nature à favoriser les entreprises d'une puissance étrangère. » Il y a quelques jours, je ne sais plus où, un an de prison pour offenses à la personne du Maréchal.

La zone libre attend les résultats de Russie, mais avec un peu moins d'impatience que, naguère, les résultats du Tour de France cycliste.

L'*Ancien Testament* est connu par le grand opéra. *Les Évangiles* se réduisent dans les têtes d'aujourd'hui à quelques formes proverbiales : le chameau et le trou d'aiguille, la paille et la poutre.

25 juillet

Sous le gouvernement de Vichy ou sous la troisième République, le mensonge colonial est le même. Je lis dans le journal : « La semaine de la France d'outre-mer… a été pour l'Indochine une occasion nouvelle de manifester son attachement profond à la mère patrie. »
Où donc ai-je entendu déjà parler de collaboration ? C'était en Indochine, en 1923. Quelques Annamites, à la solde du gouvernement colonial, acceptaient une collaboration sans conditions, quelques prébendes pour eux et l'oppression pour tous. Ngyen-An-Ninh fut

condamné à trois ans de prison pour avoir dit : « Nous voulons bien de la collaboration, mais non pas celle du buffle et du laboureur. »

Les joueurs de flûte de l'hitlérisme. Le journal annonce une nouvelle revue : *Patrie*. Message du Maréchal. Article de Giraudoux, qui parle de l'aménagement de notre pays dans le style scintillant que nous lui connaissons… Ainsi Giraudoux, par-delà la tête du Maréchal, fait sa cour à Hitler. Cela n'a rien qui surprenne. Giraudoux n'a jamais eu l'idée que les mots eussent la moindre signification. C'est le type même du pédant déguisé. Son originalité est d'employer les mots dans un sens toujours décalé. Jamais langage n'eut moins de tripes. Ces perpétuels décalages, ces mots qui ne sont jamais le mot juste, donnent aux lecteurs faibles l'illusion de ce que le journaliste appelle une scintillation. En réalité, il trébuche à chaque pas sur le sens des mots et il se fait une élégance de l'à-peu-près. Je n'ai jamais pu lire plus de six lignes de Giraudoux, pédant sémillant.

Le journal publie les projets de Carcopino sur l'enseignement. Là-dessus, j'ai entendu une voix de paysan : « On envoyait les gosses à l'école pour qu'ils en sachent un peu plus que nous… Mais ça ne vaut plus la peine de leur faire faire huit kilomètres par jour. (Sa ferme est à deux kilomètres du bourg.) On ne leur apprend plus qu'à chanter un ou deux couplets de *La Marseillaise* et à marcher en rangs. »

Temps présent : tickets d'alimentation, Japon, Indochine, Amérique, liberté morte.
Ah ! que survienne un grand événement transfigurateur, un événement qui transcende les événements. Qu'on voie apparaître dans la nue un archange ! Ou que, quelque part, les hommes, non pas même se révoltent,

mais se réveillent, que leur seul regard anéantisse et les vieux diplomates et les grands parvenus de la politique et les armées puantes et les tanks.

2 août 1941

Le secteur de Smolensk ; les pertes soviétiques, les pertes allemandes. La France fera la statistique des cadavres. Pendant que l'histoire fabrique ses millions de cadavres, le garde des Sceaux, Barthélemy, définit la future constitution. « Le Maréchal veut qu'elle soit traversée par une grande vibration humaine et généreuse. » Il veut aussi « restaurer la mystique, la chevalerie du travail ». Hier ou avant-hier, Carcopino annonçait qu'il allait abattre « les frontières entre l'école et la vie ». Quelle puanteur, ce monde de clichés et de cadavres !

J'apprends la mort de Paul Nizan, tué, en mai 1940, dans la Somme [1].

Dans les premiers jours de la guerre, il envoya une lettre de démission au secrétaire du parti communiste. Quelles pensées furent les siennes ; pendant ces huit mois, à la guerre ?

Je l'ai vu (il venait d'être reçu à l'agrégation) tout plein d'une colère sacrée. Il avait découvert dans Kant un passage où le philosophe refusait aux pauvres l'accès de je ne sais quelle cité nouménale ou terrestre. Il fut, un an, professeur de philosophie à Bourg. « Il y avait un souffle en lui… », m'a dit un de ses anciens élèves.

1. Interprète auprès du corps expéditionnaire anglais, Paul Nizan est tué d'une balle dans la tête, le 23 mai 1940, à Recques-sur-Hem, en Artois.

À Paris, me dit-on, l'activité des catholiques sociaux est grande. Mais le catholicisme peut-il être chrétien ? Le mouvement de ces chrétiens n'est-il pas toléré par l'Église comme soupape d'échappement ? L'Église peut-elle être autre chose qu'une force de conservation ? Et je songe à ce prêtre qui me disait : « Les élèves des séminaires sont aujourd'hui plus curieux de politique que d'apologétique. »

L'intérêt de Vichy serait de pousser à une révolte prématurée et à en obtenir la répression par les troupes allemandes.

29 août

Quand le peuple parlait de trahison, je ne me laissais point aller à construire un scénario facile. Je me disais : « C'est plus compliqué que ça… » Je tentais de construire un Maréchal plausible, pas trop d'une seule pièce. Pour éviter les simplifications du mélo, je me perdais dans les complications d'une psychologie livresque. C'est trop balancer d'idées. Un mécanicien, à la buvette de la gare, disait hier la vraie vérité : « Tout ça, c'est des fumiers… »

En l'honneur de la flamme, le bourg est pavoisé. Cet enthousiasme fut organisé par la Légion. Un ancien adjudant de métier et deux acolytes coiffés de bérets pénétrèrent dans les boutiques et montèrent aux étages. Ils collèrent aux vitres des tracts de Vichy et des portraits du Maréchal et placèrent aux fenêtres des écussons et des drapeaux. Ils apportaient leurs drapeaux, comme ces gens qui, s'invitant indiscrètement, apportent un fromage ou un gâteau. Ainsi déjà furent pavoisés Rome et Berlin.

La politique de Hitler opère par suppression globale des adversaires : exécutions, camps de concentration, prison. Marcel Ray cite à ce propos un passage de Renan : si Rome, au lieu d'organiser quelques massacres sporadiques de chrétiens, les avait systématiquement anéantis, le paganisme eût peut-être persisté des siècles encore et le monde n'eût point connu la civilisation chrétienne.

Les Juifs, en zone occupée, n'ont plus le droit de posséder un appareil de radio [1]. Ce n'est pas de si mauvaise politique. Les mesures répugnantes ou grotesques sont les plus satisfaisantes pour les partisans de l'obéissance pure. Plus l'autorité devient odieuse ou déraisonnable, plus l'obéissance devient un plaisir gratuit, un plaisir d'art.

L'attentat contre Laval et Déat [2] réjouit les villages.

20 septembre 1941

Le général von Stulpnagel, chef de l'administration allemande dans les territoires occupés communique : « Raymond C... et Louis T... d'Argenteuil ont été

1. L'ordonnance allemande du 13 août 1941 interdit aux Juifs de zone Nord de posséder des postes récepteurs de T.S.F., leur enjoignant d'aller les déposer à la mairie de leur commune ou au commissariat de police.
2. Le 27 août, Paul Collette blesse assez grièvement Pierre Laval et Marcel Déat lors de la remise d'un drapeau au premier contingent de la Légion des volontaires français contre le bolchevisme qui part sur le front russe.

condamnés à mort par le tribunal militaire, pour aide à l'ennemi. Ils ont été fusillés aujourd'hui. »

Le général von Stulpnagel invite la population parisienne à la délation. « Dans tous les cas, la population n'a pas secondé d'une manière suffisante les recherches entreprises en vue d'identifier et d'arrêter les coupables. »

Je cherche dans un bois, avec Claude, des trompettes de la mort. Nous y rencontrons Riffault, dont la ferme est à quelque cent mètres. Il m'apprend que deux cultivateurs d'un hameau voisin ont été condamnés à huit ans de travaux forcés pour propos « communistes ». « Il ne faut pas parler trop fort… », me dit-il. Et nous regardons à droite et à gauche, comme si, dans le bois, quelqu'un pouvait nous épier.

Riffault me dit aussi que la gendarmerie a reçu trois lettres, anonymes il va de soi, dont les auteurs l'accusaient de ne point vendre tout son lait au laitier « ramasseur ».

13 octobre 1941

Les Laval, les Darlan sont en quelque sorte des traîtres de mélo. Ils portent un uniforme nazi. Leurs rôles sont tout d'une pièce. Leurs partisans avoués sont faciles à dénombrer : bourgeois furieux, semi-intellectuels pervers, hommes de main, ratés de toutes catégories qui trouvent des « situations » dans les camps de jeunesse, la bureaucratie ou les formations de police. Mais il est une classe non moins répugnante, celle des écrivains, professeurs et journalistes qui se frottent au pouvoir, à n'importe quel pouvoir et qui sont, quel qu'il soit, les partisans du régime. Louches bonshommes, venus de droite ou de gauche, qui, avant de s'offrir à Vichy, étaient les dévots de la France éternelle ou de la révolution stalinienne.

Je n'ai rien sous la main que le *Matière et Mémoire*, de Bergson. Je feuillette. Je fais un effort pour donner un sens aux mots : matérialisme et spiritualisme, pour que les mots abstraits ne se lient point en moi, comme les figures d'un jeu de cartes. J'y réussis quelques instants. Je collabore. Mais bientôt je perds prise, mon attention faiblit, je lis machinalement. Je m'aperçois que je ne comprends plus rien du tout à ce que je lis. Cela ne m'empêche pas de continuer à lire. Cela occupe les yeux, les mains et même un peu de la tête, pourvu qu'on n'ait pas une tête exigeante. Les mots glissent les uns sur les autres, filent comme poissons dans l'eau. Je lis ainsi quelques secondes. Beaucoup de gens ne lisent jamais qu'ainsi. Et c'est ainsi sans doute qu'écoutaient les belles auditrices de Bergson au Collège de France.

Le docteur P… est venu me voir. Entre trente et trente-cinq ans. Franc, rafraîchissant, désaltérant. Il aime son beau métier de chirurgien. Il inspire confiance : on aimerait se faire ouvrir par lui un ou deux ventres.

Mais je suis stupéfait de constater qu'il ne vit pas dans le présent. Il est cramponné à son métier. Mais il ne voit pas que les morceaux de civilisation auxquels il tient encore sont de fragiles joujoux, qui risquent d'être cassés. Il en est encore au Maréchal de pastorale, « qui a dit les paroles qu'il fallait dire » et qui fait de son mieux pour « reconstruire ».

Il garde espoir en son brave gardien de square, qui rendra la paix aux enfants turbulents. Du moins est-il fasciste, sans le savoir. Mais nombre de ses camarades, et les plus « brillants » et qui préparent les concours, sont nazis, le sachant. Ils proclament, me dit-il, que nous devons une belle chandelle aux Allemands, qui mettront de l'ordre dans notre pourriture. Je tente un instant d'ouvrir une brèche dans son mur. Mais je lui parle de planète à planète. Il ne peut pas m'entendre. Il est devenu le technicien d'une barbarie.

Quoi qu'il arrive et même si la France était débarrassée de l'Allemagne et de Vichy, le peuple ne demandera pas de comptes à ses journaux. Une civilisation est à créer où la morale moyenne jugera le mensonge, comme elle juge l'assassinat.

Je pense à Fernand Braudel, prisonnier. Je pense à lui de toute ma force. Le malheur des autres, si j'en suis moi-même préservé, me donne un sentiment de culpabilité. Je me sens responsable. Mais il me vient une idée que la pudeur écarte. Peut-être le temps n'est-il pas plus long pour Braudel que pour nous. Il connaît le bout de la tristesse, le bout de l'ennui. Mais le temps se mesure à la multiplicité des événements. La monotonie le contracte. L'événement l'allonge. Quand l'auteur d'un roman-feuilleton, à propos d'un événement terrible, inattendu, écrit : « Cette minute lui parut un siècle », il écrit juste. Mais la tristesse et l'ennui, même continus, agissent inversement. Sans quoi, tous les prisonniers mourraient, avant d'être libérés. Et ils disent bien : « Les jours sont longs, mais les semaines sont courtes. »

15 octobre

Je colle un timbre sur une enveloppe. Il est à l'effigie du Maréchal. Quand les journaux annoncèrent, il y a quelques mois, qu'on allait frapper des timbres à l'effigie de « Nous, Philippe… », je me souviens que cela nous parut comique, ridicule. Nous imaginions un vieillard puéril, collant sur un album des timbres à son effigie. Mais ce timbre n'est plus comique. Nous mesurons, à ce timbre, les étapes de la nazification de la France. Le Maréchal n'était qu'un vieillard philatéliste. Maintenant, il tue et condamne aux travaux forcés. Il donne la réplique aux assassins de Bohême-Moravie et de Serbie. Il tue au service de l'Allemagne.

Les lettres de dénonciations pullulent. Les inspecteurs ont encore fait, hier, à la gare, une belle capture, une femme qui transportait six œufs. Une moitié de la France moucharde l'autre. Mais le plus étonnant n'est pas qu'une moitié de la France moucharde l'autre, c'est que la partie mouchardée ne semble éprouver ni colère, ni dégoût, ni indignation envers la partie mouchardante.

Claude a passé la ligne de démarcation. J'ai un mot de lui que le mécanicien a mis en zone libre. C'est la « dame de la buvette » qui a tout arrangé [1].

Je savais que le métier de « passeur » était devenu une sorte de métier patenté. Des hommes circulent dans les couloirs des wagons, sans se cacher le moins du monde, et proposent leurs services, comme s'ils étaient les démarcheurs d'une agence de voyages.

Telle fut mon excuse. Mais l'argent que j'offris fut refusé, simplement, dignement, sans qu'il fût possible d'insister.

---

1. « Madame Marie » tient la buvette de la gare de Saint-Amour. Elle sert d'intermédiaire entre les cheminots et les candidat(e)s au franchissement clandestin de la ligne de démarcation. Léon Werth se rend souvent à ladite buvette, car les cheminots transportent également du courrier, ce qui permet à Suzanne et Léon Werth de correspondre assez librement (citée pp. 187, 192, 213, 223).

C'était pendant la débâcle, l'embouteillage, le mélange des soldats et des civils, qui s'en allaient « vers la Loire ». Suzanne demande à un officier en uniforme luisant : « Mais que se passe-t-il ?… C'est incompréhensible… » Et l'officier répond : « Vous n'aviez qu'à ne pas voter comme ça… » Dans sa fureur politique, cet officier oubliait que les femmes en France ne votaient pas et que tous les hommes n'avaient pas voté « rouge ». Mais on voit par là que déjà le scénario de Vichy était prêt. Hier, le général Dentz, parlant aux combattants de Syrie, disait, plus d'un an après, en écho à cet officier sans soldats : « Les Britanniques ont violé leur signature, parce qu'ils étaient sous la domination des politiciens du Front populaire. »

Six heures du soir : le bourg dans la brume, le clocher fantôme, la campagne pleine et l'automne glorieux. Que tout cela est beau dans le souvenir du voyageur, qui navigue sur le Mékong !

31 octobre

Un décret de Vichy interdit d'écouter les postes, étrangers ou non, « se livrant à une propagande anti-nationale ». Je revois la grande affiche blanche, signée du général commandant les troupes d'occupation, apposée en juin de l'an dernier au mur de la mairie de Chapelon, quand nous étions réfugiés dans le Gâtinais. Cette affiche semblait monstrueuse, apocalyptique. Mais elle était signée d'un général allemand vainqueur. On y voyait le signe d'une provisoire oppression, qui découlait naturellement de la défaite. On n'imaginait pas qu'une signature française pût jamais authentifier un tel document, on n'imaginait pas qu'une telle interdiction pût jamais être formulée par un gouvernement français, parlant à des Français.

Au bourg, personne ne me parle du décret. On a peur. Vichy, il y a un an, n'aurait point osé signer ce décret. Preuve nouvelle de ses tâtonnements et de sa marche progressive. Preuve nouvelle que la moindre résistance eût été efficace, que Vichy avait peur de la résistance. Ici se mesure la lâcheté des Français de la zone libre. Mais il faut dire à leur défense qu'ils ne croyaient pas plus à l'occupation de leurs libertés par les Pétain et Darlan qu'ils ne croyaient auparavant à l'occupation de Paris et des deux tiers de la France par les Allemands.

5 novembre 1941

Le paysage me renvoie ma solitude. Les arbres sont en bois mort, l'herbe est d'un verre noirci. Ton d'un vieux secrétaire, au fond de la boutique de l'antiquaire.

Pour supporter ce temps, il faudrait de grandes promenades, des flambées dans un âtre, des viandes rouges.

Qui a raison ? Le père François, qui veut être libre, ou la concierge, qui me disait à Paris : « Allemande ou Française, je tirerai toujours le cordon… » ?

Nous attendons. Nous nous détériorons à attendre. Nous espérons vaguement en de vieilles ou neuves valeurs spirituelles, en un univers reconquis sur la bestialité (car ce n'est pas de barbarie qu'il s'agit). Mais les événements nous gagnent de lenteur.

Si j'étais né paysan, je n'aurais de cesse qu'embauché au chemin de fer ou manœuvre à la ville. J'aurais été vers la ville, vers la connaissance, vers la science, vers la vie.

Je suis vide, ne pense à rien, pas même à moi. Je suppose que les bêtes sont souvent ainsi. Les vieillards aussi, peut-être, n'éprouvant plus qu'une obscure joie à se sentir vivre.

L'esprit… Je ne sais aujourd'hui ni ce qu'il est ni où il est. Il doit bien souffler quelque part, au moins pour se réchauffer les doigts.

P… aimait le paysan, mamelle de la France, nourricier et sage comme la terre, respectueux de l'ordre, économe, ne cédant point aux turbulences ouvrières. Le paysan soutien d'une France forte et d'une monnaie stable. Mais depuis que son fermier refuse de lui vendre du lait et du beurre, il ne cesse de dénoncer l'esprit de lucre, la cupidité du paysan, insensible à tout idéal et qui profite du malheur public, du paysan parasite de la terre et qui vit de la sueur de l'homme des villes.

Un monde nazifié… Quoi serait changé ? Rien, sauf l'essentiel, l'invisible essentiel. Les ingénieurs feraient des ponts, les médecins des diagnostics, les peintres sportifs de la peinture. Je l'ai bien vu à Lyon. Les gens qui ont un métier « absorbant » ne se sont pas encore aperçus qu'ils vivaient en plein nazisme. Et ceux-là et les autres, combien de fois par jour, combien de fois par an, pensent-ils à la pensée ?

12 décembre 1941

Discours de Hitler. L'entrée en guerre de l'Amérique est le fait du Juif international et du Franc-maçon. À force d'en user, Hitler est en train de casser le mythe. Pétain et Darlan en ramassent les morceaux. Hitler évoque la Grèce et les Barbares. L'histoire lui va mal. Proclamation de Mussolini, ronde oratoire comme une nymphe académique.

15 décembre

J'apprends qu'une centaine de Français seront fusillés à Paris [1]. J'apprends en même temps que Derain, Vlaminck, Segonzac, d'autres peintres, des musiciens, des écrivains, ont accepté l'invitation de Hitler au beau voyage en Allemagne.

Le beau voyage... Peut-être, par la portière de leur wagon, agitèrent-ils leur mouchoir, pour saluer galamment quelques Français qu'un autre train emportait vers le camp d'Auschwitz, qui s'en allaient mourir au camp d'Auschwitz [2].

Quel beau documentaire ils auraient pu tourner ! Banquet présidé par le sculpteur Breker [3]. « Enchaîné sonore » : heurt des coupes de champagne, bruit des bouchons qui sautent, tac-tac des mitrailleuses. Ana-

1. Otto von Stülpnagel annonce, le 13 décembre, qu'allaient être exécutés cent otages pour répondre de l'action menée contre la *Wehrmacht* par des « individus à la solde des ennemis de l'Allemagne ». Il y aura parmi eux Gabriel Péri et le journaliste communiste Lucien Sampaix.

2. Le voyage aura lieu en janvier 1942 à Berlin. Derain (il est vrai réticent), Vlaminck, Segonzac, Van Dongen avaient le plus de renom ; ils sont accompagnés de Friesz, Bouchard, Brianchon, Lejeune, Legueult et Oudot.

Otto von Stülpnagel avait annoncé que des « individus français » allaient être déportés « dans les territoires de l'Est » ; le camp d'Auschwitz fonctionne depuis juin 1940.

3. Arno Breker, le sculpteur préféré du Führer, aura droit, le 15 mai 1942, lors de l'inauguration de son exposition, à un déluge de félicitations et d'hommages venant de la fine fleur des artistes et écrivains français.

logies visuelles : un serveur aligne au plancher des bouteilles vides, des soldats allemands alignent au sol quelques cadavres d'otages français fusillés.

En 1871, la foule parisienne fouetta et plongea dans le bassin de la place de la Concorde quelques filles qui avaient festoyé avec des officiers allemands.

Le sol des bois est couvert de feuilles, dont le givre dessine les moindres nervures. On marche sur un tapis de dentelle. Un soleil d'hiver vernit la campagne.

Péguy. *Clio.* D'excellentes choses sur l'histoire-érudition et sur l'Affaire Dreyfus, aussitôt devenue matière historique, souvenir inerte. Mais il confond souvent réflexion et rumination. Et que de *chewing-gum* pour envelopper une pastille de cachou !

16 janvier 1942

Il fait froid et la neige est monotone. Je vais par les steppes. Je me promène, je me promène moi-même, comme on promène un cheval, pour qu'il ne passe pas des journées entières sans sortir de l'écurie. Mon moi raisonnable promène mon moi cheval.

Ciel bas. Je suis enfermé dans une boîte au couvercle en coupole. Un peuplier touche le ciel. Ses branches font échelons. Il n'y a qu'à grimper. Tout en haut, on doit trouver le bon dieu, facile à comprendre, de ce monde exigu et clos.

J'ai vu le chef de train, qui a fait passer la ligne à ma femme et à mon fils : « Quand j'ai fait sortir du four-gon la dame et le jeune homme, j'étais plus content qu'eux. »

Il a neigé de nouveau, cette nuit. On en a assez de la nature changée en salle d'opération. On en a assez aussi des mignardises du blanc, des arbres en barbes de père Noël. On en a assez ; on vous a déjà donné.

« À Mâcon, deux cérémonies religieuses seront célébrées à la mémoire des Français victimes des bombardements britanniques à la cathédrale Saint-Vincent, au temple protestant. » Ce bon Dieu mâconnais n'est qu'un courtisan. Il commémore les victimes des bombardements anglais, mais il n'a nul souci des victimes des fusillades allemandes ou même françaises à Paris.

Bourgeoisie peureuse, étriquée, illettrée. Techniciens barbares de la médecine ou du droit. Les industriels sont répugnants de philanthropie dans la trouille. Ils ne portent plus de jugements sommaires sur les livres. Ils ont transféré leur culture. Leur culture, c'est maintenant la peinture. Un tableau se voit plus vite qu'un livre n'est lu. Et il y a une échelle des prix. L'art est une superstructure de la cotation.

À Lyon, derrière les voûtes de Perrache, une pancarte est apposée au mur d'une maison publique. On y lit cette inscription : « Français d'origine ».

27 mars

Allemagne, Russie, Angleterre, Amérique, Japon. Procès de Riom. Pour manger à sa faim, il faut être paysan ou riche. Vichy s'agite en paroles et décrets. Les paysans doivent porter tout leur blé au moulin. Ils doivent fournir six œufs par mois et par poule. On arrête dans les gares les voyageurs qui transportent en ville cinq, dix, vingt kilos de lard.

J'attends Suzanne et Claude. Je pousse le temps.

Les Allemands fusillent à Paris, fusillent à Dijon, fusillent à Besançon.

Pourquoi le souvenir de ce dîner dans un « milieu bien » à Paris, un peu avant la débâcle ? Dîner béotien. Ils échangent des signes morts. Ainsi volent les pigeons auxquels on a enlevé le cerveau. Ils me feraient haïr Bonnard et Debussy. Pourquoi attribuer tant d'importance à des propos sur l'art ? C'est qu'ils en sont les Pharisiens. Ils disent : « Voyez comme nous sommes subtils, délicats, initiés. Si on touche à nous, on détruit la civilisation. »

Suzanne est arrivée.
Ayant renoncé à passer par Chalon, elle a essayé par Tours. Un de nos amis l'avait adressée à des gens qui devaient la faire passer en barque. Mais ils étaient absents, en vacances, on ne sait où. Pendant dix jours, elle a erré de village en village. Aucun sentier possible. Des Allemands partout.
Les autocars étaient pleins de misérables que la police arrêtait aux terminus. Ils descendaient, embarrassés d'enfants, de valises, de balluchons.
Le soir, elle trouve un lit dans une pension de famille. Dans la cuisine, les pensionnaires et quelques errants sont rassemblés. Ils prennent la radio anglaise. Une discussion s'engage entre un jeune homme et un homme vague, inspecteur du Gaz. L'homme vague est pris d'une crise de fureur : « Pendant l'autre guerre, j'étais officier… J'en ai tué plus d'un, je les tirais entre

147

les deux yeux… Je suis prêt à recommencer… Si j'avais un fusil… » Le jeune homme ne répond pas. L'homme vague continue : « Vous avez insulté le Maréchal. Je vais à la préfecture, je vous dénonce tous et je vous fais arrêter. » Il sort. On ne sait s'il va ou non à la préfecture. Mais c'est la panique. Quelques pensionnaires, la bonne et les Parisiens qui espèrent passer la ligne sortent de la cuisine et s'éparpillent dans les rues. Suzanne et une jeune institutrice d'Avranches, qui traîne un bébé dans une voiture, mettent leur chance en commun. Elles trouvent à coucher au *centre d'accueil*. Une salle de cinquante lits vides tandis qu'à la gare des réfugiés s'entassent, hommes, femmes et enfants. On dit que la dame de la Croix-Rouge, qui dirige le centre, organise, en collaboration avec un infirmier, des passages, moyennant finances. Vérité ou ignoble calomnie ?

Le lendemain, Suzanne tente, seule, de passer la ligne la nuit. Elle entend des pas, un cri : « Halte… » Elle se couche dans un fourré. Des soldats allemands braquent leurs lampes électriques. Ils passent. Elle reste couchée. Quelques minutes, une demi-heure. Elle ne sait plus.

Elle va de village en village, à pied, en autocar, par le train. Elle retrouve l'institutrice et son bébé. On les chasse des fermes : « Nous ne voulons pas aller en prison pour vous. »

Une ferme : une vieille et deux paysans plongent leurs cuillers dans une même écuelle. La salle est sordide, mal éclairée. « Vous n'allez tout de même pas nous laisser coucher dehors… » – « On vous donnera une botte de paille. » Une botte de paille est jetée au milieu de l'étable entre les croupes des vaches. Les bêtes tirent sur leurs chaînes. Bruits de chaînes et flocs de bouses.

Le lendemain, elles repartent. Dans un train, un prêtre, qui a connu Félix Le Dantec, dit à Suzanne que la mémoire personnelle est abolie dans la vie éternelle et que *Mein Kampf* ne fut pas écrit par Hitler, mais par un bénédictin. Ce prêtre sans doute était fou.

Le soir, elles arrivent à Liguiel. Pas de chambres. Elles sonnent à la porte d'un couvent. La portière entrouvre la porte : « Ce n'est pas un hôtel ici. » Suzanne pousse la porte : « Nous coucherons dans le jardin, mais nous ne resterons pas dans la rue. » – « Vous ne coucherez pas dans le jardin. » Une sœur arrive et parlemente. « Et le Christ et saint Vincent de Paul ?... », dit Suzanne, qui invoque avec violence, si l'on peut dire, la charité chrétienne. On leur prépare des lits. Le lendemain la sœur montre à Suzanne les travaux de pyrogravure de ses élèves. Les couvercles de boîtes sont ornés de colombes se becquetant et de Bretons à grands chapeaux. « Le Breton, ça fait bien sur les boîtes... »

Plus de passeurs. Quelques-uns ont été arrêtés ou fusillés. Les autres ont peur.

Rendez-vous dans une église avec une vieille femme « passeuse ». Elle ne propose rien d'immédiat. Cela vaut mieux peut-être. On l'accuse de livrer ses clients aux Allemands.

Vingt kilomètres dans une carriole de paysan. « Je vous mènerai jusqu'à la ligne. Mais rien de plus... » Une ferme. La fermière crie : « Allez-vous-en... Vous me donneriez cinquante mille francs... ça serait la même chose. Allez-vous-en... La patrouille va passer. » – « Quand ?... » – « Dans cinq minutes peut-être... » – « Dites-nous où est la ligne... » La fermière tend le bras : « La voici la ligne... Entre deux postes. » Cinq cents mètres de champs, de buissons et, au bout, une petite gare. La gare est en zone non occupée. Suzanne d'une main pousse la voiture d'enfant, de l'autre entraîne l'institutrice.

Elles arrivent au ballast, à la gare. Le chef de gare lève les bras au ciel : les jours précédents, les Allemands avaient tiré et tué.

Dans la salle d'attente, la jeune institutrice (je n'ai pas dit encore qu'elle était gaulliste) aperçoit un grand portrait de Pétain. Exténuée, délivrée, gaie, elle lève les bras vers l'image et crie : « Maréchal, nous voilà… »

3 avril 1942

Rencontré le maréchal des logis de gendarmerie, le « chef ». Pas gendarme du tout. Fait avec une moitié d'instituteur et une moitié de soldat. Parle net. À peine s'il baisse la voix quand quelqu'un passe près de nous. Contre l'Allemand, contre Vichy. Parle avec une fureur sacrée de ce couple parisien suspect, qui habite non loin du bourg. (Ils passent à volonté la ligne de démarcation et, à Paris, reçoivent des officiers allemands.)

Il n'aime pas les communistes. Il était à Paris quand les ouvriers occupèrent les usines. « J'ai causé avec des ouvriers… Je fais mon métier, mais je cherche à comprendre… Les ouvriers ne réclamaient pas une augmentation de salaires. Quand je leur demandais par quoi ils étaient poussés, ils me répondaient : "Je ne sais pas". » Je voudrais pouvoir lui expliquer qu'il est des heures où les foules obéissent à d'autres motifs que ceux du ventre et de la raison raisonnante.

Il me dit que, pendant la débâcle, un officier français s'est arrêté chez l'instituteur de Nanc. Sur une carte que l'instituteur a conservée, cet officier, obéissant à on ne sait quelle impulsion de vantardise, dessina un tracé de la future ligne de démarcation, un tracé exact, un tracé prophétique. Comment n'y pas voir la preuve d'une trahison préméditée, organisée ?

Les preuves de l'existence de Dieu. Soyons modestes : cherchons les preuves de l'existence de l'homme.

Dans les camps de concentration, des internés (Espagnols, Juifs) jeunes et arrêtés en bonne santé sont, après quelques semaines, dans un tel état de déchéance physiologique qu'ils n'ont plus la force de se soulever de leurs paillasses et y laissent échapper leurs excréments sous eux.

D'après un étudiant en médecine de Paris. La consultation de l'Hôtel-Dieu est assurée par le chef de clinique du Dr Fiessinger. (Je n'ai pas retenu son nom.) Une quinzaine d'étudiants y assistent.

Une très vieille femme courbée, ravinée, couturée, se plaint de douleurs au ventre. Le médecin lit sur la feuille d'entrée qu'elle est originaire de l'Europe centrale et qu'elle est juive. La vieille est étendue sur un lit. Elle conte comme elle peut son mal. De temps en temps elle se soulève, comme si elle voulait parler de plus près au médecin, se faire mieux entendre, faire pénétrer mieux en lui les mots de son jargon. À chaque fois, le médecin la repousse et l'allonge au matelas. On dirait un sketch sinistre et grotesque. Le médecin se détourne de la malade et s'adressant aux étudiants, comme si la malade n'existait pas, commence un long monologue sur l'ignominie et la toute-puissance des Juifs. Deux étudiants approuvent. Les autres sont pris de honte et de dégoût, mais ne donnent, de ce dégoût et de cette honte, aucun témoignage.

10 mai 1942

« Le receveur des contributions directes, me dit Laurent, avant la guerre, chantait *L'Internationale*

151

dans les cafés. Maintenant, il est de la Légion et ne manque pas une messe. »

Les traîtres, les polémistes de la trahison sont-ils d'un cynisme supérieur, qui transcende la morale vulgaire ? Ils ne sont pas si philosophes. Ils s'acheminent lentement vers un terme qu'ils n'ont pas prémédité, auquel ils sont tout étonnés de se cogner le nez, un beau matin.

Ils ne saisissent de la réalité que ce qui leur est nécessaire pour se conduire provisoirement. Ainsi un demi-aveugle ira plus vite de la Madeleine à la Bastille qu'un promeneur dont les yeux sont bons et qui musarde aux devantures. On a mille fois répété que le sens des réalités est le propre de l'homme d'action. Le contraire est pour le moins aussi vrai. Il faut, pour agir, de grosses notions et de gros matériaux. Je me souviens de ce dîner, que donna à ses collaborateurs le directeur d'une revue d'avant l'autre guerre. Au dessert, les conversations étaient par petits groupes et discrètes. Mais Henri Béraud continuait à parler d'une voix tonitruante, sans s'apercevoir que personne ne l'écoutait, sauf les serveurs. Cette épaisseur, cette distraction, cette persévération en soi-même, on voit bien comment elles créent une sorte d'état de somnambulisme et comment elles peuvent conduire aux thèses les plus absurdes et à la trahison même.

On a dit à Febvre que, à Lyon, dix mille ouvriers s'étaient rassemblés devant la statue de la République et avaient crié : « Vive la République… Vive de Gaulle… À bas Laval… » Nouvelle fausse peut-être ; mais qui est peut-être un symptôme prémonitoire. S'il n'y eut pas dix mille ouvriers devant la statue de la République, il y eut quelque part quelqu'un qui aurait voulu qu'il y eût dix mille ouvriers et qui aurait voulu crier avec eux.

J'apprends, par une carte d'André Mandouze, que « l'autre jour, Paul Valéry réclamait une politique de l'esprit ». Mais l'esprit tout nu, ce n'est rien. Il faut l'habiller. Je ne crois pas qu'y suffise la haute scolarité de Paul Valéry.

19 mai

Des voyageurs venus de Paris disent « qu'il va se passer quelque chose ». La zone non occupée attend, gueule béante.

1er juin 1942

À la buvette de la gare. Les cheminots sédentaires sont inertes. On se demande s'ils seront même capables de former encore un peuple.

Le journal. « La bataille de Kharkov est terminée. » Mais le style du communiqué allemand n'est pas d'un accent triomphal.

« À Lyon, sept cent soixante-trois mamans ont été fêtées et récompensées. Mais la partie la plus touchante de cette solennité devait être la lecture des meilleures lettres adressées par les enfants des écoles à leurs mères… Les plus goûtées furent celles qui parurent le plus spontanées… » Elles avaient en effet quelque mérite à être spontanées. Nous entrons dans une civilisation, où la pudeur est abolie. On apprend aux enfants à fabriquer sur commande, sur ordre administratif, des lettres tendres à leur mère.

Nouveau raid de la R.A.F. sur la région parisienne (en gros corps). Raid aérien britannique sur Cologne (en tout petit corps).

On pille un magasin d'alimentation à Paris, rue de Seine. Deux gardiens de la paix sont tués. « L'identité des individus arrêtés démontre d'une façon péremptoire l'origine bolchevique de cette affaire. » Bolchevique… Ils ont reconnu les empreintes digitales de Staline[1].

« Ce dimanche n'est pas seulement la journée des mères, c'est aussi une grande journée légionnaire. » À la buvette, on en parle, mais sans passion. « Un car est venu les chercher, pour les mener à Lons. S… (c'est l'adjudant épicier) gueulait comme un veau, pour les faire mettre en rangs… »

Un homme en combinaison bleue, affaissé, endormi, déclare : « Moi, je ne m'occupe pas de ça, je m'occupe à tâcher de mettre quelque chose sur ma table. »

Bruit circulant : « Les Italiens vont occuper la Savoie et Nice. »

Je lis comme un automate. Je pense à cette fille, qui avait toujours un livre à la main et qui, pour s'en excuser, disait : « Je lis pour m'abrutir. »

10 juin

Juifs d'Alsace réfugiés. Ils ne sont pas encore au stade bourgeois. Artisans ou boutiquiers. À peine s'ils sont de type méridional. Sauf deux, dont les profils sont serrés, busqués. Ils sont de la catégorie de ces marchands

1. Le 31 mai, jour de la « Fêtes des mères », des militantes du P.C.F. clandestin s'attaquent à un magasin d'alimentation rue de Buci, à Paris ; la police intervient et le groupe F.T.P. de protection tire.

de vieux métaux et peaux de lapins, tels que j'en ai connu au régiment, tels qu'il en est au bourg et même dans tel village et qui sont parfaitement chrétiens. Par quoi en diffèrent-ils ? En ceci que leur vulgarité ne tend pas vers une ronde cordialité marchande, mais vers l'aigu. On leur reproche de prospecter les fermes avec insistance. Mais je vois des chrétiens qui là-dessus leur rendraient des points.

Ces deux brocanteurs juifs,	Spinoza.
Adjudants corses,	Napoléon.
Bistrots bougnats,	Pascal.
Bavards marseillais,	Cézanne.
Bretons têtus,	Renan.

Ce n'est qu'un jeu. Tout le monde peut y jouer. On peut l'appeler le jeu de l'abstrait et du concret, le jeu de l'individu et du groupe, le chat perché des idées générales.

Le journal. « Les Juifs résidant en zone occupée sont astreints désormais, par une ordonnance des autorités d'occupation, à porter, cousue sur le côté gauche de la poitrine, une étoile d'étoffe jaune à six pointes, portant en caractères noirs l'inscription : *juif*[1]. »
La sonnette du lépreux n'était que sanitaire, non humiliante. On ne prétendait pas imposer au lépreux une officielle humiliation. Si j'étais contraint à cette humiliation, sans doute je la nierais. Mais dominerais-je

---

1. Le 29 mai, paraît la huitième ordonnance allemande « concernant les mesures contre les Juifs » et ordonnant notamment le port de l'étoile jaune en zone Nord : « Il est interdit aux Juifs, dès l'âge de six ans révolus, de paraître en public sans porter l'étoile jaune. L'étoile juive est une étoile à six pointes ayant les dimensions de la paume d'une main et les contours noirs. Elle est en tissu jaune et porte, en caractères noirs, l'inscription JUIF. Elle devra être portée bien visiblement sur le côté gauche de la poitrine, solidement cousue sur le vêtement ».

vraiment la colère et la honte ? Serais-je, au fond de moi-même, dupe de cette annulation raisonnante ?

Pudeur ou fierté, tout insigne me parut toujours intolérable ou ridicule. Je pense à ce jeune Suisse, dont le père possédait une automobile Renault et qui portait à sa boutonnière le losange, insigne de cette marque. Je me suis toujours senti mal à l'aise, quand on me mettait une fleur à la boutonnière ou quand on m'offrait une églantine rouge ou la Légion d'honneur.

On m'écrit de Paris que « l'Allemagne se tord de désespoir ».

J'ai réalisé un rêve de mon enfance. J'ai, pour fumer une plate-bande, ramassé du crottin de cheval. Je n'aime pas les bouses de vache. Mais le crottin est si séduisant, si plein, si appétissant.

La plaine de Bresse est blanchâtre, panoramique. Les prés sont à peine verts, comme une nappe liquide, où l'on aurait fait tomber quelques gouttes d'absinthe.

L'homme groupe, l'homme foule et l'homme individuel. Ainsi on peut imaginer Laval criant dans la rue : « Laval au poteau ! »

12 juin

Le soleil se couche en rose, après la pluie. Le paysage est nettoyé, passé au gant de crin.

Affiches de Vichy au mur du bourg : « La France poignardée par les bombardements anglais et les meurtres communistes. »

Chaque semaine, il y a, au bourg, une réunion de la Légion. Je ne sais rien de ces réunions. Les paysans n'y vont pas. Il ne m'en revient rien. Je ne sais rien de ce monde fait de hobereaux, de boutiquiers et d'adjudants retraités.

En trois colonnes de première page le journal annonce que le Maréchal et le président Laval « ont affirmé leur complète identité de vues ». Le Maréchal et Laval s'étreignent. Le temps est loin déjà du Maréchal de la légende populaire, qui trompait à la fois l'Allemagne et Laval, qui défendait la France et le peuple contre l'Allemagne et Vichy. « Il n'y a plus de nuage entre nous, a-t-il dit. M. Laval m'a donné sa confiance, en arrivant. Nous nous sommes serré la main et maintenant nous marchons la main dans la main. » Belle image de propagande : le Maréchal et Laval marchant la main dans la main.

Si je ne lisais pas le journal, je n'aurais pas su que le Maréchal avait adopté cette marche nouvelle. Au bourg, on ne m'a parlé que de la Russie, de la Cyrénaïque, de l'Angleterre et de l'Amérique.

Le document suivant m'est parvenu par des voies que je ne dirai pas :

VICE-PRÉSIDENCE DU CONSEIL
Secrétariat général. Cabinet.
N° 387 S. G.
Vichy, le 21 janvier 1942.

L'Amiral de la Flotte, Ministre Vice-Président du Conseil, à Monsieur le Délégué général du Gouvernement français dans les territoires occupés.

Objet : Mesures contre les Juifs.

Référence : Note N° 678 du 15 décembre 1941, du Commandant en chef des Forces militaires en France.

1. Par note citée en référence, le Commandant en chef des Forces militaires en France demande que soient prises, à l'encontre des Juifs, en zone occupée, un certain nombre de mesures telles que : l'obligation de porter un signe distinctif, l'interdiction de fréquenter les lieux publics, à l'exception de quelques locaux qui leur seraient particulièrement réservés, et la mise en vigueur d'un couvre-feu spécial.

2. J'ai l'honneur de vous faire connaître que je ne suis pas d'accord sur ces propositions.

J'estime que les diverses mesures de rigueur prises jusqu'à ce jour à l'encontre des Israélites sont suffisantes pour atteindre le but recherché, c'est-à-dire les écarter des emplois publics et des postes de commande de l'activité industrielle et commerciale du pays.

Il ne saurait être question d'aller au-delà sans choquer profondément l'opinion publique française qui ne verrait dans ces mesures que des vexations sans efficacité réelle tant pour l'avenir du pays que pour la sécurité des troupes d'occupation. L'excès même de ces décisions irait certainement à l'encontre du but recherché et risquerait de provoquer un mouvement en faveur des Israélites, considérés comme des martyrs.

Signé : F. DARLAN.

Mal en point sur le front russe, Hitler ne fabrique plus à son gré le destin du monde et son propre destin, il n'a plus qu'un recours : la vieille panacée, l'antisémitisme. Ainsi Maurras sur le plan minuscule de sa politique littéraire : comme on lui reprochait l'abstrait, le théologique de sa doctrine, il répondit qu'elle comportait un élément sentimental, passionnel, propre à galvaniser la foule, à savoir : l'antisémitisme.

Chez Hitler, l'antisémitisme est frénésie. L'antisémitisme de Vichy est un des points par où Vichy s'accole à Hitler et prend contact avec l'Allemagne. Mais Vichy sait que le Français raisonneur ne croit pas que tout sera résolu par l'anéantissement du Juif. Vichy en même temps veut donner des gages à Hitler et n'ose donner à son antisémitisme le plein hitlérien. Vichy tente de doser son antisémitisme. Mais, accrochés à Hitler, les gens de Vichy, s'ils y voient leur salut, simuleront fort bien la frénésie antisémite et les autres frénésies de Hitler.

À la buvette de la gare, j'entends les litanies du ravitaillement. Monotone cantilène, lamentation populaire. Je m'étonne de ne pas entendre une parole ou un cri de colère.

Multiplication des intermédiaires. Les marchands de légumes achetaient directement à une coopérative de Louhans. On le leur interdit. Les légumes, rassemblés par les grossistes, sont revendus par eux aux demi-grossistes, qui les revendent aux détaillants. Je n'entends rien à ces questions. Mais tel est le tableau de l'économie que me dressent les paysans.

Le journal : « L'amiral Darlan a inspecté la septième région militaire. Poursuivant son inspection détaillée de toutes les unités de l'armée nouvelle... » Tel est le communiqué de Vichy. Mais, transmise par la voix populaire, cette information prend un autre visage. « Darlan, m'a dit le père Mireau, a visité la caserne de Lons-le-Saunier, il était accompagné d'officiers allemands. » L'imagination populaire ne conçoit pas que Darlan se déplace sans être accompagné par des officiers allemands.

« M. Paul Morand, conseiller d'ambassade de première classe, est réintégré en activité et affecté à l'administration centrale (service d'information et de presse). »

C'est donc par ce diplomate-romancier que nous allons être « informés ». Paul Morand : cette scorie d'après la guerre de 1914, ce faux-semblant à facettes, ce néant pailleté.

Rêve obsessif, revenant sans cesse dans un mauvais sommeil et dont je n'ai pu retenir que ceci : William Mandaët portait sur un plateau un livre d'hagiographie et un morceau de cochon salé.

William Mandaët… pourquoi ce nom ? C'est peu mystérieux. Je me souviens qu'avant de m'endormir j'avais pensé à quelqu'un oublié au fond de ma mémoire et qui portait un nom d'une sonorité analogue.

Quand je quitte mon nid solitaire, quand je descends au bourg, je regarde les femmes rencontrées, comme les forçats du bagne de Toulon regardaient les femmes qui visitaient le bagne.

17 juin

Il y a deux ans, naissait le gouvernement du Maréchal. Nous étions sur les routes. Paris était sur les routes. Une moitié de la France était sur les routes. Ni Paris ni la France ne savaient rien. Le gouvernement naissait d'un vote d'on ne sait quelle abstraction de députés, naissait de la peur ; peur de l'Allemand et du « désordre ». Quelques bribes de Radio nous venaient aux oreilles de huit jours en huit jours. Nous imaginions un gouvernement intérimaire, un Maréchal intérimaire, un état de siège, mais provisoire. Nous n'imaginions pas un Maréchal symbole, sociologue et législateur. Nous ne savions pas qu'on nous calquerait un régime sur l'Allemagne et l'Italie.

Quelques tracts ou périodiques clandestins. Les uns fort bien faits, les autres d'un accent de certitude qui m'inquiète un peu. Est-il vrai que des organisations parfaites soient prêtes, si absolument prêtes, qui, au premier signal, feront tomber Vichy, comme on détache un fruit en secouant l'arbre ?

Comme j'y collaborerais volontiers ! Au lieu de mener cette vie inutile, mêlé à ceux qui « attendent ».

La Légion, vide de toute frénésie nazie, pleine de vieilles bêtes militaires et d'honnêtes imbéciles, ne satisfait pas les Allemands. Ils l'ont fait savoir à Vichy. C'est pourquoi Pétain-Laval crée des manières de *S.S.*[1]. Une section est formée au bourg. Elle a pour chef un contrôleur du ravitaillement, ancien sous-off de Coloniale (visage de gouape). Parmi ses membres, le jeune S…, inverti notoire, un quincaillier… J'ignore les autres. Ce groupe est armé. En cas de troubles, ou ils tireront ou on les assommera, avant qu'ils aient pu bouger.

À propos des Segonzac, Schmitt, Vlaminck, Derain, Friesz[2]…

Je voudrais qu'on comprît que, s'il était parmi ces voyageurs des négateurs primaires de toute patrie, ils n'étaient pour cela ni moins répugnants, ni moins indécents que les autres, les « bons Français ».

1. Émerge, en réalité, le Service d'Ordre Légionnaire (le S.O.L.) qui regroupe des activistes de la Légion des Combattants, qui ont milité naguère dans les rangs de la droite extrême. Contrairement à ce qu'affirme Léon Werth, le S.O.L. se met en place, sans que l'occupant n'exerce de pression.
2. Sur le voyage dans le Reich de musiciens et de peintres, cf. supra p. 144.

Le bourg est plus nerveux qu'une ferme isolée. Ce matin, la mère du petit berger, qui est venue pour aider à rentrer les foins, nous dit, grave et triste : « Les Allemands ont pris Tobrouk et le président Laval parlera ce soir… Il faut espérer quand même. » Elle met sur le même plan la prise de Tobrouk et le discours de Laval. Elle sent que l'annonce d'un discours inattendu de Laval est aussi gros de menace qu'un succès militaire de l'Allemagne. Nous redoutons que Laval n'annonce, ce soir, on ne sait quoi d'irrémédiable, de définitif.

J'ai décidé d'aller, ce soir, entendre Laval à la ferme. Je vais à Laval avec patience et dégoût, comme on va vers un mauvais lieu. Et je me demande – et je dois, pour être honnête, me poser la question – je me demande si les actions des collaborateurs sont au même degré, mais en sens inverse, physiques, charnelles, aboutissent à la même certitude du cœur, à la même évidence. Laval parle. Il fait effort pour ne pas enfler le ton, ne pas vibrer, pour être simple. Mais les R sont gras. Il rentre sa vulgarité, comme on rentre son ventre. Et cette retenue, cette décision de parler nu et sobre l'obligent à « sombrer » la voix, comme un vieil acteur de mélodrame.

Son discours est clair. Un seul thème : allez travailler en Allemagne. Deux arguments : vous préparerez ainsi l'Europe pacifiée de demain, Hitler renverra en France des milliers de prisonniers. Laval propose aux ouvriers un troc sublime, dont la générosité de Hitler déterminera les conditions. Il tente auprès d'eux un chantage à la libération des prisonniers. Les arguments sont répétés, insistants, comme dans une plaidoirie. On ne peut nier que ce discours soit clair. Trop clair pour l'effet attendu. Car il viole le sentiment de tout un peuple.

Collaboration, ordre nouveau, ce n'étaient que termes abstraits, vocabulaire politique. Mais Laval intervient en personne, en chair et en os. Il dit : « Je souhaite la victoire de l'Allemagne, parce que, sans elle, le bolchevisme, demain, s'installerait partout. » L'argument, le « parce que » – et même peut-être pour ceux qui ont la terreur du spectre bolcheviste – est ici trop faible pour compenser le « je souhaite ». Ce « je souhaite la victoire de l'Allemagne » anéantit tout argument, donne un choc. On n'entend plus, on ne retient rien d'autre. On savait que Laval souhaitait la victoire de l'Allemagne. On n'eût pas cru possible qu'il le dît aussi brutalement et publiquement. Laval se perd par cette cynique honnêteté. Par le gros même de ses partisans, il est repoussé, comme serait repoussé celui qui, dans l'instant où une femme est prête à lui céder, lui dirait : « Et maintenant nous allons faire l'amour. »

« Je souhaite la victoire de l'Allemagne » : on n'avait jamais entendu cela. Car l'anti-patriote abstrait du passé se mettait au-dessus des patries, il était neutre, il ne souhaitait rien.

Le discours de Laval est trop gros pour la finesse moyenne du peuple français.

29 juin

Bicyclette. Le Villars. Mes cousins m'accueillent de tout leur cœur et de toute leur cave.

À Fleurville, le Mékong en réduction et l'auberge du bord de l'eau, l'auberge des mariniers. Le patron prépare une barque. « On est bien logés… », me dit-il. Il est écrasé par le ravitaillement et le sort des armes. Je lui dis que nous sommes moins « mal logés » qu'il y a deux ans. Il me regarde avec étonnement. Il vit la fin du monde, il consent à la fin du monde. Rien à tirer de lui, non plus que de son aide, qui se fuit lui-même et fuit le présent et qui se réfugie dans un interminable récit de guerre.

Il y a trois ans, nous déjeunions sur la terrasse de l'auberge, ma femme, Saint-Exupéry et moi. Heure pleine, heure unique.

Nous avons causé avec un batelier allemand et sa femme. (Il conduisait une péniche française : *Cousance*.) Ils nous disaient leur amour, leur certitude de la paix, et que, si Hitler déclarait la guerre, le peuple allemand se révolterait. On me dit aujourd'hui que l'homme, après la déclaration de guerre, conduisit sa péniche à Mâcon, l'y abandonna, puis disparut avec sa femme. Cinquième colonne ?

Les collines semblent plus basses que les arbres du premier plan. La grande prairie, mer d'herbe, où des vaches lointaines font la planche. Pas d'arbres en bâtarde. Des peupliers à l'horizon, des peupliers d'un seul trait. Paysage sans pleins, tout en déliés.

Rencontré Fournier. Riche paysan, il a fait la guerre de 14. En 1920, il lisait des journaux révolutionnaires et me reprochait de n'avoir pas, dans *Clavel soldat*, montré toute la laideur de la guerre [1]. Maintenant il flotte, il s'est mis de la Légion. « Quand cela sera-t-il fini ? » me demande-t-il d'un ton dolent, comme si je possédais les secrets de la guerre et du temps. Je lui réponds : « Cela dépendra de vous. » Je ne sais comment cette ellipse est sortie de moi. J'ai quelque peine à lui révéler sa part de responsabilité, sa puissance d'atome d'opinion publique.

1. Léon Werth a publié en 1919 *Clavel soldat* et *Clavel chez les majors*, ouvrages violemment antimilitaristes, qui firent quelque bruit parce qu'ils tranchaient sur les récits convenus.

Je ne sais si les ouvriers volontaires pour l'Allemagne sont aussi nombreux que les journaux de Vichy le disent. Mais n'en fût-il que cent, que dix ?… Partent-ils contraints par la faim ? Partent-ils par molle obéissance ? En est-il parmi eux qui préméditent d'adroits et savants sabotages ?

Que dirait Lénine de l'union des prolétariats par-dessus les frontières, s'il voyait des ouvriers français s'en aller en Allemagne fabriquer des tanks contre la Russie ?

Vichy orchestre. Les départs d'ouvriers dans un sens d'idylle, de pastorale et de gastronomie. Vichy propose à la sentimentalité des foules les « blondes infirmières allemandes ».

« Debout ou assis sur leur valise, les volontaires devisent. Leur visage est empreint de gravité. Tous ont mesuré, en effet, la valeur de l'acte qu'ils accomplissent.

Deux infirmières allemandes, blondes sous leur bonnet blanc orné d'une broderie où se répète le motif rouge et blanc de la croix de Genève, dans leur blouse rayée blanc et gris, poussent à travers une lourde charrette chargée d'une vaste marmite ouverte. On entoure le chariot. Les infirmières, tout en souriant, emplissent les timbales qu'on leur tend, de café fumant, et distribuent à chacun un repas froid. En outre, on servira aux voyageurs, à leur arrivée en Allemagne, un déjeuner composé de pain, de beurre, de saucisson, de confiture et de café. Ce ravitaillement, gratuit, est à la charge des employeurs allemands. »

« La valeur de l'acte qu'ils accomplissent… Les infirmières tout en souriant… » Pourquoi découper ces lignes ? Elles seront mortes dans un an, dans un mois, dans huit jours. Mais je tente d'imaginer le visage de celui qui les rédigea. Je cherche les visages de ces journalistes, qui sont les écrivains publics des gouvernements, les visages des scribes anonymes et les visages des polémistes payés aux prix du marché noir.

Tous les événements que nous apportent le journal, la radio ou les bruits circulants, nous les tenons pour « provisoires ». Tous les événements nous semblent des agonies. Nous attendons on ne sait quelle résurrection. Nous avons décidé que toutes les manifestations de l'Allemagne et de Vichy n'étaient que les derniers soubresauts d'une bête agonisante, d'une bête frappée à mort. Toutes les manifestations de l'Allemagne et de Vichy ne sont qu'une dernière parade. Est-il sûr que nous ne nous abusions pas ?

Je verse généreusement du sang russe, du sang allemand, du sang anglais, du sang américain, du sang japonais. L'univers se bat par procuration pour ma civilisation, pour cette civilisation que nous définissons tous si mal. Et, parfois, je me demande si, du résultat de cette arithmétique de tanks, j'attends autre chose que du beurre et du tabac.

Est-il sûr que je ne fasse pas bon marché des destins du monde et que je souhaite autre chose que retrouver l'égoïste confort de mes tendresses de choix et de mes amitiés ?

15 juillet

J'ouvre mes volets. Les morceaux de ciel qu'on voit entre les branches sont nets, comme des vitres bien lavées. Mais je rêve des matins de Paris, des paupières plombées des façades grises.

J'apprends par une lettre de Suzanne que les Allemands ont vidé l'appartement de Francis Jourdain [1]. Les tableaux, les livres. Ce n'était pas ce que les savants appellent une bibliothèque, mais des livres liés à sa vie, à ses amitiés.

Il erre, il se cache. Je ne sais où. Et ne rien pouvoir pour lui.

Francis, peintre tendre, qui, écœuré par les boxeurs de la peinture, renonça à peindre et créa des meubles, des intérieurs. Qui pouvait mieux que lui s'émouvoir des grâces attendrissantes, des grâces comiques du 1830 ? Mais il porte la torche dans le bric-à-brac. Il est le premier artisan de la révolution rationaliste dans le meuble, de la thérapeutique par le simple. Si logicien, si féminin. Pénétré par l'esprit (au sens chrétien) et plein d'esprit (au sens d'un Boulevard, qui ne serait point d'almanach Vermot). Le voici saint François d'Assise bolcheviste. « On dit : Francis, comme on dit Jésus… » écrivait Gignoux.

La vieille boutiquière parisienne est réfugiée, aux environs de Bourg, dans une sorte de ferme ou plutôt de cloaque au bas de prés en pente. À Chelle-Gournay, elle eût trouvé la même maison, les mêmes murs. Elle eût sans doute été nourrie des mêmes bruits circulants.

Je résume ses « idées » en quatre points, fidèlement, usant autant que possible des mêmes mots qu'elle :

1. Je n'aime pas les Allemands, mais nous sommes vaincus. C'est un fait, on est bien obligé de l'accepter ;

---

1. Francis Jourdain – qui est né en 1876 – architecte et écrivain est un compagnon de route du P.C.F., qui milite activement dans la Résistance.

2. Il y a une chose qu'on ne peut pas contester, c'est que Laval est un honnête homme ;

3. Les Anglais n'ont jamais cherché que leur intérêt. Ils nous ont jetés dans cette guerre. Et après, ils y ont jeté les Russes ;

4. Je comprends que les Juifs détestent Hitler. Si j'étais juive, je ne l'aimerais pas.

Faut-il chercher les sources de ces « idées » ? Le « nous sommes vaincus » vient directement de la propagande. Tous les jours, on lui répète qu'elle est vaincue. Elle a fini par trouver dans la défaite un masochique plaisir.

Sa haine de l'Angleterre est le résidu d'une haine populaire ancienne, de source historique peut-être, mais que les puissants lui soufflaient alternativement avec la haine de l'Allemagne.

Comme je lui fais observer que Hitler a déclaré la guerre à la Russie et non la Russie à Hitler, elle a la même réaction de conviction intime, sourde, à part soi, que les persécutés auxquels on démontre l'absurdité logique de leurs convictions.

Il ne lui est jamais arrivé de happer, à plus forte raison de mâcher une idée. Elle ne peut pas penser plus d'un individu à la fois. Ce qui ne lui permet aucune notion du juste ou de l'injuste ou de l'ignoble. Cela explique sa réaction vague à l'antisémitisme. Les chrétiens qui, à Paris, portèrent, quelques heures, par protestation et défi, l'insigne jaune, se sentaient humiliés par cette obligation imposée aux Juifs, autant et plus que s'ils avaient été juifs. Ils se sauvaient ainsi d'une humiliation personnelle. Mais la pauvre vieille n'imagine pas si loin, ne possède pas ce pouvoir de transfert et de substitution, sans lequel il n'y a point de sens de la justice, de sens de l'humain.

Bruits circulants. Le père Cordet, retraité du chemin de fer, et le cordonnier ont reçu des lettres que des parents leur ont adressées de Lyon. Des milliers de Lyonnais ont manifesté le 14 juillet. Ils criaient : « Vive de Gaulle, vive la République. » La cavalerie (?) a chargé la foule. À Marseille, manifestation immense. Il y aurait eu trois morts. La Légion aurait tiré sur la foule [1].

Febvre était à Lyon pendant la débâcle. Il me décrit, avec colère et honte, une vieille femme, qui chantait la louange des Allemands, si polis, un coiffeur, des boutiquiers, vantant la courtoisie des Allemands, si bons payeurs. Et je me souviens de cette belle jeune fille, qui, à Chalon, le 13 juillet 40, la fleur à la bouche, se promenait avec des soldats allemands. Et j'ai vu des bourgeois de petite ville s'ouvrir de tous leurs pores à l'Allemand. J'ai vu la France traumatisée, hypnotisée par le vainqueur, ensorcelée par la botte.

Vichy prêche la collaboration et la relève, la *Gestapo* prévient par affiches les Parisiens que quiconque sera convaincu d'avoir attenté, en quelque façon que ce soit, à la personne d'un soldat de l'armée d'occupation, non seulement sera emprisonné ou déporté ou fusillé, mais aussi ses enfants, ses parents, ses grands-parents, ses oncles, ses tantes, ses cousins. Une sorte de péché originel.

1. On compte effectivement beaucoup de manifestants ce 14 juillet 1942 à Marseille. Ce sont les troupes de choc du P.P.F. Sabiani qui, abrités dans les locaux de la permanence du parti, tirent sur les manifestants ; deux femmes sont tuées et plusieurs autres manifestants sont grièvement blessés.

Henri Febvre [1] arrivé, ce matin, de Paris (il a passé la ligne dans la niche à chien d'un fourgon), me dit que la répression dépasse la sévérité, atteint l'atroce.

« Bon signe, me dit son père, réactions de la bête forcée. »

Progression, en deux ans, de l'Allemand « gentil » à l'Allemand tueur.

Je me satisfais difficilement de l'ignoble pur. Je cherche à la cruauté hitlérienne l'excuse des puissantes convictions du délire, je lui cherche, écartant de mon mieux les facilités du paradoxe littéraire, une sorte de puissance criminelle, de fureur démente, de monoïdéisme bestial, je crois découvrir en la persévérance de cette fureur une sorte de grandeur pathologique. Pas même… paraît-il. « Hitler n'a rien inventé, me dit Febvre. Les Allemands sont incapables de nouveauté politique. Ainsi depuis le XIIᵉ siècle, l'antisémitisme est, dès qu'ils sont en difficulté, le recours, la diversion classique. »

25 juillet

« Le journal, disent-ils, ne renseigne sur rien. » Si, sur Vichy.

Après la guerre ? Nous possédons un héritage indivis de civilisation chrétienne. Mais il y a l'humanisme aussi, la science expérimentale. Et le doute né de la science n'est pas le doute de Montaigne. Enfin, j'ai un héritage de christianisme-science. Il peut me suffire jusqu'à ma mort, si je le place en viager. Mais après ? La civilisation de nos fils ? Le passé sert de guide-âne aux cartomanciens de la morale et de l'académisme. Mais l'avenir ne se fout-il pas du passé ?

1. Fils de Lucien Febvre, Henri est étudiant en médecine (cité p. 302).

Le jeune Debray est des camps de jeunesse ou des compagnons. Il a un peu plus de vingt ans. Depuis quelques années, il tendait les bras vers un inaccessible bachot. Il porte maintenant un séduisant uniforme. On dirait un phalangiste et on se demande si une nouvelle clause d'armistice n'autorise pas les Italiens à occuper le bourg.

Comme il feuilletait un volume de Michelet, il dit avec simplicité : « Ce sont des blagues… Ce n'est pas sérieux, ce n'est pas de l'histoire… D'ailleurs, on sait qu'il a été payé… »

Le fascisme utilise les imbéciles de ce type et crée pour eux un milieu favorable. Ils n'étaient qu'une sorte de lest social, oublié à fond de cale. Le Maréchal les appelle. Ils montent sur le pont. Ils feront chavirer le monde.

1er août 1942

Je descends à bicyclette un chemin bordé de haies. Soudain un essaim de papillons m'enveloppe et me suit. Je ne sais rien qui soit plus conte de fées.

Le journal. « La journée à Vichy. » – « Peine de mort pour les détenteurs d'explosifs ou de stocks d'armes. » Vichy a peur du débarquement : « sur le plan militaire, cette tentative est inconcevable… Dangereuses illusions… »

À Paris, au début de l'occupation, me dit Febvre, le *Bulletin de la Librairie* a publié une note d'une inimaginable bassesse. On y annonçait qu'avant toute intervention des autorités allemandes, on avait travaillé à une sage élimination, qu'on espérait conforme aux intentions des autorités allemandes [1].

Un ouvrier de l'usine, qui habite Allonal, hameau qui dépend de la commune (mi-cultivateur, mi-manœuvre), s'était fait inscrire pour aller en Allemagne. Au dernier moment, il ne voulut point partir. Les gendarmes sont venus. Il se cache.

Je m'étonne que cette moitié de paysan ait pu songer à quitter son bout de champ pour aller faire le manœuvre en Allemagne. « Rien d'étonnant, me dit Andrée François, Allonal a toujours été *cucu.* » C'est une audacieuse ellipse ; elle lie d'un trait de pensée des points éloignés ; elle entend que ce hameau a toujours été du « parti curé » et qu'il pense « Moyen Âge ». Il est vrai que ce hameau a toujours été sensible à la contagion de la droite politique. Il eut, dit-on, ses cagoulards. Le dimanche, les hommes vont à la messe et non pas seulement les femmes. On y a recruté une grosse proportion de légionnaires. Dans la tête d'Andrée François, tout cela se tient et se lie. Pour elle, la religion est le parti des riches. Elle ne médite pas historiquement sur la civilisation chrétienne, sur la part de christianisme que contient la civilisation occidentale. Insensible au Chartres lyrique et pédagogique de Péguy, elle a hérité de son père, artisan, la méfiance des hommes noirs. Elle a vu les riches s'approcher de l'Église, en même temps qu'ils s'enrichissaient. Le catholicisme, le peuple

1. La formulation est exagérée. Car ce sont les autorités allemandes qui imposent d'abord la « liste Bernhard », puis, en septembre 1940, la « liste Otto », liste des auteurs et des ouvrages interdits de publications. Les autorités d'occupation auront l'habileté de présenter ces interdictions comme le fait des éditeurs français ; ceux-ci, il est vrai, accepteront cette présentation erronée, dès lors qu'il leur était avant tout demandé de pratiquer l'autocensure.

n'en veut user que pour cérémonie, quand il naît, se marie, meurt.

Le jeune Clerc me dit que les Allemands ont voulu déporter les trois cents ouvrières d'une filature de Besançon. Elles ont refusé. On leur a supprimé leur carte d'alimentation. Elle vivent, m'a-t-il dit, de la charité publique.

Les départs orchestrés par le journal. « À Bourg, me dit Riffault, il y a eu un départ : quatre repris de justice et trois Arabes. »

Sur un mur du bourg, une affiche délavée : un portrait du Maréchal et ces mots : « abolition de la condition prolétarienne. » Ce vieux gendarme qui propose de mettre le feu aux meules.

Les États-Unis, la Russie… la carte du monde, l'économie et les passions des peuples. Je ne suis pas fait pour remuer ces masses. Il me semble que j'entre dans le temple de l'histoire, en short, avec un balluchon de cycliste.

Mlle R… arrive d'Algérie. Elle m'est recommandée par Marcel Ray, qui espère que je pourrai l'aider à passer la ligne de démarcation.

« Les Arabes, me dit-elle, portent des burnous usés, qui se déchirent comme des toiles d'araignées. Ils craignent de ne plus pouvoir, selon la prescription de Mahomet, envelopper leurs morts d'un linceul de laine. Le colon compte sur Hitler, pour n'être pas dépossédé. Les tribunaux militaires mettent au secret, condamnent au cachot et font fusiller au hasard Européens et indigènes sur de vagues inculpations de gaullisme, communisme ou tentative de rébellion contre la métropole. » Tout ce que j'ai vu, il y a vingt ans, de l'administration en Indochine s'applique à l'Algérie.

17 août

Le Vel' d'Hiv', les enfants parqués, arrachés aux parents. « Pour les parents, me dit Laurent, qui panse ses vaches, pour les parents, il y a de quoi mourir… Moi, il me semble que je pourrais mourir… moi ou un autre. »

Suzanne s'étonne de mon impassibilité. C'est qu'en effet il y a de quoi mourir. Et je m'efforce de dissimuler mon sentiment de pitié, de fureur et de honte. Tout cela est mêlé et je me sens coupable, comme si j'étais moi-même un des bourreaux. Sans doute, il me reste l'orgueil d'évaluer à l'infini la profondeur de l'abîme entre un homme de la *Gestapo* et moi-même. Mais cette profondeur ne peut être plus grande que la plus grande différence possible entre deux hommes. Cela fait peur.

J'ai honte aussi pour ces journalistes de la presse allemande de Paris, qui acceptent les cris, les pleurs de ces enfants parqués [1].

J'ai eu honte aussi en Indochine (et je sais que la cruauté coloniale n'égale point la cruauté hitlérienne), quand je fus témoin de la brutalité des Européens, de leur volonté d'abaisser, et d'humilier, de leur orgueil insensé. Mais à comprimer sa rage et sa pitié, à faire entrer le crime dans les cadres de la

1. La nouvelle de la rafle du Vel' d'Hiv' parvient donc avec un certain retard en zone Sud ; à l'instigation de l'occupant, les 16 et 17 juillet, la police française a arrêté à Paris 12 884 Juifs étrangers, dont 4 051 enfants ; les familles avec enfants ont été parquées – dans des conditions épouvantables – à l'intérieur du Vel' d'Hiv' avant d'être déportées.

174

nécessité historique, il est un risque : souffrir auta...
par la privation de beurre ou de tabac que par les
enfants, qui, dans les trains et les camps d'Allemagne,
grouillent et meurent.

Hitler vainqueur, il viendra quand même un jour où
l'homme, l'esprit seront vainqueurs de Hitler. Les
siècles sont des minutes. Ainsi ou à peu près parlait,
sur le quai de la gare, une bonne sœur, qui disait que
Dieu a pour lui l'éternité. Mais raisonner sur des temps
astronomiques, c'est le point de vue de Sirius, en fait le
point de vue du petit-bourgeois.

Une prune cueillie à l'arbre, chaude de soleil. On
mange du soleil.

21 août

Débarquement des Anglais à Dieppe [1]. « Opération
politique, opération de dilettantes. »

J'ai toujours été du tiers-ordre de la révolution,
enfant de Marie de la révolution. Je comprends à distance le ridicule, la vanité de cette attitude.

14 septembre 1942

Le Maréchal est venu à Bourg. « Il s'est avancé, dit
le journal, d'un pas alerte, sans se servir de sa canne. »

1. Le 19 août quelque 6 000 Anglo-Canadiens ont lancé une
attaque sur Dieppe pour éprouver la défense allemande ; les pertes
sont très lourdes : en quelques heures, 3 670 d'entre eux sont mis
hors de combat.

e Bourg, hier à cinq heures. Chaleur bres-
épais. Le Maréchal est parti. Devant la gare
és les tapis, qui furent tendus pour « les pas de
e soldat ». On a assuré ces tapis, dit-on, pour
des millions. La ville est pavoisée. Une monumentale
francisque en carton est dressée à hauteur du premier
étage. Portraits du Maréchal, photographies du Maréchal, grandeur nature, retouchées et peinturlurées. Pro-
meneurs lents de n'importe quel dimanche. Groupes de
scouts, de compagnons, de camps de jeunesse. Fillettes
de patronage, spécialement créées et mises au monde
pour tendre des bouquets aux rois, aux présidents de la
République, aux maréchaux chefs de l'État. Des agents
de la Secrète, ayant exécuté leurs consignes de surveillance et d'enthousiasme, se rassemblent près de la
gare, en groupe de faux badauds. Mais voici qui est
nouveau régime : une colonne de flics s'avance, avenue
Alsace-Lorraine, chantant : « Maréchal, nous voilà... »
Une colonne par huit, carrée, compacte. Elle chante
sans férocité. Je vois beaucoup de bouches closes. Spectacle neuf. Les brigades centrales ne se déplaçaient
pas en rangs serrés et ne chantaient pas. Quand elles
cognaient sur la foule, c'était silencieusement.

Mgr Gerlier, Mgr Piguet, l'archevêque de Toulouse,
l'archevêque de Montauban, dans la zone non occupée,
d'autres prélats dans la zone occupée ont protesté contre
la persécution des Juifs. Les Jésuites de Privas ont
refusé de livrer à la police de Pétain deux cents enfants
juifs qu'ils abritaient. Des prêtres ont caché des enfants.
Je crois à leur charité, je crois qu'elle est totalement sans
calcul[1]. Mais que l'Église est adroite à concilier les

1. Six évêques de zone Sud (il y a des camps dans leur diocèse)
ont protesté en chaire contre les persécutions antisémites et les
rafles en zone Sud : Mgr Saliège (Toulouse), le premier, le 23 août ;

contraires et à combiner ses refus et ses consentements. Je lis dans le journal : « Sur le parvis de la cathédrale, le chef de l'État est reçu par Mgr Maisonobe, évêque de Belley. Devant la cathédrale, les légionnaires formaient le service d'ordre. » Ainsi l'Église à la fois proteste contre le crime et offre ses cérémonies à ceux dont la politique est ce crime même.

Bourgeoisie. On ne parle pas en famille des événements. Les uns sont pour le Maréchal, les autres sont gaullistes. On n'use pas de la radio. Un pacte tacite a été conclu. Les uns sacrifient la radio anglaise, les autres la radio de Vichy.

Après le déjeuner, dans le parc, ceux du groupe Pétain (haut commerce) dorment sur des fauteuils d'osier. On dirait l'image symbolique d'une bourgeoisie frappée soudain de catalepsie.

H... me dit qu'il est désespéré. Trop intelligent pour attribuer quelque réalité à l'ordre de Vichy, il est trop paresseux pour tenter d'imaginer quelque trait du monde d'après la guerre... Tous les événements d'entre 1918 et 1939 lui sont étrangers. L'univers lui semble cassé, tout en épaves flottantes. Il se sent épave entre ces épaves.

Mgr Théas (Montauban) le 30 ; Mgr Gerlier (Lyon) et Mgr Delay (Marseille) le 6 septembre ; Mgr Moussaron (Albi) et Mgr Van Steenberghe (Bayonne) le 20 ; dans sa lettre pastorale du 6 septembre, lue en chaire dans le diocèse de Lyon, le primat des Gaules déclare : « Le cœur se serre à la pensée des traitements subis par des milliers d'êtres humains et plus encore en songeant à ceux qu'on peut prévoir » ; et il rappelle « les droits imprescriptibles de la personne humaine, le caractère sacré des liens familiaux, l'inviolabilité du droit d'asile et les exigences impérieuses de cette charité fraternelle dont le Christ a fait la marque distinctive de ses disciples ». Avec l'aval de Mgr Gerlier, le R.P. Chaillet, jésuite, a pu soustraire, à Lyon, une centaine d'enfants juifs à la police du préfet Angéli.

La vieille commerçante réfugiée a versé des larmes en entendant à la radio Laval parler de la relève, l'ouvrier délivrant le soldat… Ainsi les petites filles de soixante-quinze ans reçoivent en leur cœur la politique.

Les hobereaux (la plupart d'ailleurs descendent d'acquéreurs de biens ecclésiastiques) se déclarent plus ou moins ouvertement pour l'Allemagne. De P…, du type gémissant, se contente d'évoquer la grande figure du Maréchal. Comme une vieille bonne. Mais de F… s'en prend au traître de Gaulle, affirme sa certitude de la victoire allemande et désire que l'Allemagne enfin remette de l'ordre en France. En septembre 39, il disait : « Je vais reprendre du service… » Il n'en a pas repris. Tous d'ailleurs tremblent de terreur et de rage au seul nom de la Russie. Oisifs, sans métier, sans fonction, vivant encore de leurs fermages, pas tout à fait bourgeois, encore moins aristocrates, ils sont une classe sans sexe social.

4 octobre 1942

Les Russes tiennent. Stalingrad. Stalingrad est le centre de la guerre. On a le sentiment que, partout ailleurs, « ça peut attendre », mais que du front russe viendront les premiers signes de la désagrégation allemande.

Dialogue entre deux fermières. Parlant d'un réfugié, l'une d'elles dit : « C'est un Juif… » L'autre : « Mais non… il n'est pas juif… » – « Alors, pourquoi qu'il dit qu'il est riche ?… »

Un fonctionnaire de Vichy est venu enquêter à la mairie. Un des adjoints l'a reçu. « La population est-elle mécontente ? » – « Si je vous disais qu'on est content, vous ne me croiriez pas… » – « Écoute-t-on la Radio anglaise ? » – « Il y en a qui n'écoutent pas la Radio anglaise, ce sont ceux qui n'ont pas d'appareil. »

Ce n'avait pas l'air d'un mauvais type, m'a confié l'adjoint, mais il n'était pas bien malin. On a causé. Il m'a dit que le gouvernement n'était pas pour une répression sévère, sauf pour les menées anti-nationales. Je lui ai demandé ce qu'il entendait par anti-national. Il m'a répondu : « Dire du mal du gouvernement. »

Je lui dis combien le bourg me semble inerte. « Le bourg compte peu, me dit-il. Si vous connaissiez comme moi la campagne, vous verriez que 98 % des paysans sont anti-allemands. Oh ! il y a des collaborationnistes, mais si peu nombreux. J'en connais et même de sincères. À Beaufort, j'ai des amis, de braves gens. Inutile de discuter avec eux. Ils sont collaborationnistes, comme je suis catholique. »

Curieuse explication, par laquelle un croyant met sur le même plan la foi et toutes les formes de crédulité.

En vrac, nouvelles, bruits, riens.

Sur les murs de l'urinoir de la gare, en grosses capitales, à la craie : « Pétain est un vendu. » Je n'écris pas l'histoire de la guerre par les graffiti. Mais c'est la première fois que j'aperçois un signe d'injure, un signe de haine au vieillard d'image d'Épinal truquée. Il vient peut-être des bas-fonds. Mais les bas-fonds recueillent les haines, justes ou non.

5 octobre

Febvre me parle du catholicisme nouveau, de la pénétration du catholicisme dans les milieux d'intellectuels. Une bonne moitié des Sévriennes, une bonne

179

moitié des élèves de Normale sont catholiques. Et non pas seulement pratiquants. Mais mystiques et demandant au catholicisme une règle intérieure et une règle d'action. Et non pas cléricaux, mais tenant pour réalités et la grâce et la charité. Déjà j'imagine vaguement une France reconstituée par un provisoire accord entre catholiques et communistes. Repétrissant la France, cependant que le petit-bourgeois raisonnable s'élimine de lui-même, s'en va aux déchets, s'en va aux scories.

Mais l'Église ? L'Église semble redouter l'effet de quelques mandements d'archevêques, l'Église semble apercevoir le danger d'une charité subversive, qui l'opposerait au gouvernement. Le cardinal Suhard rappelle une déclaration des cardinaux et archevêques du 24 juillet 1941 : « Sur le seul plan religieux, en dehors de toute politique partisane et d'une inféodation aux pouvoirs existants, nous professons vis-à-vis de ces pouvoirs un loyalisme franc et total [1]… Nous entendons nous interdire envers le gouvernement établi toute attitude d'opposition et de dénigrement. » Ce loyalisme est donc du plan religieux. Il semble qu'il y ait confusion entre César et Dieu.

Et ceci surtout :

Mgr Saliège, archevêque de Toulouse, proteste contre « l'usage qu'on a fait en France et surtout à l'étranger de son récent mandement sur la question juive ». Il affirme à nouveau « son parfait loyalisme à l'égard du Maréchal et du pouvoir du pays. L'affirmation d'un

1. C'est relativement tard que l'Assemblée des Cardinaux et Archevêques, réunie à Paris les 24 et 25 juillet 1941, a rappelé la doctrine classique de l'Église en matière de soumission et d'obéissance à l'autorité établie. La formulation exacte en était : « Nous voulons que, sans inféodation, soit pratiqué un loyalisme sincère envers le pouvoir établi… »

principe chrétien n'a jamais impliqué la négatio.
d'un autre principe chrétien » [1].

Traduit en clair, ce langage ecclésiastique signifie
que protester sur le plan religieux contre un crime, dont
le Maréchal est responsable, n'implique pas qu'on
refuse, sur le plan temporel, obéissance au Maréchal.
Ce qui est blâmé *sub specie æternitatis* peut être temporellement légitime. En d'autres termes, l'Église ou
quelques prélats approuvent, par l'obéissance qu'ils
doivent à César-Pétain ou à César-Laval, ce qu'ils
désapprouvent au nom du Christ.

Vichy fabrique des scénarios. Je lis, en première page
du journal : « Des agents de Moscou et de Londres
s'efforcent de provoquer l'incendie des récoltes en
France. » [2] – « La police a arrêté des criminels spécialisés dans ce genre d'attentats, il s'agit de communistes
internationaux, transportés sur les côtes françaises par
les soins de la marine anglaise. » Suit une description
technique des engins incendiaires « sur lesquels on a pu
déchiffrer des inscriptions telles que : *U K Patent* ou
Made in England, qui ne paraissent pas devoir laisser de
doute sur leur origine britannique. » Il semble en effet
probable que ces inscriptions sont de langue anglaise.

La Radio anglaise aurait annoncé hier que dix-sept
jeunes gens de moins de dix-neuf ans avaient été

1. Le 23 août 1942, l'archevêque de Toulouse s'est élevé en
termes d'une rare violence contre les rafles des Juifs étrangers ; cette
protestation indignée a fait grand bruit, même si la presse n'en
souffle mot. Mgr Saliège prend alors le parti de publier dans *La
Semaine religieuse* de son diocèse, du 27 septembre, une mise au
point, dont Léon Werth a retenu l'essentiel.
2. C'est un thème largement repris par la propagande vichys-
soise ; cela dit, en Île-de-France des incendies ont pu éclater pour
intimider des agriculteurs trop empressés à vendre à l'occupant.

...ngers. Vrai ou faux, le fait m'est transmis
...apparente indifférence. Nous sommes prêts
...grands massacres. La foule, en son incons-
...es accepte, peut-être les appelle.

11 octobre

Étapes de la propagande. Il y a deux ans, c'était la personne humaine, l'ordre, la hiérarchie, la vertu de Jeanne d'Arc. Puis ce fut la politique de Montoire et la collaboration, une collaboration idyllique et nuageuse encore, la réconciliation. Vichy présentait un Hitler évangélique. L'Allemagne devint notre ex-ennemie. L'Angleterre, notre ex-alliée, devint notre ennemie. Puis, ce fut la lutte contre le bolchevisme. Puis le « je souhaite la victoire de l'Allemagne ». Puis l'attendrissante relève.

21 octobre

La résistance à la relève est le premier fait collectif depuis la débâcle. Et encore, par l'effet de la disparition des groupes ouvriers, c'est une action en ordre dispersé. Le bombardement des usines Schneider a peut-être aimanté ces corps dégroupés. Pour les galvaniser, il faudrait un grand événement. Il faudrait aussi un homme ou des hommes, dont l'âme passe dans la foule.

« On ne s'explique pas, dit le communiqué de Vichy, l'obstination que met la Grande-Bretagne à multiplier ses coups contre notre pays. » Le ton est larmoyant.

Laval parlera ce soir à la radio. Pleurera-t-il ou menacera-t-il ? Qu'il menace ou pleure, il est impossible « qu'il ne dise rien ». Telle est la circonstance (cet embryon de révolte ouvrière) qu'il semble impossible qu'il fasse un vague discours de style maréchal. On s'attend à une menace forte, ouvertement appuyée sur la force de Hitler. Il a prouvé qu'il n'a pas la pudeur des mots. « Je souhaite la victoire de l'Allemagne… » Il eût pu plaider, suggérer qu'il cédait à une douloureuse contrainte. Mais ce romantisme de la trahison. Que dira-t-il ce soir ? Entendrons-nous quelque menace tonnante ?

Je suis curieux d'approcher un beau monstre. Car Laval est un assez beau monstre. Les événements l'ont fait tel. Le politicien qui faisait ses affaires est devenu un traître historique. Je décide d'aller l'entendre, ce soir, chez Febvre.

Vingt minutes de chemin par des sentiers bordés de haies. Je ne rencontre personne ; je sais que je ne rencontrerai personne. Cette solitude dans la nuit d'abord tonifie, puis devient un luxe pesant.

Laval parle. Il ne dit rien. Son discours n'est qu'une version à peine transposée de la timide note allemande transmise avant-hier aux journaux. Les thèmes habituels de la collaboration, mais édulcorés. Sans doute, il y a un : « Le gouvernement ne tolérera pas… » Mais la menace est vague, sans insistance, une clause de style. Le discours de Laval est le bavardage à vide du ministre, qui, parlant en province, sait que le ministère sautera le lendemain.

J'échange avec Febvre un regard de jubilation. Je vois dans l'avenir la fin de Laval, Laval en prison, les Allemands en fuite, des bateaux japonais envoyés par le fond.

Il veut parler sec, sans emphase. Aucun éclat de voix. Mais il parle d'un ton de prêche. Et il prend des temps, comme pour la méditation entre deux points, comme s'il attendait l'inspiration. Il y a un passage de haut comique : « La France est un pays de forte culture. » Cette culture forte, dans la bouche de Laval, fait rire. Et le O de forte est révélateur. Ce O est écrasé d'un lourd accent circonflexe, chargé d'une lourde pâte. Une autre fois j'ai senti peser sur moi et peser sur le monde pareille vulgarité. Une « romancière » chantait à la Radio :

Un amour comme le nôtre
Il n'en existe pas d'autre.

Le « nôtre » et le « autre » de la chanteuse étaient du même limon, de la même vase, de la même âme.

Je ne choisis pas ce contraste. Le hasard me l'apporte. De Gaulle parla. La voix de De Gaulle entra dans la chambre. Peut-être un « collaborationniste » eût-il dit que son allocution était vide. Et en effet elle n'était point un commentaire des faits, de la guerre quotidienne. C'était un acte de foi. C'était cela et ne voulait être rien d'autre.

Je cherche de Gaulle dans sa voix. Elle me paraît d'abord un peu serrée. Si je haïssais de Gaulle, je dirais peut-être que sa voix porte monocle. Cela ne m'en émeut que davantage. Ainsi, aux temps de l'Affaire Dreyfus, le lieutenant-colonel Picquart [1] ne fut d'abord, dit-on, qu'un officier de cavalerie, qui pensait cavalerie et salons. Quoi de plus émouvant que ces bonds de conscience chez un soldat ? Mais la voix se dénoue, se libère. De Gaulle nous promet la victoire de l'insurrection pour la patrie. Elle sera victorieuse, « je vous le promets ». Le « je vous le promets » fut dit de telle façon que Febvre et moi nous eûmes le sentiment qu'il s'adressait à lui et à moi. Et voici que les mots de De Gaulle se joignent comme dans une prière, une prière autoritaire. Ils viennent à nous d'un seul souffle.

1. Saint-Cyrien et officier d'État-Major, alors antisémite déclaré, le lieutenant-colonel Picquart est d'abord convaincu de la culpabilité de Dreyfus, dont il suit le premier procès pour le compte de l'État-Major.

Et je veux me poser la question. Un jugement n'était-il pas contenu dans mes sentiments ? Si je croyais à la résurrection par Pétain et Laval et si je croyais que de Gaulle est un traître, n'aurais-je pas, dans la voix de Laval reconnu le rude bon sens d'un paysan d'Auvergne et dans la voix de De Gaulle l'infamie d'un soldat rebelle ? Je réponds : non. Je suis sûr que non. Mais j'aurais dit sans doute qu'il est vain de chercher une vérité dans la musique des voix.

27 octobre

Trente otages, à Lille, seront fusillés, si on ne découvre pas les auteurs d'un attentat.

À entendre et à lire Lucien Febvre, j'ai compris que les différences d'époque n'étaient pas seulement de coutume ou de technique, qu'elles étaient intérieures à l'homme.

Je lis Diderot. Ni les femmes, ni la poésie, ni la peinture, ni les larmes n'étaient alors ce qu'elles sont aujourd'hui.

Des écrivains français (Jacques Chardonne, Drieu La Rochelle, André Thérive, etc.) sont allés à Weimar. « Pour assister à la deuxième réunion[1] des écrivains

1. En octobre 1941, à l'invitation de Karl Bremer, directeur de l'Institut allemand à Paris, sept écrivains et non des moindres (Abel Bonnard, Robert Brasillach, Jacques Chardonne, Pierre Drieu La Rochelle, Ramon Fernandez, André Thérive, André Fraigneau, Marcel Jouhandeau) se rendent à Weimar, au premier congrès des écrivains de « l'Europe nouvelle » ; un congrès réuni dans le cadre de la Semaine du livre de guerre allemand. La délégation pour ce deuxième voyage organisé un an après, toujours à Weimar, est moins nombreuse : à Drieu La Rochelle, André Fraigneau, André Thérive, Jacques Chardonne se joindra Georges Blond.

européens. Ils ont eu l'occasion de rencontrer les princi-
paux écrivains allemands et les écrivains délégués par
toutes les nations d'Europe, de reprendre des conversations fructueuses… Ils ont trouvé le même accueil
plein de cordialité, une parfaite liberté dans ces entretiens
et cette faculté d'organiser des spectacles et des réceptions, que la guerre n'a pas diminuée (O.F.I. – Havas). »

Ces écrivains français ont donc suivi l'exemple des
Despiau, Segonzac et Vlaminck. Ont-ils donc perdu
toute pudeur ? Ils ont été « cordialement accueillis »
par les assassins de Hollweck et par les fusilleurs de
Nantes, de Bordeaux et de Paris. Ils ont assisté à « des
spectacles et à des réceptions ». En ces réceptions, en
ces cordiaux entretiens, ils ont trouvé le climat de leur
« parfaite liberté ». La liberté n'est pas facile à définir.
Ces écrivains français font mieux que la définir. Ils la
touchent, ils la palpent, ils la respirent, ils la vivent, ils
en éprouvent la révélation chez les nazis. La grâce de
la liberté leur est révélée par les nazis de Weimar, dans
l'instant même où les Allemands, à Paris, emballent
dans des caisses les bibliothèques de travail de quelques
professeurs français.

1er novembre 1942

Brouillage. Je tourne au hasard le bouton :

> *Tant pis, tant pis,*
> *On s'en fout du Mississippi,*
> *Par ici ça sent bon la France,*
> *Par ici ça sent le printemps.*

La voix est d'un ancien beuglant de garnison.

Un bombardier anglais, le jour du raid sur Gênes, est
tombé en flammes, près d'un village dont le nom est,

je crois, Montcony. Les neuf aviateurs, qui composaient l'équipage, ont été carbonisés. Ils furent enterrés à Louhans. Deux mille, trois mille personnes assistaient aux obsèques.

« On était venu de partout, de Bourg même. Les cercueils étaient couverts de fleurs. Jamais je n'ai vu tant de fleurs. Les femmes jetaient des fleurs sur les cercueils. Nous avons chanté *La Marseillaise*. Sur les tombes on a écrit : « Mort pour la liberté du monde » et : « Vous êtes loin de chez vous, mais vous êtes près de nous. »

Ainsi parlait une jeune femme, amie de Mme Marie, et que je rencontre parfois à la buvette. Elle se tut un instant et ajouta seulement : « J'ai pleuré. »

« Il y a eu un peu de bagarre, dit son mari. On a un peu assommé quelques S.O.L. »

Cette foule, cette foule ardente, elle a existé. Cette jeune femme, son mari étaient là. Ils ne répètent pas un récit qu'on leur a fait. Bons témoins. Si je leur pose une question, ils y répondent. Cela n'est pas fréquent. Beaucoup de conteurs ou de colporteurs de nouvelles, si on les interroge, semblent blessés dans leur dignité ou pris de malaise, ne répondent pas à la question et répètent leur récit d'un seul tenant, indécomposable.

Les élèves du Collège de jeunes filles avaient appris l'hymne anglais et l'ont chanté. Quelques-unes, dénoncées par des mouchards, ont été expulsées du Collège.

Un « homme de Montrevel » a dit aux Riffault : « Cinq mille personnes et non pas trois mille. On était venu de partout. Il y avait des fleurs, comme on n'en avait jamais vu autant. Il y avait des fleurs, c'était affreux… » (Affreux, dans le langage du pays, signifie beaucoup, énormément.)

IIᵉ PARTIE

DU PREMIER DÉBARQUEMENT À LA LIBÉRATION

8 novembre 1942

J'écoute vaguement la radio à travers le brouillage. Je ne m'attendais à rien. Et j'entends : « Débarquement… Afrique du Nord… » Je suis tout seul avec l'univers et les ondes, au centre d'un monde invisible et sonore. Je me fais une puérile image de ce débarquement. Je vois des bateaux, des avions, des oranges, des Arabes et des Américains aux yeux bleus. Cette nouvelle soudaine m'arrive comme l'inspiration aux prophètes. Personne n'était là et pourtant quelqu'un a parlé. J'ai envie d'appeler, de crier, de communiquer aux hommes cette nouvelle, que certainement je suis seul à connaître.

Les Américains ont commencé à débarquer dans la nuit. Mais, en ce moment même, neuf heures et quart, ils débarquent encore. Le bulletin d'information anglais parle, non pas au passé, mais au présent. Dans cette minute même, ils débarquent. Ce n'est pas une nouvelle refroidie, ce n'est pas une nouvelle qui a dormi, même l'espace d'une nuit, même l'espace de quelques heures. C'est en quelque sorte sous mes yeux que les Américains débarquent en Algérie.

Rien ne fut, depuis la débâcle, aussi riche en espoir. « Tournant de l'histoire », phase nouvelle. Déjà il me semble qu'entre la débâcle et ce débarquement, le temps s'est rétréci. Ces deux années et demie perdent de leur dimension et de leur poids. Elles vont rejoindre la guerre de 1914 et la guerre de 1870.

Le père François, quand la radio annonça la déroute des troupes de Rommel[1], a bu un coup de blanc. Je crois bien qu'aujourd'hui il en boira deux.

Déjeuner à Coligny, chez Mme M… Nous communions dans le débarquement. Nous nous penchons sur le poste de radio. Nous tentons de prendre toutes les radios.

Mystère Giraud. Vichy affirme que l'appel du général Giraud est un faux et diffuse une lettre, datée du mois de mai, où il « exprime au Maréchal son parfait loyalisme ». Cette lettre fut-elle écrite ? Ou est-elle un faux de Vichy[2] ?

Mme M… avait invité la fille de l'Invalide à la tête de bois. Rien n'affleure à ce visage. Elle n'a même pas une tête en bois. Car les têtes en bois, qu'elles soient têtes de saints ou têtes de noce à Thomas, ont été taillées par des mains humaines. Les plus inertes gardent quelque chose du mouvement de ces mains. Mais la tête de mort de cette dame fut fabriquée par des mains mortes. Fabriquée par elle-même aussi. Avec quelques traits de pinceau et des accroche-cœurs plaqués aux tempes, elle s'est composé un personnage, qui tient à la fois de la femme esthète de 1900 et de la surréaliste de Montparnasse. La tête de poupée peinte parla et me

1. Entre le 23 octobre et le 4 novembre se déroule la bataille d'El Alamein à l'ouest d'Alexandrie ; le 4 novembre, les forces de Montgomery percent les lignes italo-allemandes et forcent Rommel à battre en retraite.
2. Cette lettre a bien été écrite par le général Giraud, en mai 1942, pour tenter d'apaiser l'occupant après son évasion.

révéla une âme bourgeoise lyonnaise du quartier Vau-
becour. Cela m'a laissé un malaise, qui persista toute la
soirée.

Le peuple, qui invoque si facilement la trahison en
soi, a peine à croire aux traîtres. Ainsi Daumin et le
père François disent de la résistance, ordonnée en
Algérie, que « c'est de la frime ».

Les putains, hommes et femmes, qui, après la débâcle,
se jetaient au cou, se jetaient aux pieds de l'Allemand,
hypnotisées par le guerrier vainqueur, accueilleront-
elles avec le même enthousiasme les Américains ?
Non, leur masochisme n'y trouverait pas son compte.

Dès qu'il fait un peu froid, la buvette de la gare sert
de refuge. Les initiés s'y abritent. Il y a une maçon-
nerie de la buvette. Le petit poêle de fonte est allumé.
Dans cet espace qui n'est pas de trois mètres carrés, six
hommes, quatre debout, deux assis sur des caisses à
canettes de bière, serrés, coagulés ; deux gendarmes,
un mécanicien et son chauffeur et deux inconnus, qui
portent salopette et tablier. Mme Marie émerge de ce
bloc humain.
À peine m'y suis-je incorporé, je sens qu'il n'est pas
ce qu'il eût été les jours précédents. Il n'est pas mort, il
est vivant. À peine ai-je eu le temps de refermer la
porte : « Que dites-vous des nouvelles ? » me demande
Mme Marie. Jamais elle ne pose de questions « politiques » et surtout devant des tiers et surtout devant des
gendarmes. Et ce n'est pas seulement prudence. Elle
reçoit les événements comme une musique qui passe
dans l'air du temps, comme une musique triste ou mena-
çante. Elle ne se demande guère qui joue de cette
musique. Elle la reçoit comme si elle venait avec le
souffle du vent. Mais aujourd'hui, Mme Marie cherche

un conteur aux événements, Mme Marie cherche un clou où accrocher les événements. L'Afrique et l'Amérique sont entrées dans la buvette. « Que dites-vous des nouvelles ? » Il me faut répondre devant les deux inconnus et devant les gendarmes. Il me faut répondre selon la prudence et selon la sagesse. « Que dites-vous des nouvelles ? » – « Je dis qu'elles sont satisfaisantes. » Mon « satisfaisantes » a porté. J'aurais dit : « magnifiques ou prodigieuses », l'effet eût été moindre. Ils ont tous compris la pudique concentration de mon « satisfaisantes ». Et l'un des gendarmes aussitôt reprend : « Il y a longtemps que je n'ai pas vu les gens avoir l'air aussi content. » – « À cause des Allemands, dit l'autre gendarme, il faut bien que le gouvernement fasse semblant de résister. »

Le mécanicien et le chauffeur n'ont rien dit. Peut-être leur pensée n'était-elle point à dire en cette sorte de salon, où les gendarmes donnaient le ton.

12 novembre

Lettre de Hitler à Pétain. Hitler fait l'agneau. On l'a contraint à faire la guerre. Et, vainqueur, il n'a fait que donner à la France des preuves de son amitié. Il a des larmes dans la voix : « Je puis comprendre, monsieur le Maréchal, combien est dur le destin qui frappe votre pays. » S'il a donné à ses troupes l'ordre d'occuper la côte méditerranéenne, ce n'est que pour faire face à l'agression américaine et défendre la Corse. C'est « côte à côte avec les soldats français » qu'il espère « défendre les frontières de la France et, avec celles-ci, les frontières de la culture et de la civilisation européennes ». Mais l'agneau menace aussi : « Je formule l'espoir que les circonstances ne conduisent pas à une nouvelle effusion de sang entre la France et l'Allemagne. » Mais soudain, sans transition, il ajoute : « C'est surtout la conduite d'un général français, qui m'a amené à agir ainsi. » Ainsi, c'est pour se venger du général Giraud que Hitler a envahi la zone non occupée. Si Giraud ne s'était point évadé, il n'eût point défendu la Corse. Je ne force pas le texte ; je n'ai pas inventé le « surtout ». Hitler hait Giraud, comme il hait Benès. Il le hait d'une haine d'adjudant roulé par un bleu. Mais qu'il s'agisse de Benès, de Churchill ou de Giraud, Hitler se lâche dans l'injure polémique. Il ne lance pas l'invective du tribun, mais l'injure du voyou. Hitler est un voyou mégalomane, dont le délire un instant a coïncidé avec la réalité. Le jour où le délire et la réalité bifurqueront... C'est ce jour qu'on attend.

Le mot de Churchill sur la fidélité de Vichy à l'armistice : « lamentable et perverse ».

Hier soir, malgré la défense de Vichy et selon l'invitation des Français de Londres, on a défilé devant le monument aux morts. Ce fut dans la nuit, en silence. « Trois cents personnes », me dit le père François, qui y était. « Trois mille », me dit Laurent, qui n'y était pas, mais qui déjà a rencontré la nouvelle sur le chemin. Mais quelque chose est changé depuis le débarquement américain et le passage de la ligne par les troupes allemandes. Laurent, le plus prudent des paysans, Laurent, qui n'est guère enclin à « manifester », Laurent, qui habite comme moi à quinze cents mètres du bourg, m'a dit : « Je n'avais pas été prévenu, je ne savais pas. Si j'avais su, j'y serais allé. »

L'adjudant de gendarmerie a fait un rapport sur une coiffeuse du bourg qui avait écouté la Radio anglaise.

Les Allemands passent par le bourg. Un détachement y couchera ce soir. Je ne suis d'abord sensible qu'au pittoresque militaire, au charme de cirque par le défilé des mulets et de quelques chevaux. Je me souvenais du premier régiment allemand, rencontré sur la route du Gâtinais, en juin 40 ; j'attendais une émotion qui ne vient pas. J'éprouve le même sentiment que la plupart des gens du bourg. Ils disent : « Ils ne sont pas flambards. – On les verra bientôt remonter. – Il y en a qui ne remonteront pas. » Pour les gens du bourg, ce sont des vaincus qui défilent, des morts en sursis. Tel est l'effet du débarquement et de Stalingrad.

Rencontré la vieille Parisienne réfugiée. Elle est dressée comme un vieux coq, non pas contre les troupes étrangères, mais contre le bourg, qui ne leur rend pas justice. Comme je lui dis que j'ai vu un soldat, presque un enfant, qui allait par le bourg, comme s'il y était venu passer ses vacances, elle croit que je veux diminuer la puissance de l'armée allemande, que je prétends que l'Allemagne n'a plus, pour la défendre, que des enfants. Et, d'un ton de défi, elle me jette : « Il y a parmi eux de très beaux hommes. »

Poésie des ondes : Le 8 novembre, à deux heures vingt, commença le débarquement des Américains. En même temps, de deux heures vingt à cinq heures trente, ce fut la guerre des ondes, grandes ondes, petites ondes, ondes courtes. En quelques points de l'espace africain, les Américains débarquent. Et, simultanément, la nouvelle occupe tous les points de l'espace.

27 novembre

La huitième armée en Libye, la tenaille russe, les Allemands fuyant dans le désert et fuyant en Russie.

Les raisons d'espérer augmentent chaque jour. Et pourtant il me semble que, depuis le jour du débarquement, notre tonus a diminué, que notre allégresse est plus incertaine. Le débarquement, ce fut d'abord comme un conte des Mille et une Nuits. Nous crûmes que tout allait se terminer par enchantement, par un coup de baguette.

À la buvette aussi le tonus a baissé. L'espoir est monté trop haut, trop vite. Deux vieux hommes se chauffent au poêle de fonte, prostrés, comme s'ils attendaient la fin du monde. Je ne suis guère plus vaillant qu'eux. Pourtant les nouvelles militaires sont bonnes. Mais cet univers stratégique me désole. Ces jours, ces mois, ces années de stratégie sont des années perdues. Les Russes, dit un communiqué, ont, ces jours derniers, tué 47 000 Allemands. Quel dommage qu'ils ne puissent d'un coup en tuer quatre millions sept cent mille ! Pour en finir. Le chef de la *Gestapo* en Pologne a déclaré que, d'ici la fin de cette année, il aurait exterminé tous les Juifs de Pologne. Va-t-il durer longtemps encore ce monde qui saigne, ce monde à grosses idées ? C'est en bloc qu'il faut choisir. Il faut digérer les mensonges enrobés dans les vérités. Ainsi l'Empire, dont Hitler, Pétain et les Anglo-Saxons eux-mêmes parlent avec un identique respect et qui dissimule dans son vague géographique la cruauté et la trivialité coloniales. Va-t-il durer longtemps, ce monde qui saigne de partout, qui saigne en Europe et qui saigne en Chine ? Ce monde où toutes les idées sont de confection ou viennent de chez le fripier ?

Les Allemands sont entrés à Toulon. « Ils ont pris Toulon, ils ont pris la flotte, les marins sont démobilisés. » On ne sait rien d'autre, on ne dit rien d'autre, on n'invente même rien d'autre. Si pourtant… on a déjà vu passer un train de marins français, qui montait vers

197

le Nord. On ne sait qui a vu passer ce train, si c'est un train réel ou un train fantôme. Aux questions que je pose, je sens qu'on improvise des réponses : « Des marins allemands sont montés à bord, ils ont fait descendre les marins français. »

La lettre de Hitler au Maréchal. Il est bien décidé à restituer à la France les colonies que lui ont volées les Judéo-Anglo-Saxons. Grands de la terre : un camelot offre ses cartes transparentes à un vieux gardien de square.

30 novembre

Chiffres astronomiques. Churchill, en son discours d'hier, annonce 300 000 prisonniers italiens. Les Russes, en quelques jours, ont tué 66 000 Allemands. Sur 400 000 Juifs de Pologne, 260 000 ont été massacrés, sont morts de faim, ont été électrocutés ou tués par les gaz. Pour résoudre les problèmes de ce temps, on pourrait renoncer à toute réflexion morale ou politique et ne plus user que d'une interprétation des statistiques. Les nombres qui mesurent la guerre, la cruauté ou la mort, comme les nombres qui mesurent la vitesse de la lumière, ne sont plus que des abstractions mathématiques.

« Pétain, m'a dit le colonel O…, l'ambition, oui. Mais aussi la vanité. J'ai été de son état-major. Pendant la guerre de 1914, il acceptait, sans broncher, les pires flatteries de cour. Le jour où son effigie fut sur les timbres-poste, plus rien ne pouvait arrêter Pétain. »

La vieille, enrichie dans le commerce, retirée au bourg, en capte les ragots scandaleux, comme une araignée au centre de sa toile. Mais, au-delà des ragots, elle pense aussi politique. Sa politique s'est constituée pendant la débâcle et n'a pas bougé depuis. « Ah ! oui… c'est bien difficile ce qu'ont fait les Américains… Attaquer un pays sans défense ; attaquer l'Algérie… Pourquoi n'ont-ils pas débarqué en France ?… Hein… Hein ?… »

Le « hein » plusieurs fois répété signifie que l'argument est sans réplique et que les Américains sont à jamais convaincus de lâcheté. Le « hein » est aussi une menace, le « viens-y donc » du voyou provoquant le voyou. Elle fait face à l'Amérique, elle lui crie : « Viens-y donc. » – « Ils nous prennent nos colonies… »

Bizarre contradiction : on veut lui voler ses colonies, cette menace lui est intolérable, mais qu'on lui vole son pays, que les Allemands aient pris possession de son pays, elle n'y prend pas garde, ce fait présent, palpable, elle n'en éprouve aucune gêne, il ne compte pas. « Non… je n'aime pas Hitler, mais je n'aime pas davantage les Anglais et les Américains… » Elle fait une moue de dégoût. Les Anglais et les Américains, elle les connaît, elle les connaît bien. Ce n'est pas à elle qu'on viendra raconter des histoires sur les Américains et les Anglais. Je tente une modeste objection. Elle répond : « Qu'est-ce que vous pouvez savoir ? C'est partout bobard. Toutes les Radios mentent. On ne sait rien, on ne peut rien savoir… » Ainsi résout-elle le problème des certitudes et des conjectures de l'histoire. Elle nie tout et surtout que Hitler puisse avoir la moindre intention malveillante. Elle nie tout. Ce n'est point du doute, c'est du « négativisme ». Après quoi, ayant affirmé que toutes les informations se valent, que nul choix n'est possible, elle affirme immédiatement le sien : « Je suis pour le Maréchal et pour Laval. » Et, sur un ton de véhémente indignation : « Aujourd'hui, quand on est pour le gouvernement, on est traité de Boche. » « Il est vrai, dis-je, que le gouvernement… » Elle ne me laisse point achever et, sautant par-dessus la logique et le discursif : « Tous ceux qui crient après le Maréchal devraient lui être reconnaissants de leur avoir conservé leurs rentes. »

Je sais… c'est temps perdu, dira-t-on, de rapporter de tels propos, explicables par l'imbécillité, par la sénilité. Soit. Mais l'imbécillité, la sénilité ne sont pas sans intérêt pour le psychologue. Il n'est pas sans intérêt non plus de rechercher selon quelles lois circulent dans l'espace les copeaux, les détritus et les poussières d'idées. Comment ces lambeaux de propagande mal liés sont-ils entrés dans cette tête creuse ? Pourquoi telle propagande plutôt qu'une autre ? Pourquoi cette vieille qui, dans sa jeunesse, s'ouvrait de tout son corps aux couplets patriotiques du café-concert, a-t-elle perdu jusqu'à cette aberration canaille du patriotisme ?

Radio-journal de France. « Les Anglais sont de plus en plus embarrassés de leur victoire de Libye. La fuite de Rommel devient de plus en plus une fuite triomphale, une réussite stratégique. » Le *Radio-journal de France* doit être rédigé par un gaulliste noyauteur.

8 décembre 1942

Les Allemands ne pourront plus s'approvisionner de cobalt au Maroc. La production de l'industrie de guerre des Américains et des Anglais est deux fois plus forte que celle de l'Allemagne, de l'Italie et du Japon. Je méprise les chiffres, les arguments tirés de l'économie. Il y a plus d'un an, on m'avait annoncé de bonne source que l'Allemagne ne pourrait plus tenir, faute d'huile, que quelques mois. Je me souviens aussi de 1914. Pour des raisons, aussi bien stratégiques qu'économiques, la guerre ne pouvait durer plus de trois semaines.

La guerre réduite à un schéma économique, ce thème semble démodé. Au fond de l'histoire, dit Febvre, il y a des sentiments. Hitler peut-être, lui aussi, s'explique par « une jalousie » ?

Image du monde : Mobilisation et transferts de main-d'œuvre, en Grèce, 8 000 Polonais tués, pour n'avoir pas obéi à des ordres de réquisition. Des milliers de Polonais dans des camps de concentration. Plus d'un million de Juifs massacrés en Pologne.

Discours de Franco. « C'en est fini des vieux préjugés libéraux. La doctrine de Hitler éclaire le monde. La misère doit être supprimée. » Les dictateurs ne parlent pas le langage bref et solennel que parlaient les rois. Ils jonglent devant leurs peuples avec l'histoire et la sociologie. Et ils sont philanthropes. Leur doctrine est faite de déchets corrompus de machiavélisme et même de marxisme. Mais le vocabulaire unifié des fascismes n'est peut-être déjà qu'un ronron rituel. Et leur « échelle européenne » et leur « ordre nouveau » quelque chose comme le « dévouement indéfectible » de nos présidents de la République. À condition que les Anglais, les Américains et les Russes gagnent. La France attend, bouche ouverte. Mais, depuis quelques semaines, elle serre les poings.

L'inquisition, vulgarisation de l'Évangile. Le nazisme, vulgarisation de Claude Bernard. Je ne suis pas très fier de cette maxime.

Toute « bouderie » envers l'Allemagne, dit Franco, aurait, à l'heure du règlement des comptes, de terribles effets. Les peuples boudeurs ne bénéficieraient pas de l'ordre nouveau.

Le givre cerne les feuilles. Toutes les branches des arbres et des buissons semblent des couronnes mortuaires.

10 décembre

Cette nuit, les bombardiers anglais ont passé sur la maison. Ils volaient vers l'Italie. J'entends, de mon lit, un bourdonnement. Mes vitres tremblent. Point d'autre signe, pour imaginer l'intérieur des carlingues et les équipages que ces vibrations de l'air dans la nuit. Je ne vois que le tableau de bord, ses magiques lueurs. Les visages des hommes, à quels visages ressemblent-ils ? Je revois ce bar de marins à Londres, où j'étais un soir avec ma femme et une amie. Les marins, je dois le dire, avaient bu du whisky. Mais ils le portaient noblement ! Deux marins, pour ne point vaciller, s'étaient plaqués l'un contre l'autre, dos à dos, et résistaient ainsi au tangage. Nous étions assis ; les marins étaient debout près du bar, ou circulaient dans la salle. Aucun ne cédait à une effusion d'ivrogne, aucun ne jeta sur nous, je ne dis pas un regard insolent, mais un regard indiscret.

Le risque est enfermé dans chaque carlingue. Parmi ces avions, il en est un peut-être qui « ne rejoindra pas sa base ». Il s'écrasera au sol, il ne sera plus que ferraille calcinée et de l'équipage il ne restera que des lambeaux humains. Non, ils reviendront tous, je veux qu'ils reviennent tous. Je les accompagne, je les guide, je les protège. Ainsi un enfant, ayant jeté son bateau dans le bassin d'un jardin public, se penche, les bras en avant, et croit le diriger.

« *Y a-t-il quelqu'un*, écrit Diderot, *qui, seul et séparé de tout commerce, puisse se procurer, concevoir même quelque satisfaction durable ?* » Les gens du bourg, les paysans me sont lointains. Étrange effet de ma solitude : seule la guerre m'est proche. Je communique avec elle par la Radio. De relations immédiates, je n'en ai qu'avec la guerre.

Le speaker de la Radio suisse parle d'une façon maussade, dégoûtée. Il vous écarte, il vous chasse : « Ça ne vous regarde pas... ce n'est pas vos affaires... » J'écoute quand même.

17 décembre

Temps pluvieux, fade. Pour un peu je n'écouterais pas la Radio. Le 8 novembre fut un jour enchanté, le débarquement fut magique. Maintenant plus d'enchantement, plus de magie. Des miettes de faits. Comment dégager de ce quotidien un sens militaire ? Ou un sens héroïque ? L'héroïsme, à force d'être partout, n'est plus nulle part. Peut-être n'est-il pour chacun qu'en une invérifiable acceptation intérieure de ce qu'il souffre ? Et à condition encore qu'elle soit bien motivée.

21 décembre

Les Russes, selon les communiqués de Moscou, ont avancé, en cinq jours, de 120 kilomètres, ont fait 13 000 prisonniers, ont tué 25 000 Allemands. Je suis déprimé. Ces chiffres m'ont l'air d'une politesse aux croyants. Ce que c'est que de nous. Je n'avais pas fumé depuis huit jours. J'ai touché mon paquet de tabac ; je fume une pipe. Ce chiffre de morts me paraît vivant.

Comment les Allemands ont-ils su qu'il y avait à l'abattoir un dépôt d'essence ? Quelques-uns disent : « En fouillant, à Lyon, dans les papiers d'un bureau militaire. »

D'autres disent : « Il y a eu dénonciation. » Et Riffault, oubliant sa prudence paysanne, sans hésiter et sans être troublé par l'énormité d'un tel soupçon, me désigne deux têtes de la Légion, l'adjudant-épicier et un négociant du bourg. « Ils sont tous les deux pour les Allemands », me dit-il. On voit ici du moins comment, en cas de troubles, s'orienteraient les passions et les colères.

25 décembre

Le message du pape « Liberté spirituelle, intellectuelle et morale ». Il y a quelque vingt ans, on eût pu dire : « Lapalissades moralisantes. » Mais ces mots cadavres ressuscitent éberlués dans le monde d'aujourd'hui. Comment va-t-on guider leurs premiers pas ? « Le droit au travail. » Il n'est pas question du pauvre et de son éminente dignité. Je ne dirai pas que le pape parle un langage socialiste. Mais on sent qu'on n'est plus au temps de Bossuet.

Le citadin, qui passe un mois à la campagne, l'été, croit que, l'hiver, la campagne est squelettique et grise. La campagne de décembre est verte. Verts les prés, les houx, les ronces et les mousses, mais d'un vert bureaucratique.

Radio-journal de France. Extraits de presse. Henri Béraud, dans *Gringoire*, compare les Français d'aujourd'hui aux Gaulois du temps de Vercingétorix. Il montre que les uns et les autres sont exactement superposables. Il s'enfonce jusqu'au cou dans cette comparaison historique. Il pousse de tout son corps. Il n'est pas effleuré d'un doute. Il ne perçoit rien de la ridicule ingénuité de ce survol historique. Et demain sans doute il sera tout prêt à railler les primaires.

Il faudrait expliquer comment une intelligence rhétoricienne s'accoutume à faire glisser les idées les unes sur les autres, ne voit plus en elles des outils à saisir la vie, mais des instruments de polémique et ne retient que celles qui sont monnayables. Ainsi la pauvreté ou la paresse de l'intelligence (fût-elle dissimulée par la verve du journaliste) peut en partie expliquer la bassesse d'un caractère et que cette bassesse aille jusqu'au crime.

Darlan assassiné. Comme étant de Vichy ou comme n'en étant plus [1] ?

21 janvier 1943

Avions allemands sur Londres. 44 enfants tués. Un tiers des avions détruits. Faut-il on non tenir pour satisfaisante cette arithmétique ?

« Vol de propagande, terrorisme mesquin », dit la radio anglaise. Je n'aime guère ce commentaire. Où commence le terrorisme grandiose ? Je choisis entre des buts de guerre. Mais je ne glisserai pas sur la pente qui conduit à idéaliser nos propres moyens de guerre. « Tout ce qui est de la guerre est atroce », écrivait pendant la guerre de 1914 Mme Jeanne Halbwachs.

Mais il y a un ordre de la guerre, une convention de l'atrocité. Ce n'est pas quand un aviateur allemand tue quarante-quatre enfants anglais que cet ordre, cette convention sont violés. Mais quand les nazis créent des camps d'extermination, accomplissent des actes dont l'atrocité n'est pas militaire.

1. Voilà une question pertinente qu'on peut se poser après l'assassinat de l'amiral Darlan, à Alger, le 24 décembre 1942. C'est parce qu'il symbolise Vichy que le ou les commanditaires de ce meurtre ont armé le jeune Bonnier de La Chapelle.

Giraud, dissident dans la dissidence, ne serait-il qu'un vaniteux soudard, une tête faible, un garde champêtre gonflé ?

La visite de Churchill à Ankara. « M. Staline est un grand capitaine », déclare Churchill. Qui se souvient du conflit Trotsky-Staline, des thèses de la révolution permanente et de la révolution dans un seul pays ? C'est déjà de l'histoire, de la vieille histoire. Pauvre et romantique Trotsky, qui pourtant, lui aussi, organisa une armée rouge. Staline alors ne semblait qu'un chef de bande, un homme de coups de main. Et Lénine regrettait qu'il ne fût pas « plus poli » et plus loyal. Lénine meurt. Le dictateur Staline procède à de terribles besognes d'épuration. Ce fut l'époque de ces étranges procès, où les accusés s'accusaient [1]. Parmi les jeunes hommes d'Europe, qui brûlaient d'une ferveur marxiste, les uns virent en Staline le sauveur de la révolution, les autres un tzar rouge. Aujourd'hui, ce tzar rouge sauve l'Europe du nazisme. Mais parmi ceux qui le croyaient traître à Lénine et parmi ceux pour qui il fut une néces-saire incarnation de l'esprit révolutionnaire, qui donc eût prévu qu'il serait un grand capitaine et que Churchill lui rendrait ce témoignage ?

Un siège, m'écrit-on de Paris, est vacant à l'Institut. Celui de Vuillard peut-être. Qu'allait-il faire en cette

---

1. Le premier des grands procès politiques montés par Staline et ses sbires se déroule du 19 au 24 août 1936. Zinoviev et Kamenev en sont les malheureuses vedettes. À la stupéfaction de beaucoup d'observateurs, ils avouent effectivement les forfaits les plus invraisemblables.

galère ? On a songé à Derain, mais il est trop « chandail ». Sans quoi il passait. Et c'eût été justice. Un nouvel académisme s'est créé, depuis 1910 environ, et Derain est le légitime héritier des Cabanel. Cet académisme a changé de tailleur, il n'en est pas moins académique.

L'Allemand serait-il, comme on l'a dit, un animal purement métaphysique, auquel on peut proposer, sans qu'il résiste, toutes les possibilités de l'irréel ?

J'ai sous les yeux le journal d'hier et le discours de Gœring. Je lis : « ... Dans un millénaire, tous les Allemands devront encore prononcer le nom de Stalingrad avec un frisson sacré. Tous les Allemands devront se souvenir que c'est là en définitive que l'Allemagne a remporté la victoire. » Et aussi : « La foi en la victoire de l'Allemagne provient de la connaissance profonde de la situation réelle, et c'est en même temps aussi la foi la plus ardente dans l'esprit de justice du Tout-Puissant. »

Cela va plus loin que l'habituel cynisme des mensonges politiques. Gœring transcende le réel. C'est la fantasmagorie d'un monde à l'envers. Et, pour conclure, Gœring invoque l'esprit de justice du Tout-Puissant, du Jéhovah national-socialiste et ne serait point trop étonné, après tout, si le Tout-Puissant transformait les défaites en victoires et, culbutant le monde, le maintenait tête en bas.

Le mensonge d'un Laval est plus sec, d'apparence plus logique, il ne vole pas jusqu'aux célestes espaces. Il agite seulement le spectre du couteau entre les dents. « Si demain, dit-il aux syndics de la corporation paysanne, l'Allemagne était battue, le communisme s'installerait chez nous. C'est une certitude que j'énonce. » Laval est un cartésien.

Est-il vrai, comme on me le mande de Paris, que Félicien Challaye fait des conférences pour le rapprochement franco-allemand[1] ? Cela prouverait (Challaye est sans impureté) qu'un certain moralisme, un certain pacifisme conduisent à l'imbécillité.

11 février

Il y a quelques jours, les communiqués allemands attribuaient la défaite de Stalingrad à la supériorité numérique des Russes et aux difficultés de la situation. Aujourd'hui, ils expliquent la quotidienne avance des armées soviétiques par le « fanatisme » des Russes.

Il y a un an, la presse allemande affirmait que les soldats russes ne tenaient que sous la menace des revolvers braqués sur eux par les commissaires du peuple juif.

Les Russes avancent. Les Français attendent le débarquement en Europe. Sitôt après le débarquement, le gouvernement de Vichy sera-t-il volatilisé ? Laval tentera-t-il une répression versaillaise ?

En 1932, le physicien Polyani me disait à Berlin : « Les Français ne comprennent pas que le dénouement des crises allemandes est pour demain. Demain, l'Allemagne se réveillera ou communiste ou nazie. »

Cette alternative n'est point applicable à l'Europe d'aujourd'hui. L'Allemagne et l'Italie vaincues, les

1. L'information est exacte. Né en 1867, normalien, professeur de philosophie, anticolonialiste, converti après la Grande Guerre au « pacifisme intégral », professant notamment que l'occupation étrangère est préférable à la guerre, il prend ses distances avec le Front Populaire, trop belliciste à ses yeux. Il écrit désormais dans les organes de la gauche collaborationniste, notamment dans *L'Atelier*.

nazismes s'abaisseront, puis chercheront un déguisement. Quant au communisme, il est partout. Ainsi la Révolution de 89 pénétra toute l'Europe occidentale. Mais la victoire militaire des Russes, dans quel sens transformera-t-elle le patriotisme russe, le communisme doctrinal et la forme stalinienne du communisme ?

Innocence et candeur de la propagande et du journalisme de 1943. En première page du *Nouvelliste*, un gros titre : « Le péril bolcheviste ». Au-dessous : « De notre envoyé spécial ». On voit déjà l'envoyé spécial, son bloc-notes et son stylo en main, dans les neiges des steppes. Mais, une ligne plus bas, on lit : « Vichy, 10 février. »

Dans les neuf mois qui viennent, a dit Roosevelt, invasion de l'Europe.

17 février

Les Russes ont pris Kharkov. Le bourg se soucie peu des actes du gouvernement. La suppression de ses libertés les plus matérielles, les plus palpables ne semble pas le toucher. Ce qui compte pour lui, c'est la prise de Rostov et la prise de Kharkov. En novembre, il donnait délégation aux Anglais et aux Américains. Ces derniers jours, il donne délégation aux Russes.

Quelle solitude ! Je me dis qu'il pourrait m'arriver pire : par exemple être conduit dans un camp de concentration, où je mourrais de faim et de crasse. Ou être fusillé. Je me vois conduit au lieu de la fusillade. Je n'ai pas peur, à proprement parler, mais je suis attendri à l'idée de quitter ma femme, mon fils. Qu'ils sachent que leurs visages étaient en moi. Que leur tristesse soit sans souffrance. Je chasse cette absurde rumination. Pas si absurde cependant. D'autres, non seulement en Pologne, mais en France, ont été exécutés, qui n'avaient pas plus que moi de raison logique ou juridique de craindre qu'on les « passât par les armes ».

« *Je fume pipes sur pipes.* » Ainsi plusieurs fois parle Flaubert, en sa correspondance. Cela augmente ma privation. Flaubert aurait dû penser à moi et ne pas le crier si fort.

Déat : « La ruée bolchevique. » L'Europe est perdue, si la *Wehrmacht* ne la contient pas. Quoi en cette tête et sous la peau de cet agrégé de philosophie, passé à la politique, puis à la trahison ? Quel mécanisme ? Quelles passions ?

24 février

Radio anglaise. Elle m'impatiente, j'ai peine à l'écouter jusqu'au bout. Et cependant elle flatte mes préférences, elle caresse mes espoirs. Mais j'en ai assez des vastes desseins stratégiques, de l'héroïsme des masses, de la puissance des industries de guerre. Que c'est long de tuer l'Allemagne et le nazisme ou le nazisme seul ! Qu'on fasse plus vite, qu'on en finisse ! Qu'on nous laisse à d'autres soucis !

Je pense à cette amie, qui a très peur des insectes et qui, apercevant une araignée sur le mur de sa chambre, appela toute la maison, criant : « Tuez-la vite, tuez-la vite !!! » Beaucoup de Français lui ressemblent. Ils crient aux Russes, aux Anglais, aux Américains : « Tuez vite… »

Pour les imbéciles qui ne croient pas à la différence des régimes, qui ne voient dans cette différence qu'une apparence illusoire. En pleine guerre, des Anglais, des Américains peuvent, à propos du jeûne de Gandhi, protester contre la politique anglaise dans l'Inde.

Parfois j'entends le silence de la pensée en France et dans l'Europe nazifiée, comme on entend le silence de la campagne, la nuit, ou plutôt le silence d'un cimetière.

Je n'ose écrire ce qui suit : dans les cent premières pages de *L'Éducation sentimentale*, il y a pas mal de phrases mal foutues, aux membres mal attachés, aux insertions douteuses et dont le sens, si on s'en rapportait à la seule syntaxe, serait ambigu. Je n'ose écrire cela. Je n'oserais le dire à personne sauf à toi Flaubert, vieux. Et ne va pas t'en faire. D'un rien, cela peut s'arranger.

Dans les lettres de Flaubert, on trouve, en 1876, une vague allusion à Ingres et à Delacroix. Pas un mot de Manet, Monet, Renoir. Il estime Bonnat et écrit à Zola, en juillet 1879 : « *Quand à Manet, comme je ne comprends goutte à sa peinture, je me récuse.* »

Je crois avoir déjà noté (pages écrites à Bourg) ce passage de *L'Éducation sentimentale* : « *La plupart des hommes qui étaient là* (chez le banquier Dambreuse, entre 1840 et 1848) *avaient servi, au moins, quatre gouvernements ; et ils auraient vendu la France ou le genre humain, pour garantir leur fortune, s'épargner un malaise, un embarras, ou même par simple bassesse, adoration instinctive de la force.* »

Flaubert hait la bêtise de la foule, comme il hait le pharisaïsme et la bêtise de la bourgeoisie. Les doctrines et les passions de la révolution de 48, l'émeute et les barricades, tout est pour lui sans autre substance que la bêtise.

Peut-être avons-nous, sur les intersections du moi et du social, quelques pressentiments qu'il ne pouvait avoir.

25 février

Hitler a déclaré hier qu'il mobiliserait pour la guerre allemande toute la population de l'Europe occupée et qu'il procéderait à l'extermination de tous les Juifs d'Europe. On pouvait supposer qu'il chercherait une solution nouvelle à la complication, à l'ampleur croissante d'événements imprévus. Mais Hitler ne tente pas de connaître les événements. Il persévère en lui-même. Aux événements, il n'oppose rien que Hitler lui-même. C'est un monstre mythologique aveugle et sourd. Il agit comme le monstre qui projette ses tentacules, comme le persécuté qui tue son ennemi imaginaire.

4 mars 1943

Les gendarmes vont dans les fermes de Bresse ou de montagne et demandent si on n'y abrite pas un mobilisé en fuite. Ils mettent à cette sorte de travail peu d'acharnement. « On est tout prêts à fermer les yeux, disent-ils. Mais le jour où nous serons accompagnés par la *Gestapo*... »

Le bruit court qu'à Lyon les policiers, la nuit, cueillent à domicile les ouvriers mobilisés et les jeunes gens soumis au recensement.

Cinq mille personnes auraient été arrêtées à Lyon.

À Champagnole, aucun ouvrier n'aurait obéi à l'ordre de départ.

Un train venant de Bourg, un autre venant de Lons, devaient amener chacun à la gare de Saint-Amour trois cents partants pour l'Allemagne. Ces six cents jeunes gens devaient être groupés à la gare. Les deux trains en ont amené en tout un peu plus d'une centaine. Et ils étaient arrivés avec un grand retard, parce que les jeunes mobilisés pour l'Allemagne avaient saboté les freins et qu'il avait fallu prendre le temps de les réparer. Des gardes mobiles étaient échelonnés de la gare aux premières maisons du bourg. Les jeunes gens enfermés dans les wagons chantaient *La Marseillaise*, *L'Internationale*, criaient : « Vive de Gaulle ! Laval au poteau ! »

Est-ce une étincelle unique ? Y a-t-il beaucoup d'étincelles semblables ? Allumeront-elles un foyer ?

Cela me fut conté par Mme Marie, à la buvette, sur ce ton de frayeur dolente que lui inspire tout ce qui, dans le courant du temps, peut se dessiner en fait, se détacher en événement. Je voulais lui poser quelques questions, obtenir plus de précision. Cela me fut impossible. Un homme en salopette, le visage noirci de poussière de charbon, est entré dans la buvette. Il chasse l'événement, il chasse l'histoire. Il n'est pour lui d'événements que ceux de son propre malheur. Il annule tout ce qui n'est pas son infortune, il m'annule ; il parle, comme si je n'étais pas là, comme si je n'existais pas, sans réticence et sans pudeur. Et la guerre et le conflit des peuples ne sont pour lui qu'une transition oratoire, un prétexte à étaler au jour son propre désastre. « Mon fils est parti pour l'Allemagne, dit-il. Qu'ils le tuent, s'ils veulent. » (Ses yeux sont tuméfiés, baignés de larmes. Et leur regard exprime plus de souffrance que de colère.) Mme Marie est la sagesse, qui apaise et domine, elle parle comme le chœur antique : « Chacun

213

connaît ses misères. – Mon fils, continue l'homme, a aidé sa mère à emporter les meubles et tout ce qu'il y avait d'argent à la maison… Ah ! vous ne saviez pas qu'elle était partie… Oui… Avec un agent du ravitaillement. Elle est revenue deux jours. Et puis elle est repartie… – Je comprends, dit Mme Marie. Il faut être poussé à bout pour dire ce que vous avez dit de votre fils. – Je les ai pris en flagrant délit. On m'a dit que j'aurais eu le droit de les étaler. Si j'avais su… Ils ne seraient pas vivants… Elle n'a jamais manqué de rien… Avoir travaillé, comme j'ai travaillé, au dépôt et à la ferme, avoir travaillé comme j'ai travaillé pour en arriver là…, pour coucher seul entre quatre murs… – Enfin, dit Mme Marie, après un silence, elle n'était plus toute jeune ? – Elle est trois fois grand-mère. – Tout le monde peut faire des bêtises… Mais quand même… »

Quelques brochures au bureau de tabac, dernier envoi des Messageries Hachette. Titre : « Nos vedettes ». Une brochure par vedette : Tino Rossi, Danielle Darrieux, Viviane Romance. Leur biographie depuis leur naissance jusqu'au plein de leur gloire. Les images ont ce caractère de pornographie photographique qui, avant la guerre, fit le succès de quelques hebdomadaires. On en vend. Cela coûte cinq francs. C'est la lecture des jeunes fermières. Nul ne comprend l'époque, s'il ne comprend que ces images sont complémentaires des portraits du Maréchal. Il est vrai que les portraits du Maréchal se font rares.

On voudrait une Radio toute nue. Les rédacteurs des bulletins d'information n'informent pas. Ils plaident. Devant le destin.

La Radio du Vatican a diffusé ce démenti : « Jamais le pape Pie XI ni le pape Pie XII n'ont demandé ou fait demander que soient dites dans les églises d'un pays quelconque des prières pour le bolchevisme. Le peuple russe a toujours trouvé place dans le cœur du Saint-Père, mais le régime communiste n'a jamais eu l'approbation pontificale. » Il est étrange qu'il soit besoin de communiquer aux peuples que le pape n'a point coutume de chanter *La Carmagnole* entre deux messes. Cependant on a vu la religion catholique et la religion communiste se rencontrer dans la pensée ou dans le cœur de quelques fidèles. Hétérodoxes, sans doute, mais ils voulaient le retour à la primitive Église, ils rêvaient la fusion d'un bolchevisme temporel et d'un catholicisme de charité. Des rêveurs, en effet. Et sans doute comprenant mal aussi bien le catholicisme que le communisme.

25 mars

Le bruit de la pluie sur les feuilles mortes. Une vigne : sarments tordus. Sur la vigne un pêcher en fleur : fumée rose.

24 avril 1943

Suzanne doit arriver ce matin, après une nuit de voyage. Je ne serais guère plus fatigué, si j'avais fait moi-même le voyage. Toute la nuit, ma tête a cogné aux parois du wagon. Je somnolais, le corps desséché. Les bâtiments de gares, les hommes d'équipe sur le quai avaient un air d'absolu dans les limbes.

7 mai 1943

Le journal. Mussolini harangue la foule à Venise. « Les Italiens connaissent aujourd'hui le mal de l'Afrique. »

Les Américains sont à moins de vingt kilomètres de Bizerte.

Au bourg. Le frère de Chadel, mécanicien pour vélos, me secoue la main : « Ça va… ça va… ça va… » Il me secoue la main entre chaque ça va. Et les ça va se multiplient et sont d'intensité croissante. Il m'annonce enfin que Bizerte et Tunis sont prises. « Raclé, nettoyé. »

14 mai

Après Tunis et Bizerte, le bourg espère. Mais après son espoir accompli, quel sera le conflit entre les résistants et les autres ? Les autres vont-ils étouffer les résistants en les embrassant ? Et le poids mort des inertes ? Et les résistants ne vont-ils pas, entre eux, s'entretuer ?

Le personnage de De Gaulle est lointain. Mais gaullisme signifie toutes les formes, quelles qu'elles soient, de la résistance. La légende de De Gaulle ne se fabrique pas selon des méthodes publicitaires… Elle chemine toute seule. Elle éclatera.

Hier, un train militaire a passé, allant vers le Sud. Le glissement des prolonges, des camions, des motos sur wagons plate-formes semblait ne devoir jamais finir, m'a rappelé la note unique et continue que le musicien d'un orchestre de pagode soufflait d'un souffle qui semblait éternel. Les hommes n'étaient que les accessoires de cette mécanique d'artillerie, hommes soldats, dont les visages, à cause de la vitesse du train, étaient identiques, comme ceux des soldats de plomb ou des vieilles images d'Épinal, hommes soldats tout pleins (même pour moi, qui ai connu la crasse et la platitude de la guerre) d'un vieux sortilège militaire.

Ces derniers jours, Bizerte, Tunis, les barrages rompus, la Ruhr inondée. Voilà pour l'extérieur, pour l'événement. Mais quand l'événement sera accompli, épanoui en victoire, qu'aurai-je, qu'aurons-nous à lui offrir, que ferons-nous de cette victoire, quand il l'aura enfin déposée à nos pieds ?

Ai-je vraiment au fond de moi-même une autre envie que celle de picorer encore des morceaux de bonheur ? Penserai-je à « l'esprit », comme les vieillards pensent au cirque de leur enfance ? Ils se souviennent vaguement d'une écuyère rose ou d'un acrobate à ressort. Mais ils ne vont plus au cirque.

Mais il n'est pas question des hauts drames de l'esprit. La radio me jette au visage la réalité brute du jour. À Belgrade, pour deux officiers allemands tués, quatre cents otages ont été fusillés. À Varsovie, les Juifs, parqués dans le quartier Nalewki, sont tués à coups de canon. J'éprouve plus de stupeur que d'indignation [1]. Un acte ne provoque l'indignation que s'il garde quelque proportion humaine. Je raisonne sur la cruauté de l'Allemand, sur son goût de l'atrocité. Et soudain, il me revient en mémoire que, dans le premier quart du XIXᵉ siècle, on tuait des protestants dans les Cévennes.

L'indignation, c'est presque encore un sentiment de Pharisien. On s'indigne, on a une belle âme, par

---

1. Lorsque le 19 avril, les *Waffen-S.S.* encerclent le ghetto de Varsovie, qui compte encore 70 000 Juifs qui n'avaient pas encore été déportés à Treblinka, ils se heurtent à une très vive résistance de la part des groupes de combat juifs qui lutteront de manière extraordinaire jusqu'au 19 mai, malgré l'ampleur des moyens militaires utilisés par les Nazis.

l'indignation, on se lave de toute complicité avec le crime. Je n'aime que celui qui, devant le crime que d'autres ont commis, éprouve un sentiment de honte, un sentiment de culpabilité. Il ne lui suffit pas que le crime soit châtié. Il faut qu'il se lave de sa honte. Cela le conduit à vouloir changer le monde où le crime est possible. Je crains qu'il n'y ait, à la limite ou à l'origine, quelque marxisme inconscient. Je crois que ce sentiment n'est pas chrétien. Le chrétien cherche avant tout sa purification intérieure, sa purification personnelle. Tout va bien pour lui, s'il n'a pas de mauvaises pensées. Comme l'indignation, la pitié même peut conduire à l'hypocrisie. Le vrai sentiment révolutionnaire, ce n'est pas la pitié, c'est la honte.

L'Internationale communiste est dissoute, la troisième Internationale [1]. « Les sections nationales ne recevront plus de directives de Moscou. » Bref commentaire de Moscou : la centralisation moscoutaire ne répond à rien dans le monde actuel. À chaque pays, à chaque sol, son action propre et sa méthode. L'unité est dans le but commun, qui est l'anéantissement du fascisme germanique.

Acte politique destiné à rassurer les démocraties bourgeoises ? Aboutissement naturel de la politique de Staline ? En effet, sitôt après la mort de Lénine, Staline s'opposa à la thèse trotskyste de la « révolution permanente », de l'universalité de la révolution. Cependant Trotsky, chassé, exilé, persécuté par Staline, écrivit un jour que, si la Russie était menacée par « les canailles impérialistes », il se battrait, Staline régnant, dans les rangs de l'Armée Rouge. Mais Staline eût-il accepté cet

1. C'est le 15 mai qu'est officiellement dissoute la Troisième Internationale *(Komintern)* ce qui, à la fois, rassurait les Anglo-Saxons et donnait à la guerre menée par les Russes contre les Allemands un caractère plus patriotique qu'idéologique.

engagement volontaire, comparable à l'engagement dans la Légion étrangère française de quelque prince du sang en exil ? D'autre part, Trotsky, aux débuts du nazisme, était partisan d'une guerre contre l'Allemagne. On peut supposer que Trotsky, s'il n'avait été assassiné, serait aujourd'hui, pour l'immédiat, d'accord avec Staline.

Mais où est le temps de la Russie, de la Sainte Russie, idéale patrie des prolétaires du monde entier ?

24 mai

L'Allemand fantasmagorique. D'après *Radio-Londres*, le Dr Friedrich [1] a dénoncé hier, au micro de Radio-Paris, « la responsabilité écrasante du pape à l'origine de cette guerre ».

L'Allemand aime les phantasmes. Mais le Français (le Français qui correspond à cet Allemand d'entité), est inégalable dans la momerie et la bêtise blanche, à goût d'abcès froid. Je lis dans *Le Nouvelliste* : « Cette année, au concours d'éloquence institué entre les collèges libres… le sujet proposé était le suivant : "Pourquoi faut-il aimer sa mère ?" » Suit une colonne entière de texte avec citation du Maréchal. De quoi donner au fils le plus tendre l'envie d'égorger sa mère.

2 juin 1943

Par scrupule critique, j'ai souvent attribué des mobiles nuancés aux journalistes et écrivains qui ont pris le

---

1. Le *Sonderführer* Dambmann, *alias* « Docteur Friedrich », qui a fait partie de l'équipe de *Radio-Stuttgart*, anime entre 1941 et 1943 sur les ondes de *Radio-Paris* l'émission bi-hebdomadaire : « Un Allemand parle aux Français ».

parti de l'Allemagne. Je rejetais, comme trop simple, trop grosse, l'explication par la pure trahison. N'ai-je pas ainsi fabriqué des traîtres littéraires ? Je sais maintenant qu'il y a des traîtres de mélodrame. Dans le second numéro d'une feuille clandestine, *Bir-Hakem*, je lis quelques citations d'articles publiés en 1940. Quelques journalistes (Chaumeix, Béraud et Benjamin) dénonçaient alors l'ignominie allemande du même cœur qu'ils dénoncent aujourd'hui l'infamie anglaise. « L'Allemagne est l'ennemie du genre humain. » (Chaumeix, *Candide*, mai 1940.) « Cet ennemi, l'Allemand, est implacable et ignominieux. Notre guerre n'a eu qu'une cause : son insigne mauvaise foi grossière, impudente, insolente, qui nous prenait vraiment pour des lâches ou des niais. » (Benjamin, même journal, même date.) « Une fois de plus, notre patrie se trouve en face d'un ennemi sans miséricorde et sans honneur (l'Allemand). Elle en a l'habitude. Il suffit de lire notre histoire. » (Béraud, *Gringoire*, du 11 avril 1940). Les traîtres crapuleux, qui livrent des documents, sont moins répugnants, en ceci qu'ils n'attendent pas, pour le trahir, que leur pays soit vaincu.

Étonnante candeur dans le mensonge, innocence des affirmations contradictoires, tels que parfois chez les escrocs de la Correctionnelle. « Il suffit de lire notre histoire. » Il n'est que l'histoire en effet (cette sorte d'histoire) pour justifier le polémiste, soit qu'il dénonce « l'ennemi sans miséricorde et sans honneur », soit qu'il se mette à son service. Et, dans le même procès, il la sollicite à la fois comme témoin à charge et témoin à décharge.

Le même journal rappelle les paroles de Laval, prononcées à la Chambre, le 17 mai 1935 : « J'ai entrepris le voyage de Moscou, parce que je pense fermement qu'une collaboration franco-soviétique est indispensable pour l'équilibre européen. » – « Je pense fermement... »

Le Maréchal en Auvergne :

« Je l'ai dit bien souvent ; je le répète : le peuple français porte son avenir en lui-même, dans la profondeur des soixante générations qui nous ont précédés sur notre sol. »

Le Maréchal a manqué à Flaubert.

Je ne sais s'il est vrai ou non que Churchill ait dit qu'avant la chute des feuilles l'Europe serait envahie[1]. Mais le bourg et la campagne sont tout pleins de cette chute des feuilles. Et tout un peuple voit, tourbillonnant ensemble comme sur un écran de cinéma des feuilles qui tombent et des soldats qui descendent en parachute.

À la gare un train de soldats allemands passe au ralenti. Des jeunes gens, très jeunes gens, qui n'ont même pas eu le temps de se faire des trognes de soldats. Ces soldats dans un train, je les plains. Mais je me réjouirais d'une bombe qui détruirait ce train de soldats. À peine ai-je eu le temps de prendre conscience de cette contradiction en moi. À côté de moi, deux personnages réels en incarnent les termes. « Espérons qu'ils crèvent tous », dit un chauffeur. « Ce sont des innocents », dit un garde de la police des voies. « Ceux qui les plaignent… », dit le chauffeur. Par prudence, il n'achève pas sa phrase. Mais quand le garde s'est éloigné, il me dit : « Ceux qui les plaignent, c'est qu'ils sont pour eux. »

1. Churchill, dans un discours prononcé le 30 juin au Grand'hall de Londres, avait notamment déclaré : « Il y aura probablement de durs combats en Méditerranée et ailleurs avant la chute des feuilles de l'automne ». La propagande allemande tournera en dérision cette prédiction.

Leur dialogue n'a pas résolu cette contradiction, qui est en moi, depuis septembre 39.

L'attente pure, sans mélange.

Elle a tenu, avec son mari, un petit café au bourg. Ils prétendent avec coquetterie « qu'ils ont bu leur fond ».

« Quand ça finira-t-il ?… me dit-elle. Moi, je n'écoute plus la Radio ni rien. »

Gardes des voies. Ils n'ont pas le sens du refus cornélien, mais ils n'ont pas perdu le sens du tirage au flanc. « Quand le chef de poste a passé, me dit le fils Laurent, il y en avait deux qui étaient allés faire un tour de foire et deux qui buvaient un canon, je ne sais pas où. »

8 juillet

L'Indépendant de Saône-et-Loire (hebdomadaire fabriqué à coups de ciseaux) reproduit une déclaration de Laval à la Presse. Elle peut se réduire aux quatre points suivants : I. L'Amérique s'est emparée de l'Afrique. – II. L'Allemagne vaincra. – III. Je frapperai les Français qui aideront les Anglais. – IV. Je suis un paysan de France.

Le même *Indépendant* (journal allemand) reproduit un article du *Pays libre* : « Une victoire, en septembre 40, eût été plus redoutable qu'une défaite. Elle eût livré la France à la barbarie. Jeanne d'Arc ne l'a pas voulu et a envoyé à la France le grand soldat sans peur et sans reproche, qui… » « La justice immanente veillait. » On peut aujourd'hui espérer que le monde occidental sera sauvé par le *Führer* « au cerveau génial ».

Pour parler comme ce journaliste, la botte allemande a, pour la servir, de bien mauvaises plumes. L'Allemand est encore une réalité. Mais ceux qui le servent, Laval ou journalistes, ne sont plus que des fantômes.

Parmi les paysans, les uns ne pensent qu'au marché noir, à amasser des sous, les autres prennent la Radio anglaise et n'achètent un journal que pour les communiqués administratifs. Ils méprisent le gouvernement, mais ils respectent encore sa gendarmerie et sa police. La fourche du paysan, la fourche révolutionnaire, c'est un organe en régression comme le thymus ou l'appendice.

9 juillet

« Ce cheminot, vous savez, m'a dit Mme Marie, ce cheminot de Dijon... les Allemands ont fusillé un de ses fils, un garçon de dix-huit ans ; on avait jeté une bombe dans un hôtel ; son autre fils avait été interné dans un camp. Il s'est évadé. Les Allemands viennent tous les jours chez lui. Il était dans son jardin. Une voisine est venue lui dire que les Allemands l'attendaient devant sa porte ; il lui a répondu que ce n'était pas la peine qu'elle se dérange, que maintenant il laissait sa porte ouverte et que chez lui rien n'était fermé à clef. Il m'a montré les photographies de ses fils. Il venait par ici voir s'il ne pouvait pas trouver un peu de ravitaillement. »

Tout se mêle en ce récit dolent : le panier à provisions du cheminot, les photographies. Le peuple n'isole pas théâtralement la douleur morale.

De la propagande. « À deux jours d'intervalle, me dit Claude, j'ai entendu *Radio-Paris* présenter la Commune comme un mouvement libérateur étouffé par la ploutocratie judéo-maçonne et *Radio-Vichy* affirmer que la même Commune était un mouvement subversif fomenté par les Juifs et réprimé par les puissances de l'ordre. »

Naguère, les politiciens transposaient sur un plan logique leurs fluctuations, les centraient sur un scénario aux clartés d'anecdote, les classaient dans la catégorie du pour et du contre, utilisaient, selon l'heure, le pour et le contre, l'affirmation et la négation. Aujourd'hui, l'affirmation et la négation, le pour et le contre, ils les utilisent, les contractent et les unifient dans le même instant.

La bêtise parfois est cristalline, légère, pure, comme le chef-d'œuvre. Une affiche sur les murs du bourg annonce une pièce écrite par un prisonnier. Au-dessous du titre, on lit :

« Deux générations devant l'amour.

« Le père (40 ans), esprit léger, coureur, joyeux viveur.

« Le fils (20 ans), probe, loyal, fleur bleue. »

Et la rigueur de la typographie ajoute encore à la rigueur de l'antithèse.

12 juillet

Discours de Laval.

J'ai vu des paysans dans les fermes, j'en ai rencontré sur les chemins. Aucun n'y a fait la moindre allusion, tous m'ont parlé du débarquement en Sicile.

« On vous a toujours dit de moi que j'étais un adversaire forcené de l'Angleterre, un anti-Anglais. Je vais vous dire la vérité. Je suis Français 100 % et, pour que vous me compreniez bien, je n'aime que mon pays. »

Veut-il dire que, s'il n'aime que son pays, c'est pour l'unique raison qu'il veut être bien compris ? La syntaxe se vengerait-elle ?

Pauvres signes, mais signes quand même. Un Laval souille à la fois le patriotisme qu'il affecte et l'antipatriotisme qu'il pratique. Patriotisme, internationalisme sont à nourrir d'un sens nouveau. Ils crèvent d'histoire truquée, d'histoire tronquée, d'histoire académique, d'histoire qui ment. Ils crèvent de l'histoire, qui n'est pas l'histoire.

26 juillet

Démission de Mussolini[1].

Sur quoi a-t-il buté ? Qui l'a poussé ? Sera-t-il assassiné[2] ou écrira-t-il ses Mémoires ?

Indignation des bourgeoises du bourg, parce qu'un paysan a acquis dans une vente publique le plus beau des services à café.

5 août 1943

Tonnes de bombes sur Hambourg. Catane. Orel. Déclaration du général Dietmar à la radio allemande : « ... Les puissances de l'axe ont décidé, en pleine connaissance de cause, de rester cet été sur la défensive, défensive mobile et très élastique, mais menée dans un esprit offensif. » Cette dialectique n'est pas moins élastique que cette défensive.

1. Le 25 juillet, le roi Victor-Emmanuel III démet le Duce avant de le faire arrêter ; il prend sa décision après que Mussolini a été mis en minorité, la veille, devant le Grand Conseil fasciste par 19 voix contre 7. Les Italiens dans leur majorité sont las du régime fasciste, de son alliance avec le Reich et des revers militaires illustrés par la perte de la Sicile et le bombardement de Rome le 19 juillet.
2. Mussolini sera exécuté par un groupe de Partisans, près du lac de Côme, le 28 avril 1945.

On dit que Guerlat, à Dijon, a été torturé. Qu'il a tenté de se trancher la gorge avec le couvercle d'une boîte de sardines.

À F..., à V..., on pourrait pardonner d'approuver les tortures, on ne peut leur pardonner de les nier.

Febvre nous apporte la nouvelle de la prise de Catane et de la chute d'Orel.

Nous passons la soirée chez les Mireau. Paysans délivrés. Cartes d'Europe au mur. Ils ont une prise sur l'univers, une prise sur les idées, une connaissance des villes : Besançon, Lyon, Marseille.

6 août

Chez Laurent, le soir, ils font marcher sans interruption leur poste, un vieux poste qui ne leur donne guère que Lyon, Vichy, Paris. C'est pour le bruit, pour l'agrément du bruit. *Le Radio-journal de France* annonce la chute d'Orel, le recul des Allemands sur « des positions préparées ». Les positions préparées les font rire, même les femmes, même la jeune Georgette, dont nous n'imaginions pas qu'elle eût jamais pensé à la guerre, aux armées, aux nations.

Le journal traîne sur la table. Le Maréchal exhorte un groupe d'instituteurs. Je ne lis pas, je sais que personne n'a lu. Jamais paroles ne tombèrent dans un tel vide absolu, sans résonance.

10 août

Jamin a été blessé quatre fois à la guerre de 1914. Il en a gardé une boiterie. Ce n'est pas un paysan riche, ce n'est pas un chef d'exploitation. Il n'est pas propriétaire : il loue sa maison et une vigne et fait des journées (il cultive les vignes et le jardin du maire). Il ne fait pas de blé, il n'a pas de vache. Sa femme soigne cinq ou six chèvres. L'étable est nette comme une bergerie. Pas plus que les Mireau, ce n'est un paysan type. La terre ne lui colle pas au corps et il ne maquignonne pas.

Il est allé chercher à la cave une bouteille de vin blanc, du vin de sa vigne. On a fait l'obscurité dans la salle, à cause de la chaleur et des mouches. Le poste de radio luit contre le mur passé à la chaux.

La Sicile presque entièrement conquise, l'avance des Russes, l'encerclement de Kharkov. Hitler tombera-t-il, comme Mussolini est tombé ? Nous voici cherchant à connaître quelque chose de la paix. « On ne retrouvera pas tout comme avant, dit-il, mais c'est sûr, n'est-ce pas, qu'on nous rendra le droit de vote ? » Il m'interroge, ses yeux sont inquiets, il me demande une certitude. Le droit de vote, voilà de quoi faire rire tous les imbéciles. Les imbéciles n'ont point de doute sur la stupidité des foules. Que toute politique est sage, sitôt que le droit de vote est supprimé, sitôt qu'intervient la compétence des dictateurs ou des élèves de l'École des Sciences Po !…

Je ne sais plus avec quels mots Jamin me dit que par le droit de vote seulement il avait une prise sur la vie. « Voter, c'est réfléchir. Sans le droit de vote, on est une bête. On mange et boit, c'est tout. »

Ainsi parlait Jamin du droit de vote. Ainsi, il y a deux ans, dans l'obscure cuisine d'une auberge de Bresse (le papier tue-mouches pendait au-dessus de la table), la patronne, baissant la voix comme au lit d'un malade, prononça ce mot : liberté, regretta la liberté perdue, la liberté grattait à la porte, doucement. Ainsi l'accord du lieu, de l'heure et d'une voix humble délivre de leur coque métaphysique, de leur gangue juridique les vieux mots. Et, comme germe le grain de blé trouvé dans la tombe du Pharaon, ils reviennent à la vie.

La bataille de Sicile est terminée. Régulière progression des Russes. Entrevue de Roosevelt et de Churchill. Les uns, mollement, les autres tendus, attendent le coup de la délivrance.

Chez les Mireau comme chez nous, on est attentif à tout ronflement de moteur. La nuit, à tout aboiement de chien, à tout bruit, qui pourrait être un instant confondu avec celui d'une porte frappée du poing ou à coups de crosse.

La radio anglaise donne d'atroces détails sur la vie des Français et des Françaises parqués près de Kattowitz, en Silésie[1]. La guerre gagnée, comment punira-t-on ceux qui ont ordonné, ceux qui ont exécuté ? Et ceux qui, Allemands ou Français, ont, par leur silence, consenti ? Ceux qui ont nié l'atroce, parce qu'il était dangereux ou intolérable de le connaître, de le regarder en face ? Punira-t-on la torture par la torture ? Par la mort ? Déchaînera-t-on la cruauté en la punissant ? Inventera-t-on une forme nouvelle de représailles, qui n'avilisse ni ceux qui les ordonnent, ni ceux qui les exécutent ? Ou tout sera-t-il oublié, tout se perdra-t-il dans le souci des constructions économiques, dans la fureur de vivre et de manger, dans la frénésie de danser, dans l'obéissance à des rythmes nouveaux, qui ne seront ni celui du fox, ni celui du tango ?

On a battu chez les Mireau. Vers le soir, un homme d'Allonal injuria Jamin et quelques autres qui, quand la

---

1. Il s'agit vraisemblablement du camp d'Auschwitz (*Oswiecim* en polonais) situé, en Haute-Silésie, à 30 km de Katowice. Léon Werth y a déjà fait référence. Les organisations juives et les résistants polonais ont fait parvenir à Londres des renseignements précis sur ce camp de concentration et d'extermination.

Légion fut créée, s'y laissèrent inscrire. Il y eut bagarre. Je ne sais rien de plus, sinon que Jamin a le visage tuméfié et zébré d'ecchymoses.

« Jamin, me dit Laurent, il s'est mis de la Légion, mais ce n'étaient pas ses idées. C'était à cause de son patron et à cause des promenades à Lons, le dimanche. »

25 août

Prise de Kharkov.

« Sur Giraud, me dit le frère de Chadel, mécanicien en vélos et motos, on a des doutes. Sur de Gaulle, on n'en a pas. »

En politique, la distance est à peu près nulle entre l'homme le plus instruit et le plus inculte. Et les compétents ne diffèrent guère de la masse que par leur canaillerie. Ainsi tombent à plat les arguments faciles des délicats contre le suffrage universel. L'instinct d'un manœuvre vaut bien la prudence d'un cuistre, d'un marchand.

Et l'âge compte peu. Voici Claude (chaque jour, je constate qu'en politique il en sait autant que les sages vieillards), voici Claude qui me dit : « Les bourgeois sont pour Giraud, le peuple pour de Gaulle. »

En août ou septembre 40, quelques-uns de mes amis lyonnais souhaitaient la victoire anglaise. Mais ils rejetaient de Gaulle, parce qu'il avait insulté Pétain, ce grand vieillard.

En gare. Deux têtes d'Allemands à la portière d'un train arrêté. J'ai toutes mes aises pour les explorer comme deux têtes d'acteurs en scène. Je cherche en ces deux têtes le « Boche ». Je ne le trouve pas. Deux têtes. L'une est vague et molle, comme il en est partout.

L'autre est serrée, goupillée. L'homme de cette tête n'aurait l'air d'un étranger ni à Paris, ni à Londres. « Pourtant, me dit Suzanne, une certaine dureté dans le profil. » Oui, dur profil, mais non pas spécifique. Profil de ville, travaillé, limé par la ville.

Mais, il y a quelques semaines, un train passa ; rempli de soldats très jeunes, quelques-uns presque adolescents. Un type s'en dégageait de visages blonds au dessin sec, au modelé raide, rêche, à l'expression ankylosée. Il y a de cela dans Cranach.

Sur la route, j'ai vu dans une auto un officier, qui était sa propre caricature, une caricature cruelle. À la fois vautré et tendu, allongé comme un mannequin, la tête et la casquette dressées vers le ciel, les traits non pas assemblés, mais cousus, comme ceux d'un pantin en étoffe, les yeux, qui n'avaient pas forme d'yeux, mais carrés et plats comme des plaques métalliques. Ses lunettes n'avaient pas l'air de lunettes, mais d'un double monocle. Par je ne sais quelle analogie, non d'aspect, mais de caractère, il me fit penser à un certain type d'officier de cavalerie français, tel qu'on en voyait encore, au début du siècle, passer, le torse et le regard insolents, dans les rues des petites garnisons.

27 août

Un visage de la France en ce mois d'août 1943. Tableau de bourgeoisie. Vieux jardin, vieille maison, meubles anciens. Familles coupées en deux : les uns, pour la plus grosse part, conservateurs, cléricaux, à la limite du fascisme ou glissant au fascisme ; les autres, gardant un goût de la liberté, glissant même à quelque socialisme timide. Des femmes dames. Un juge de Paris, en vacances.

Son fils cultive dans le jardin de la maison de campagne familiale cent plants de tabac. Ce juge en éprouve quelque fierté. Mais ce sentiment est tout désintéressé. Il ne fume pas.

Notable du bourg. « Je ne vous cache pas que j'ai cru que les Allemands avaient gagné et que le mieux était de s'entendre avec eux. Je vois bien qu'ils ont perdu. Alors il faut s'entendre avec les Américains et les Anglais. »
« Vous appelez ça un homme ?… », dit Laurent.

Passé la soirée chez les Mireau. Inquiets, ils craignent qu'on ne les ait dénoncés, que la *Gestapo* sache qu'ils ont caché Chadel.
La nuit, des motocyclistes allemands circulent dans le bourg.
Nous sommes inquiets. Mais ce que déjà nous touchons de l'avenir déjà nous rassure.

4 septembre 1943

Effets de terreur. Une nouvelle a parcouru les quinze cents mètres qui nous séparent du bourg : « Les Allemands ont fait hier une rafle. » Cela m'est transmis tel quel, sans délais, sans indication de source. Andrée François revient de Saint-Amour. Personne n'y a eu vent d'une rafle. Personne n'y a vu un Allemand.

Personne ne parle plus de Mussolini. Personne n'y pense plus. Il est tombé au fond de l'histoire. Même notre goût de l'intrigue scénique et du dénouement romanesque ne secoue pas notre indifférence. Je serais pourtant curieux de savoir où ses derniers calculs de politique et de sécurité personnelle l'ont conduit. Qui donc aurait prévu, de cet éloquent journaliste, ce départ sans paroles ?

8 septembre

Ils nous disent : « Vous qui, pendant la guerre de 1914, ne vouliez pas qu'on accusât les Allemands de couper les mains des enfants lillois, vous tenez aujourd'hui pour certaines les atrocités pires, mille fois pires, que leur attribuent la Radio anglaise et les tracts clandestins. C'est parce qu'en 1914 vous étiez pacifiste et qu'en 1943 vous haïssez le nazisme. »

« Il est vrai que nous étions pacifistes, il est vrai que nous rejetons le nazisme. Mais il est vrai aussi que la presse française, de 1914 à 1918, mentait neuf fois sur dix et que l'abjecte cruauté des Allemands, depuis 1939, est critiquement établie. Nous ne disons pas qu'en 1914 les Allemands occupèrent paternellement Lille, mais nous disons que personne n'a vu des bras d'enfants sans mains. Et nous disons que les innombrables tortures, dont on accuse les Allemands, depuis 1939, ne sont ni une invention de propagande, ni des épisodes accidentels, mais une forme essentielle de la politique nazie. »

Ces derniers jours, le bourg est optimiste. Sa certitude augmente, son impatience est moins dolente.

9 septembre

Capitulation, sans conditions, de l'Italie [1]. J'écoutais la radio anglaise, hier soir, chez les Mireau. La nou-

1. Victor-Emmanuel III et le maréchal Badoglio (cf. : *supra* p. 225) se voient imposer par des Anglo-Saxons méfiants un armistice dont ils ne peuvent discuter les modalités. L'armistice prend effet le 8 septembre, date de débarquement de troupes américaines et britanniques près de Naples. Les forces allemandes occupent alors les trois quarts de la péninsule, non sans massacrer une partie de l'armée italienne.

velle fut d'abord donnée brute, sans préparation ni commentaire, avec une *Marseillaise* pour point final. On eût dit que le speaker lisait une inscription lapidaire. On eût dit une préfiguration de la capitulation allemande. L'Allemagne vaincue se tramait dans cette chambre de ferme.

Le Nouvelliste dissimule en bas de page la capitulation italienne. C'est vraiment montrer un excès de naïve confiance dans les vertus de la présentation typographique. Mais cette pauvre ruse éclaire d'une lumière forte l'esprit du journalisme. Depuis la révolution des titres, inspirée de la presse américaine, le journaliste croit que l'importance des faits doit commander l'importance des titres et que l'importance des titres agit sur l'importance des faits.

Du même *Nouvelliste* : « M. Paul Crouzet, qui, en 1940 comme en 1914, fut directeur du cabinet à l'Instruction publique, pose ce grave problème : "L'enseignement est-il responsable de la défaite ?" L'enseignement, écrit-il, n'a pas été, au point de vue moral, suffisamment puissant et efficace contre la crise de l'entre-deux-guerres[1]. »

Lieu commun de cuistre ? Sans doute. Mais ces cafards moralistes incarnent en eux-mêmes le mal qu'ils dénoncent. Ce Crouzet (je crois bien que c'est celui-ci et non pas un autre) est un de ces moralistes pour qui un bon mensonge vaut mieux qu'une mauvaise vérité. Peu de temps après la guerre de 14, rédacteur en chef d'une revue, il refusa de publier un article, où il était

1. Dans le numéro du 8 septembre 1943, l'éditorialiste du *Nouvelliste* rapporte les propos de Paul Crouzet, inspecteur général honoraire : « Il serait injuste de faire des enseignants des boucs émissaires ; ils doivent, cela dit, s'engager "contre les forces du mal" ».

rigoureusement démontré que le *Testament politique* de Mirbeau était un faux. (On apportait même une lettre d'aveu de Mme Mirbeau.) Mais qui se souvient aujourd'hui de ce testament ? La raison que Crouzet donnait de ce refus était qu'il avait accepté déjà l'article d'un académicien qui étudiait toute la vie et l'œuvre de Mirbeau à la lumière de ce testament.

La liberté de penser saisie dans sa simplicité. Le père François me fait porter quelques tracts. Immédiatement, comme par réflexe, je me demande où je les cacherai.

Affiche sur les murs du bourg. Une seule d'ailleurs. Propagande peu massive. « Finis les mauvais jours… Papa gagne de l'argent en Allemagne. » Des enfants dansent dans la jubilation. Des ouvriers béats lèvent les bras au ciel. Personne ne regarde cette affiche. Ces sortes d'affiches ont acquis la propriété d'être invisibles.

Repentir *in articulo mortis* de Barrès retournant à la Lorraine, comme un libertin revient à Dieu.
Ceux-là et celles-là qu'on tue, qui sont en prison au secret ou dans les camps, ont en eux recréé la patrie et nous en livrent le secret.

Liffré (dix-sept kilomètres de Rennes). Un Tchécoslovaque juif, du nom de Behar, s'y était réfugié, en 1941, avec sa femme et leurs deux enfants, âgés de huit et six ans.
Au mois d'août 1941, apparaît la *Gestapo*. Un officier pénètre dans la chambre de Mme Behar, s'assied dans un fauteuil, s'y installe, jambes allongées, et lui dit : « Vous avez dix minutes pour vous préparer. »
Les Allemands emmènent Mme Behar à Rennes, laissant à Liffré le mari et les enfants. Le lendemain, elle est relâchée. En octobre ou novembre 42, la *Gestapo*

revient, emmène au camp de Drancy le mari et les deux enfants. Mme Behar tente de se tuer. On l'en empêche.

En décembre, Behar et les enfants sont dirigés on ne sait où. Quelques jours plus tard, Mme Behar reçoit une mallette, contenant les vêtements des enfants. Imaginez cela : cette femme ouvrant la mallette, reconnaissant ces vêtements, les touchant, les dépliant. Les enfants ont-ils été assassinés ? Le sadisme administratif allemand propose à l'hésitation d'une mère l'image de ses enfants parqués ou l'image de ses enfants morts. Depuis ce mois de décembre 42, Mme Behar vit sans rien savoir de ses enfants. Elle vit ainsi.

Elle est réfugiée à Meudon, dans une pension de famille. Elle aide les sœurs d'un dispensaire de Saint-Ouen à distribuer des soupes.

J'ai cité ces faits, entre mille, parce qu'ils m'ont été communiqués par mes amis Joseph Bertrand[1], qui les ont connus directement. Ils sont restés en relation avec Mme Behar.

Et toujours le même contraste. Les soldats allemands tendent les bras à tous les enfants. L'Allemand s'attendrit devant l'enfant et le torture et torture les parents par l'enfant.

Depuis plus de trente ans, L... écrit dans les journaux. En 1941, Pierre Guéry le rencontra. L... lui parla avec commisération des illusions de ma femme et de mes illusions : « Je vois tous les jours des généraux. Je connais le général N..., le général P..., le général V... Je sais par eux qu'il est impossible que l'Angleterre ne soit pas vaincue. Quant aux Russes, ils en ont pour trois semaines. L'Europe est condamnée à cent ans de nazisme. C'est ainsi. Alors que pouvons-nous faire

1. Camarade de guerre puis ami de Léon Werth.

d'autre qu'accepter ? » Guéry a noté ces propos, le jour même où ils furent tenus.

Aujourd'hui, L… est gaulliste. Cependant il donne des articles aux journaux. « Mais ils ont, dit-il, un sens caché, ils sont hostiles aux Allemands. Qui sait lire entre les lignes ne s'y trompe pas. Je les roule. Mais je risque chaque jour ma tête. »

Il y a une vingtaine d'années, je le rencontrai un soir devant la porte d'un grand quotidien. Il venait d'y porter un article. Nous fîmes quelques pas ensemble. Soudain il entra dans un bistrot et téléphona : « Soyez assez aimable pour supprimer *L'Action Française*. » Nous sortîmes du bistrot, nous fîmes quelques pas. Il entra dans un autre bistrot et retéléphona : « Non… donnez *L'Action Française*. » Puis il fit avec moi cinq minutes de chemin et, d'un autre bistrot, retéléphona : « Non, décidément, supprimez *L'Action Française*. » (Il s'agissait d'une manifestation organisée par ce journal.)

Étrange métier, où la maîtrise consiste à déterminer selon l'heure si un fait a le droit ou non d'être un fait.

Étranges hommes : un rien les pousse, un rien qui leur remplit toujours les poches.

J'ai assigné un horaire à la *Gestapo*… Elle est venue au bourg, une fois à neuf heures et demie, une autre fois à quatre heures du matin. Quand je me réveille, le matin, je me dis : « Il est plus de quatre heures, je puis être tranquille jusqu'à neuf heures et demie. » Et, passé neuf heures et demie, je me dis qu'*ils* ne viendront pas le jour même.

29 septembre

« Oh ! le temps, me dit Claude, où on ne vivra pas avec la crainte d'être arrêté, soit parce qu'on a vingt ans, soit parce qu'on est suspect. »

Radio du soir chez les Mireau. La chambre blanchie à la chaux, l'horloge bressane, les cartes de l'Europe et du monde au mur. Beau sujet de tableau pour un peintre du Salon, s'il est encore, même au Salon, des peintres qui font des tableaux à sujet. Quelle plaisanterie surannée ! En vérité, fort beau sujet pour un peintre qui en purifierait l'anecdote. Et les bras du père Mireau pèsent sur la table, comme les bras des joueurs de cartes de Cézanne.

Le comité d'Alger annonce que seront punis selon la loi du talion tous les Allemands qui ont fusillé ou fait mourir des otages. « Des Allemands, dit le père Mireau, il faudra en tuer au moins quatre millions. »

On ne tuera pas quatre millions d'Allemands. On n'en tuera pas quatre cent mille. On n'en tuera pas quarante mille. Non pas que cela soit impossible. Les Allemands ont montré en Pologne qu'on pouvait aller vite en besogne. Mais on cédera à une grande lassitude. Et, la paix venue, cette arithmétique de la mort semblera inefficace et dégoûtante.

On tuera quelques brutes d'en haut et quelques brutes d'en bas. Et après ? Peut-être faudra-t-il, sur d'immenses pancartes métalliques posées sur les murs des villes allemandes, inscrire le bilan des populations exterminées. Ces sortes de crimes (répression aux colonies, répression de la Commune, etc.), le citoyen moyen les ignore et les nie. S'il les connaissait, peut-être quelque chose serait-il changé.

Les deux faces. Il y a quelques semaines, quatre-vingts chefs ou sous-chefs de gare français partaient pour l'Allemagne. Voyage de propagande. Ils furent partout bien nourris et cordialement reçus. Chacun reçut pour ses menues dépenses un billet de cinquante marks. Dans le même temps, en France, les Allemands fusillaient.

Soleil d'automne sur Bourg. La ville en fromage blanc est comme transfigurée. Des jeunes femmes passent en robes légères. Des cyclistes glissent. Bourg a pris je ne sais quelle consistance. Bourg me jette au visage un souffle de ville.

Une jeune fille cause avec un soldat réséda. Une jeune fille, oui, une jeune fille enfin. Vendeuse ou dactylographe. Ils sont posés droit sur le trottoir, bien en vue. Cette image comporte plusieurs interprétations. Je la donne toute brute.

Sur la route, nous croisons, Claude et moi, un bataillon, composé de très jeunes soldats, bien équipés. En tête, à cheval, trois ou quatre officiers. Les chevaux sont très beaux, les officiers bien rabotés, bien lissés, bien bougueroutés. Mais Bourg est loin de Smolensk.

« Cela va de plus en plus mal », me dit le Dr D… Il se moque bien de la capitulation de l'Italie, de la prise de Smolensk. Il est loin de ces contingences. Également pessimiste, quel que soit le vainqueur. Sur quelle cime de morale hindoue s'est-il réfugié ? Seul, tout seul. N'est-il point malade d'une sorte de mal des prisons ?

« Où pouvez-vous, me dit-il, trouver quelque raison d'être optimiste ? Que pouvez-vous attendre de la paix, quelle qu'elle soit ? Que pouvez-vous attendre de ce conflit entre les peuples totalitaires, atteints de délire paranoïaque, et les démocraties, qui font de la démence sénile ? »

Je tente de lui montrer que ces abstractions patholo-giques, pour ingénieuses qu'elles soient, laissent échapper beaucoup de réalités, peut-être même toute la réalité.

Il me demande si je ne souffre pas du précaire du monde des apparences. Je ne pense guère à l'absolu que comme un paysan pense au musée du Louvre.

D... m'a montré un album de grand luxe (papier couché, illustrations en couleurs) qui fut adressé aux médecins par le ministère de la Santé publique. Une page de cet album, une page floue de style Maréchal est signée du Dr Leriche. On regrette pour lui cette promiscuité, on regrette son consentement. Qu'attend-il du pouvoir ? Y a-t-il donc en lui un besoin inné de flatter le pouvoir ? On voudrait que l'auteur de la *Chirurgie de la douleur* eût l'échine moins souple. D'autant que Leriche écrivant ne manque pas d'un sens polémique, qui pourrait être redoutable pour Leriche courtisan. Ainsi quand il traite de *condottieri* prêts à toutes les besognes les chirurgiens qui ne pensent pas qu'il soit de leur métier de faire un diagnostic. Ainsi, quand il raille les opérateurs, purs techniciens du bistouri, qui croient que la chirurgie expérimentale consiste uniquement à opérer des chiens.

Le Courrier français du Témoignage chrétien cite quelques lignes très belles de Bernanos [1].

« *Hommes libres qui mourez en ce moment et dont nous ne savons même pas les noms ; hommes libres qui mourez seuls à l'aube, entre des murs nus et livides ; hommes libres qui mourez sans amis et sans prêtre, vos pauvres cœurs encore pleins de la douce maison*

1. La *Lettre aux Anglais*, un texte effectivement superbe de Georges Bernanos, est repris dans les 18 et 19èmes *Cahiers du Témoignage Chrétien*, sortis dans la clandestinité en août-septembre 1943.

familière ; hommes libres qui, aux derniers pas que vous
faites entre la prison et la fosse, sentez refroidir sur vos
épaules la sueur d'une nuit d'agonie ; hommes libres qui
mourez le défi à la bouche ; et, vous aussi qui mourez en
pleurant, vous, oh ! vous qui vous demandez amèrement
si vous ne mourez pas en vain, le soupir qui s'échappe de
vos poitrines crevées par les balles n'est entendu de per-
sonne, mais ce faible souffle est celui de l'Esprit. »

Quelle foi est celle de Bernanos ! Il croit en l'esprit,
en l'homme et hors de l'homme. Mais ce souffle est
vain, se perd dans l'éternité, si Bernanos ne le crée ou
ne le recueille.

C'est en bas de colonne du *Nouvelliste*, en petits caractères. Cela ne frappe guère l'imagination. Cela ne fait pas
de bruit. Cela ne trouble les habitudes de personne : « Sur
l'ordre du *Höherer S.S. und Polizeiführer*[1], cinquante
Parisiens ont été fusillés, le 2 octobre. » Répression du
« terrorisme ». Personne n'entend les coups de fusil,
sauf Bernanos.

De la même source : le capitaine de gendarmerie
d'Annecy a été tué par des « terroristes ». Huit lignes
pour l'exécution des « terroristes ». Cinquante lignes pour
le meurtre du capitaine de gendarmerie.

20 octobre

La nouvelle de la mort de Romain Rolland est
démentie[2].

Le gendarme Mor…, le seul gendarme de France qui
ait gardé l'accent gendarme, saute de bicyclette et

1. Il s'agit de Karl Oberg.
2. Romain Rolland, âgé de 78 ans, est sérieusement malade ; il
s'éteindra le 30 décembre 1944.

engage la conversation. J'ai le sentiment d'être soumis à un interrogatoire. « Vous êtes chargé d'enquêter sur moi… », dis-je. Il nie avec conviction : « il n'est pas collaborateur ; il a souvent envie de donner sa démission ; dans son métier il faut obéir ; s'il arrête de braves gens il le fait avec beaucoup de politesse ; les jeunes qui se cachent, il sait bien où ils sont, mais il n'ira pas les chercher ; il faut se méfier de la pâtissière ; s'il devait m'arriver quelque chose, je serais prévenu ». (Par qui ?)

Je n'ose pas rompre brutalement cet entretien. Je prends des mœurs d'esclave.

Je ne sais pas encore si le gendarme Mor… est un enquêteur maladroit ou un balourd indiscret.

4 novembre 1943

Le camp d'Auschwitz. On voudrait répondre par d'égales tortures, par une mort qui serait éternellement torture. Et puis on est écrasé, anesthésié par cet atroce à la limite, par ce sadisme à l'infini. Jamais le châtiment n'égalera le crime. Les brutes souffrent moins et meurent plus vite. Et rien n'empêchera que cela ait été.

Déraillement à quelque cents mètres de la Bifur. Les Allemands ont arrêté deux gardes-voies, mais les ont laissés à la gendarmerie.

Une lettre de P…, bon ouvrier de laboratoire. Mais, hors son labo, il n'a que des fantômes d'idées, des ectoplasmes d'idées.

La conférence de Moscou promet une idyllique Europe. Hitler promettait l'ordre nouveau. Le langage de la politique a ceci de commun avec celui de l'amour que les mêmes mots ont des significations différentes ou contraires. Le vocabulaire du mensonge et celui de la vérité y sont les mêmes. Le mensonge et la vérité n'en sont pas pour cela identiques.

Il y a dans le rêve des personnages tout neufs, jamais rencontrés à l'état de veille. Sont-ils créés ou transformés par le rêve ou simplement non identifiés par la mémoire ?

De la culture. Pendant ses années scolaires, le jeune bourgeois est confronté à Racine, Pascal, Bossuet. Dès qu'il est sorti du lycée, il va à Maurice Chevalier et au roman policier ou pire : à Giraudoux ou à Montherlant.

Du *Nouvelliste*. « Contre le terrorisme. – La fédération nationale des journaux en zone Sud en appelle à l'opinion. » – « La Fédération croit devoir appeler l'attention et la réflexion de son vaste public… sur la dangereuse multiplication des actes de terrorisme dans ces derniers mois… Derrière ceux qui les commettent, il est facile de déceler ceux qui les inspirent… S'ils trouvaient chez nous des complicités ou des complaisances… La guerre civile succéderait à la guerre étrangère, la défaite se changerait en désastre… »

On se demande à quel moment ces journalistes considèrent que la résistance à l'Allemagne est guerre civile. Et l'on admire cet aveu que, pour eux, la défaite ne fut pas, n'est pas encore un désastre.

9 novembre

Hitler a parlé. Il rugit. Il avait préparé un *putsch* contre l'univers. Le *putsch* rate.

« Je suis un homme profondément religieux… », a-t-il dit.

Discours de Churchill. « À moins d'un événement providentiel, c'est en 44 qu'on peut espérer voir le point culminant de la guerre. »

Le mot : providence est dans le discours de Churchill, comme il est dans celui de Hitler. Mais la Providence de Churchill est lointaine, elle est le miracle et l'imprévisible. Pour Hitler, la Providence est sa chose. Et pour un peu il dirait que la Providence, c'est lui. Ainsi la vieille démente des « corps créchés » qui croyait que le monde, minute à minute, était créé par elle. « Les dieux sont morts, c'est moi qui fais la diligence du monde. »

15 novembre

L'affaire du Liban. Je n'y entends rien. Mais je sais bien que c'est une affaire de colonisation [1], de protectorat ou de prépondérance et que tout ce qui toucha à la colonisation fut une préfiguration honteuse, hypocrite du fascisme. Je suis inquiet quand j'entends le mot : Empire. De Gaulle croirait-il au mensonge de la colonisation civilisatrice ? Ou est-il un grand politique, qui, pour des besoins stratégiques et politiques actuels, passagers, use provisoirement de ce cruel mensonge ?

On croyait au débarquement purificateur, balayant tout sur l'instant. On imaginait une sorte d'ange exterminateur. Et la guerre traîne.

1. Le 8 juin 1941, la France Libre a annoncé que serait mis fin aux mandats exercés par la France en Syrie et au Liban. Mais devant la lenteur des transferts de souveraineté le parlement libanais décide le 8 novembre 1943 de réformer la Constitution. Le délégué général français, Yves Helleu, privilégie alors la manière forte, ce qui suscite troubles dans les rues et critiques acerbes des Anglo-Saxons. Catroux annulera les mesures prises par son prédécesseur rappelé à Alger. Léon Werth a raison : il s'agit bien d'un enjeu colonial.

Les arguments des nationalistes à la Barrès me font penser à ces images par lesquelles les vieillards tentent de s'exciter.

1ᵉʳ décembre 1943

Ce que nous appelions notre culture, ce qui nous faisait différents d'un paysan ou d'un ouvrier, c'était un petit jeu, le jeu du jugement dernier sur quelques écrivains et quelques peintres. J'imagine la fin de la guerre. Je reprends ma place à ce tribunal. Je me souviens du petit jeu, comme un cycliste se souvient des mouvements qui assurent son équilibre, comme un nageur, des mouvements qui le font flotter. C'est automatique, c'est vide. Tout a perdu son sens. Ce ne sont plus que rites funéraires. Ce que nous gardons en nous, sans l'aérer, sans le confronter, moisit, puis meurt. Cela est vrai pour un homme, que la solitude a stérilisé, cela est vrai peut-être aussi pour un pays. Cela sera vrai peut-être pour le monde occidental.

7 décembre

L'entrevue à Téhéran de Churchill, Roosevelt et Staline. Accord parfait pour une guerre terrible et pour une paix d'idylle [1].

1. À Téhéran, du 28 novembre au 2 décembre, se réunissent pour la première fois les trois Grands. L'atmosphère est effectivement plutôt cordiale, d'autant que Roosevelt s'efforce de séduire Staline. Ils parviennent à un accord sur la stratégie militaire (les Anglo-Saxons débarqueront sur les côtes de la Manche) et sur les questions politiques (sera instituée une organisation des nations unies ; l'Allemagne sera châtiée ; les frontières de la Pologne seront modifiées pour permettre à l'U.R.S.S. de recouvrer les territoires qu'elle a perdus en 1920).

Matins de Paris (lettre de Suzanne) : « On se lave sans savon, on ne peut pas cirer ses souliers, on déjeune d'une mixture à l'eau. »

À Grenoble. Cinq cents otages envoyés en Allemagne. Bombe sur une caserne. Une centaine d'Allemands tués [1]. (Radio.)

La méditation (oh ! profondeur des nombrils des bouddhas !) n'est-elle pas une transposition de la paresse, une philosophie de l'immobilité personnelle ?

Offrande aux psychanalystes. (Je résume le thème du rêve, je n'en donne que le canevas, je ne tente pas d'en retrouver l'atmosphère.) Et ce canevas, je ne le note que parce qu'il ne fut pas celui d'un seul rêve, mais de plusieurs rêves. Du moins, il m'en a semblé ainsi au réveil. Et c'est peut-être une illusion de la mémoire du rêve analogue à une illusion bien connue de la mémoire de veille (illusion de déjà vu, de déjà éprouvé). Je suis dans un hôtel-restaurant, qui communique avec un autre corps de bâtiment, où est installé un autre hôtel, mais beaucoup plus élégant, beaucoup plus luxueux. Je suis inquiet, je crains de voir apparaître la patronne ou gérante de cet hôtel élégant, que j'ai quitté, sans pouvoir payer ma note.

1. Le 11 novembre, l'occupant a arrêté des centaines de Grenoblois qui avaient manifesté devant le monument érigé aux « Diables bleus » ; ils en déportent 450. En riposte, les Corps francs des Mouvements Unis de Résistance font sauter dans la nuit du 13 le parc d'artillerie de la garnison allemande ; une nouvelle fournée d'otages est alors exécutée ; grâce à la complicité d'un soldat polonais incorporé de force dans la *Wehrmacht*, la Résistance peut faire sauter, dans la nuit du 1er au 2 décembre, la caserne de Bonne : on relève quelques victimes dans la population grenobloise et plus de 50 tués et de 200 blessés allemands.

Déraillement à Moulin-des-Ponts. Un seul wagon a quitté les rails. « Ils ont arrêté les gardes-voies, me dit le fils de Laurent. Ils les ont fouillés. Il y en avait un qui fumait une cigarette. Un Allemand la lui a arrachée de la bouche et l'a jetée par terre. Il a traité les hommes de garde de "saloperies de Français". Un autre, qui était saoul, a pris un Français à la gorge et a failli l'étrangler. »

Je rencontre Debeau, qui était de garde, cette nuit même. « Nous nous chauffions, me dit-il, autour d'un feu de charbon. On cassait la croûte. Une ronde d'Allemands a passé. Ils nous ont dit quelque chose qu'on n'a pas compris et puis : "Au revoir, Messieurs". »

Pourquoi ce contraste entre la brutalité des Allemands à Moulin-des-Ponts et leur correction à Saint-Amour ? D'après Debeau, ceux d'ici seraient des gendarmes, ceux de Moulin-des-Ponts seraient de la *Gestapo*.

24 décembre

La cruauté, le sadisme allemand, le sadisme organisé. Torture pour faire parler, torture pour faire souffrir. Meurtres en masses. Comment mesurer la part de responsabilité de chaque Allemand ? Sans doute, la cruauté des coloniaux français est d'un ordre de grandeur infiniment plus faible. Et jamais elle ne fut système, doctrine (sauf en des groupes d'administrateurs véreux). Et toujours, presque toujours, elle fut dissimulée, hypocrite. Mais elle fut. Qu'on considère donc la part de responsabilité de chaque Français en ces actes de cruauté. Qu'on considère aussi que la plupart de ces actes étaient ignorés des Français. Qu'on évalue le nombre des Français chez qui cette ignorance était elle-même un crime, qui voulaient ignorer.

Qui, considérant les actes de cruauté des Allemands, peut ne pas haïr l'Allemand ? Regarder cette haine en face. Il faut regarder cette haine en face. Faut-il céder complètement ? Peut-on croire qu'un monde nouveau, qu'un monde moins abject peut naître de cette haine ? Que faut-il faire de cette haine, qui est en nous ? Que faudra-t-il faire de cette haine, quand les motifs n'en seront plus que dans le passé ? Le pire serait d'oublier. Le pire serait de tout subordonner à cette haine. Et comment faudra-t-il punir ? Quelles punitions seront efficaces ? Oui, comment faudra-t-il nous comporter avec notre haine ? Avec notre haine des Allemands, qui tuèrent et torturèrent, avec notre haine des Français qui furent leurs complices ?

Message du pape. Quelques idées générales – combien générales – sur la paix, l'humanité, le droit. Que le matérialisme dialectique paraît plein, paraît humain !
Message du Maréchal. La voix ne chevrote pas, elle tremble, comme tremble un bloc de gélatine.

Un des gardes-voies arrêtés (à Condal ou Moulin-des-Ponts) a été relâché. Riffault l'a vu. Trois fois par jour, on le frappait et on lui criait : « Avoue !... Avoue !... » Un simple rite. Car il n'était pas du tout soupçonné de la moindre complicité dans le déboulonnage des rails.

On donne ce soir un film, tiré d'un roman de Clément Vautel [1]. Et cependant il y a une civilisation française.

Coagulations de foule. Il y a séance de cinéma, tous les dimanches. La salle est toujours pleine. Et, depuis

---

1. Le journaliste Clément Vaulet *alias* Vautel (1876-1954) a écrit des romans qui connurent un certain succès, tel *Mon curé chez les riches* (1920).

la guerre, dit Mlle P…, la modiste, il y a plus de monde à la messe qu'il n'y en eut jamais. (Déjà, après la guerre de 1914…)

5 janvier 1944

J'ai décidé de partir, demain, pour Paris.

9 janvier

J'ai vu à Varsovie le quartier Nalewki, ces vieux juifs à cadenettes, qui marchaient tête vers le sol, comme poursuivis par un éternel coup de pied au cul de la fatalité. Tantôt le peuple saint, le peuple préfigurateur, tantôt le peuple construit par les antisémites : tout-puissant temporellement ou virus dans le corps sain des autres peuples.

(Voir le premier chapitre de *La Réforme* dans l'*Histoire de France*, de Michelet.) L'antisémitisme au xve siècle est superposable à l'antisémitisme des tzars, à l'antisémitisme de Hitler.

On entendit parfois des médecins se plaindre que les Juifs encombraient la médecine française [1]. Je n'ai jamais entendu un professeur de Sorbonne se plaindre qu'il y eût à la Sorbonne trop de philosophes juifs. Faut-il accepter de cela une explication grossièrement matérialiste ? On hésite. Et pourtant…

---

1. Une remarque pertinente : une bonne partie des médecins français fait volontiers profession dans les années trente d'un antisémitisme déclaré ; prenant prétexte de l'arrivée de médecins juifs réfugiés d'Allemagne, le corps médical fait voter dès avril 1933 la loi Armbruster qui limite l'exercice de la médecine aux seuls Français de naissance.

28 janvier

Bruits vagues. Sitôt après le débarquement, tout civil circulant dans les rues de Paris serait immédiatement abattu. La rue serait également interdite aux femmes et aux enfants. Ainsi les Parisiens auraient le choix entre mourir d'une balle de mitraillette ou mourir de faim. Avant-hier, la police a fait une rafle devant la gare Montparnasse. Les Allemands, à qui chaque jour apporte une goutte de défaite, semblent plus redoutables qu'au temps où ils détenaient la totalité de la victoire.

« Ça ne va pas vite », dit Andrée François, qui a écouté la radio.

L'atmosphère est lourde, la durée est lourde. Dans vingt ans, tout sera rassemblé en deux pages de manuel scolaire, réduit à des faits calligraphiés, avec pleins et déliés.

30 janvier

Hier soir, dîner chez Febvre, avec les Marc Bloch. Une belle nappe et des cristaux sous la lumière, une eau de lumière baignant les verres. On ne parle pas tout de suite des événements. Il y a un temps de conversation souple, qui n'appuie pas. On se croirait dans les années d'avant la guerre. Dans la soirée, on touche à la guerre. Churchill est le Clemenceau de cette guerre. Son cabinet est un cabinet de guerre. Churchill, il y a quelques années, témoigna de sa sympathie pour Mussolini, de sa haine du bolchevisme. Les Américains ont du communisme une peur enfantine. Ils voient encore dans Pétain une garantie de l'ordre.

Pour moi, je me perds dans ces nuages de la grande politique. Et j'ignore tout de l'Amérique et même de l'Angleterre. Je me raccroche au débarquement transfigurateur.

Mme V... Comme Suzanne lui parle de la cruauté allemande, des « atrocités » : « Je ne sais rien, dit-elle. On ne sait rien. Je ne connais pas de victimes de la cruauté allemande. » Il y a un type de la dame qui ne sait pas. Salope.

« Et Jeanne, comment réagit-elle ? Comment reçoit-elle, en elle, la guerre ? – Jeanne, répond Madeleine B..., Jeanne ne fait pas de politique. »

J'ai peur de notre néo-patriotisme. Où nous mène-t-il ? Où me mène-t-il ? Je sais qu'il est plein d'embûches. Mais quoi ? Fuir ? Vers les cimes. Quelles cimes ? Ceux mêmes qui croient à la charité tiennent pour excellent de tuer du nazi. Mais, à ce propos, les Allemands croyants ? Quelles cimes ! La littérature, en ce temps, bonne tout au plus pour des hommes séchés en herbier ? La science spéculative ? Ils sont dix à travers le monde qui se font des signes, que je ne comprends pas. Je ne sais même pas si elle est aussi belle qu'on le dit. Ceux qui fuient ne cherchent qu'une table comme leur table d'avant la guerre. Et ne cherchent leur refuge que dans leur bridge ou leur cinéma.

31 janvier

Hier, nuit de lune. Je n'ai pas retrouvé la Seine lourde et noire et ses colonnes de reflets, la Seine est pâle, j'allais dire blonde. Ces derniers soirs, j'errais dans une ombre épaisse, sans contours. Mais la clarté de la lune dessine les espaces, leur étendue et les façades qui les limitent. Si bien que Paris, sans passants, sans autos, ressemble à un immense projet d'architecture, à

250

une immense maquette d'urbaniste. Je marche long-temps dans cette solitude, dans ce vide. Je rencontre enfin quelques passants. J'entends leurs pas. Cinq ou six piétons font à eux seuls le bruit d'un Paris sans rumeur de fond, un bruit de soques, qui me rappelle les nuits d'Indochine. Puis de nouveau silence et solitude jusqu'à Saint-Sulpice, où, devant le cinéma Bonaparte, s'allonge une queue de candidats spectateurs.

Personne ne m'a dit un mot du discours de Hitler. François, qui a fait la queue devant l'épicerie, ne m'a rien dit de ce discours. La rue n'a pas écouté Hitler. La rue n'a pas cherché à deviner l'avenir dans le discours de Hitler. Comme si elle le tenait hors du jeu. Je ne l'ai connu que par un numéro de *Paris-Midi*, qui envelop-pait des harengs.

« Si le colosse bolchevique était vainqueur, dix ans plus tard le plus vieux continent civilisé aurait perdu toutes ses caractéristiques. »

Deux remarques. Hitler a de drôles de notions sur l'ancienneté des civilisations. D'autre part, l'U.R.S.S., dont il s'est à plusieurs reprises vanté d'avoir détruit la puissance militaire, il lui reconnaît aujourd'hui un carac-tère « colossal ». C'est sa seule concession aux événe-ments, à la réalité. Son système, son délire n'ont rien perdu de leur rigidité. Les cadres de sa pensée sont d'une assez vaste généralité pour que tous les contraires et tous les imprévus s'y puissent loger. Sa méthode ressemble à celle des cartomanciennes des foires. Quant à ses idées, elles sont exactement celles de la moyenne bourgeoise, dont j'ai plus haut cité les lettres. Entre la peur de l'une et la rage de l'autre, il y a coïncidence. Sans doute Hitler est l'initiateur. Mais ce n'est peut-être qu'une apparence. Ils se renvoient la balle. Mieux, ils s'étayent l'un l'autre, le sang de l'un se mêle au sang de l'autre. L'effet renforce la cause. Ils se créent l'un l'autre.

Mort de Giraudoux. Ce ne fut qu'un cagneux, orné d'élégances diplomatiques et littéraires. Je n'ai jamais pu lire dix lignes de lui. Il écrivait, pour les primaires du secondaire, avec du vide et de l'ennui.

Je suis entré dans la vieillesse, c'est-à-dire dans le souvenir.

J'ai relu Lucie Cousturier. Qui a lu ses livres ? Ils sont admirables [1]. « Voilà une âme enfin vidée de l'usuel et des grandeurs de bazar. » J'écrivais cela en 1920. Je retrouve ces mots dans une lettre d'elle, où elle me remercie de lui attribuer les vertus qu'elle voudrait avoir. Elle les avait. Mon amitié ne me trompait pas. Elle voit peintre sans pédantisme pictural. Elle est humaine, sans rondeur oratoire. Elle est poète, sans acrobatie d'images. Et quelle fidélité à son motif, sans trompe-l'œil !

Envoûtée par la beauté plastique et la grâce des Noirs, elle nous contraint au même envoûtement. Effet magique. Mais aussi, par les moyens d'une dialectique agile, elle brise les cadres où la brutale stupidité du Blanc colonial et l'insolence des ethnographes primaires prétendent enfermer le Noir. « *Mais je n'aime pas l'ethnographie. Je l'aimerais, si elle n'était qu'une science, même exacte, comme les autres. Mais elle est un art de trahir les peuples pour les diviser, pire que l'histoire. Donner la vie de quelques individus pour la vie de tous, c'est la tromperie de l'histoire. Donner les formes collectives de la vie d'un peuple pour ce peuple*

1. Lucie Cousturier a séduit Léon Werth pour deux raisons : elle a écrit sur les peintres (entre autres sur Seurat) et a défendu les Noirs (voir notamment *Des inconnus chez moi*, éd. de la Sirène, 1920).

lui-même, c'est la trahison bien plus grave de l'ethno-
graphie. Elle nous montre la chaîne et le collier d'un
chien en nous disant : ceci est un chien ; le cachot d'un
prisonnier en nous disant : ceci est un prisonnier ; une
pelote de ficelle en nous disant : ceci est une guirlande
de fleurs et de fruits. »

« Les coloniaux ethnographes nous montrent les rites
de la circoncision, tous les rites des sociétés nègres, en
nous disant : voici des nègres, voyez et touchez et recon-
naissez que ce ne sont pas là des hommes. » (Mes incon-
nus chez eux. Mon amie Soumaré, page 106.)

4 février 1944

Je pense à l'enseigne des vieilles auberges : « On loge
à pied et à cheval. » Le divan de la grande pièce, chaque
soir, est transformé en lit. Nos hôtes couchent une nuit,
deux nuits, s'absentent, reviennent. Ainsi le colonel
Vendeur [1], qui commanda un régiment de tirailleurs
marocains, Aymé-Guerrin [2]...

Le risque couru pour un acte déterminé, pour un acte,
est facilement supportable. On mesure (illusion d'ailleurs)
le risque à l'acte. Le risque semble localisé. Ce qui est
intolérable, c'est le risque qu'on porte en soi-même,
qui se confond avec la personne, qui n'a pas d'autre
dessein, d'autre limite que la personne même. Tel est le
cas du communiste ou du soi-disant communiste ou du
Juif. Il porte son risque en lui, son risque et lui ne font
qu'un. Pas une minute il n'y peut échapper. Un tel risque

---

1. Ce Résistant logera souvent rue d'Assas chez Suzanne
Werth (cité pp. 280, 281, 294, 295, 317, 329).
2. Aymé Guerrin est un Résistant travaillant avec Suzanne Werth
(cité pp. 313, 319).

détériore et l'on conçoit qu'une race, un groupe humain qui le portent en eux marchent la tête basse et sombrent dans une basse humilité.

« Les Juifs, dit Mme N…, tenaient tous les leviers de commande. Ils devraient comprendre que l'Allemagne est bien obligée de se défendre. Ils devraient comprendre qu'ils n'ont rien à gagner à organiser la terreur. Les Juifs n'ont qu'à se tenir tranquilles. Nous avons des amis juifs. Ils n'ont à se plaindre de rien. » (Comment déterminer la limite où bassesse et bêtise se confondent ? Les paroles de Mme N… font comprendre la justice et la sagesse de l'article du Code : « Nul n'est censé ignorer la loi. »)

Suzanne a donné, pour quelques nuits, un lit à une jeune femme juive, traquée par la *Gestapo*. Timide, apeurée. Sa voix est en veilleuse. Son mari est prisonnier. Ses frères sont déportés, ses sœurs sont traquées. Son père, tailleur, sans travail, puisque tout travail lui est interdit, malade, usé, s'est réfugié dans un hospice de Saint-Cloud où déjà la *Gestapo* a arrêté des vieillards.

Jusqu'à ces derniers jours, elle a travaillé, comme fraiseuse, dans une usine. Elle n'était pas chez elle, quand la *Gestapo* a frappé à la porte de son logement et enfoncé la porte. Les voisins ont pillé le logement, se sont partagé le linge, les casseroles. Des religieuses lui ont trouvé une place de bonne à tout faire, à Tours.

Elle doit partir demain matin. Elle a hésité. Devait-elle partir ou rester près de son père ? Elle voulait l'emmener, elle pensait, à Tours ou aux environs, pouvoir le cacher. Mais il ne veut pas bouger. « Je suis trop vieux, dit-il. S'ils veulent me prendre, ils me prendront. Je souffrirai, s'il faut souffrir, avec les autres. »

Aujourd'hui, elle est allée voir des amis. Une heure avant, ils avaient été arrêtés. Les scellés étaient sur la porte.

Elle ne possède plus rien qu'un peu de linge, qu'elle emporte moitié dans un paquet, moitié dans un cabas.

Entre la collaboration et la résistance, il semble qu'il y ait la différence du blanc au noir. Et il est vrai que quelques êtres, dès juin 1940, ont trouvé dans leurs profondeurs, leur certitude. Mais combien ont oscillé, sans qu'on puisse bien savoir s'ils cédaient à leur intérêt, aux pressions des propagandes, à un étourdissement par les chocs de l'époque.

Depuis bientôt un demi-siècle, François Poncetton et moi sommes amis. À vingt ans, il était déjà « réactionnaire », à vingt ans déjà il méprisait le socialisme autant que « l'humanitarisme ». Et cela aux environs de 1900. Seul parmi nos camarades. Au point que je l'accusais parfois d'une affectation de cynisme et d'une paradoxale fantaisie. D'une famille de grande bourgeoisie, de principes de la République. Obéissait-il à cet esprit d'opposition à la famille, fréquent chez les très jeunes gens ? Ou cédait-il au plus réel de la tradition familiale ? Retrouvait-il les passions conservatrices cachées sous les apparences, sous les rites de la liberté républicaine ? Toujours est-il qu'il n'y avait en lui ni barrésisme ni aucune autre chose de cette sorte. Il était conservateur à sa mode, il créait son conservatisme lui-même, une sorte de philosophie de bon tyran et de lord anglais. Ou plutôt de mauvais tyran, hypocrite et cynique, défendant la propriété, à condition qu'elle fût demeure familiale dans un beau site et complémentaire d'une bonne culture classique. Royaliste au besoin, mais méprisant Maurras et la pauvreté du nationalisme, il avait immédiatement saisi que le nationalisme de Maurras était une altération démocratique. Poncetton n'acceptait un roi, que si ce roi était royal et non national, non pas subordonné à l'État, non pas démagogique, non pas même simulant un ignoble respect du peuple, mais tenant ferme la bride au peuple.

Nous n'avons, comme on dit, point d'idées en commun. Mais souvent, si nous flairons un être, nos narines portent un même jugement.

Mais les N..., les P..., ces balancés, ces ballottés, ces corps flasques, qui n'avouent même pas leur cynisme, qui peut-être ne se l'avouent pas à eux-mêmes, ces collaborateurs, qui tournaient un œil vers Londres, ces gaullistes, qui parfois encore tournent un œil vers Vichy, ces fidèles amis, qui attendent, sans d'ailleurs le désirer, le retour d'un monde où j'aurais le droit de vivre, qui tolèrent si bien le monde qui m'exclut, renouer avec eux la moindre camaraderie, c'est nier le peu à quoi je crois, c'est mourir.

Les enfants de lumière. « Je ne comprenais pas qu'on puisse se tuer. » Qui parle ainsi ? La concierge. Et ce n'est pas à elle qu'elle pense. C'est aux traqués, aux parqués, aux séparés.

6 mars 1944

À peine si je sens encore quelque impatience. Qu'on vienne me réveiller quand ce sera fini. Les plus belles opérations militaires des Russes me laissent froid. Je n'accepte plus que du définitif.

Quelques-uns de nos plus récents amis couchent chaque soir dans un lit différent.

256

L'historien Marc Bloch a été arrêté à Lyon [1].

18 mars

Lorsque les armées allemandes entraient en Tchécoslovaquie, lorsqu'elles envahissaient la Pologne, lorsqu'elles envahissaient la France, la force guerrière de l'Allemagne modelait le monde à l'image du délire hitlérien. En ce mois de mars, chaque minute fait tomber sur l'Allemagne une goutte de défaite. Entre la réalité et le système délirant, la contradiction éclate.

Dans le même temps que les Russes approchent de la frontière roumaine, l'Allemagne, par la voix du *Gauleiter* Sauckel « s'adressant aux Français », affirme que la « terrible puissance de la Juiverie » est la cause unique de la guerre et la cause unique de la totalité du mal et du malheur sur la terre.

« Les Juifs tentent de réaliser leurs plans d'hégémonie universelle... Mais le peuple allemand a reçu de la Providence et pour son salut un chef doué de la grâce. »

Délire de persécuté persécuteur. Délire érotomaniaque aussi, qu'on a pu observer même chez les soldats des troupes d'occupation : l'Allemand se croit aimé. Il croit que, même dans les circonstances présentes, il peut être aimé, aimé par les Français.

---

1. Le grand médiéviste, entré dans le Mouvement Franc-Tireur en mars 1943, est arrêté à Lyon, le 8 mars 1944 ; il sera exécuté le 16 juin.

À Saint-Étienne, trois lycéens, qui ont distribué quelques tracts, sont dénoncés par la milice, sont arrêtés par la *Gestapo*. Les hommes de la *Gestapo* brisent dans un étau les poignets de l'un d'eux. Un autre est frappé de cinquante coups de nerf de bœuf. Au troisième, ils arrachent un testicule. Ils envoient à ses parents son caleçon ensanglanté.

22 mars

Je me suis efforcé souvent d'entrer dans la peau des traîtres, de ne point expliquer, de façon simpliste, la trahison, de ne pas transformer les traîtres en traîtres de mélodrame ou de cinéma. Je repoussais l'explication unique par l'intérêt, par l'argent. Le « c'est plus compliqué que ça » prenait valeur de méthode ? Non, il n'était pas vrai que le traître, assis à la même table que l'Allemand, face à face avec lui, tendait la main et empochait un paquet de gros billets. Et j'inventais des explications d'une psychologie contournée, beaucoup plus compliquées en effet que ce « ça » simpliste et grossier. Beaucoup plus compliquées, mais non pas moins naïves. Et plus arbitraires encore, peut-être. J'avais en particulier construit un Chateaubriant, dont la trahison était l'effet de je ne sais plus quelles toxines littéraires. Or, on me dit que ce même Chateaubriant a créé *La Gerbe* avec un capital de quarante-cinq mille francs et qu'il l'a vendue pour neuf millions.

Les consignes allemandes à la presse autorisent, me dit Christian[1], et ordonnent même, en ce qui touche la progression des Russes, quelque « objectivité », même dans les gros titres. Ainsi on lit dans *Le Petit Parisien*

---

1. Christian de Rollepot est un cousin germain de Suzanne Werth (cité pp. 302, 334).

du 21 mars : « Entre le Dniestr et le Boug, les assauts soviétiques ont encore augmenté de violence. » Les Allemands considèrent qu'augmenter la peur du bolchevisme leur est un avantage, qui compense l'aveu d'un fléchissement de leurs troupes. Il est étrange qu'ils puissent se tromper aussi lourdement. Ils raisonnent hors le temps. C'est cliché de journalisme que les Allemands ne sont pas « psychologues ». Ce cliché, en la circonstance, est vrai. Leur psychologie n'est conforme à la réalité que quand leurs armées sont victorieuses.

Il arrive que la psychologie des Allemands soit plus juste. Ainsi, il y a quelques jours, par sabotage, un rapide a déraillé. Une cinquantaine d'Allemands tués. Interdiction à la presse de faire à ce déraillement la moindre allusion. Cinquante cadavres allemands ne sont pas en France, aujourd'hui, de bonne propagande. La nouvelle augmenterait le tonus du vaincu.

Quelques soldats allemands passent devant ma fenêtre. Les nuques penchent en avant. Ce ne sont pas des nuques de vainqueurs. Quelques instants après, un sous-off passe, d'une démarche chaloupée, le nez vers le ciel. Cela suffit pour que je lui trouve un air de vainqueur.

Ils ont leur candeur. Un prisonnier qu'ils libèrent, s'il a été frappé, ils le font jurer de n'en rien dire.

Le Dr Bohn [1], son air de jeune prince timide. Selon Noémi, il est probable qu'il a été condamné à mort. Le Dr Grenaudier craint qu'il n'ait été exécuté.

1. Le docteur Bohn est pédiatre à Paris.

À Nîmes, les Allemands ont fait de la répression spectaculaire. Mais le plus souvent ils l'enveloppent de mystère. Ils n'annoncent pas les transferts en Allemagne, les condamnations à mort, les exécutions. Une terreur n'est complète que si l'inquiétude et la peur n'ont point de limites, que si on ne peut les circonscrire dans l'espace et le temps, que si la menace est indéterminée, que si la menace est partout.

Le général de Castelnau, selon la radio anglaise, a dit à un ami : « Dire que je prie tous les jours pour la victoire des Russes. »
Selon la même radio, Philippe Henriot mentait, quand il présentait un Castelnau réprouvant les tendances démocratiques « d'un certain clergé » et la haine du nazisme.

On me dit que jamais le trafic des drogues ne fut aussi intense dans les boîtes de nuit. Les Allemands reviennent de permission, les poches pleines de morphine et de cocaïne.

Certains livres de la *Pléiade* se vendent 1 000 et même 1 500 francs. Spéculerait-on sur les livres, comme sur les tableaux ? Lecteurs affamés de culture ou souffrant d'un automatisme interrompu, privés de livres, comme d'autres sont privés de tabac ou de morphine ?
La guerre de 1914 provoqua une boulimie de lecture. On lut n'importe quoi. Et les lecteurs passaient, sans s'en apercevoir, de la *Critique de la raison pure* au roman policier.

Apparente incohérence de l'information dirigée par l'Allemand.

Max Jacob est mort au camp de Drancy [1]. Non seulement les journaux annoncent sa mort, mais encore publient une notice nécrologique, semblable par le ton et la dimension à celle qu'ils eussent publiée avant l'occupation. « Max Jacob fut aux origines du cubisme, écrivit hermétiquement pour un public restreint, exposa des gouaches, des dessins à l'encre, qui révélaient un don, que sa fantaisie dédaigna d'exploiter. »

Ils suppriment Heine. Mais ils annoncent la mort de Max Jacob. Ils annoncent la mort de Max Jacob et ordonnent qu'il soit parlé de lui, comme s'il n'était pas juif. Ils annoncent sa mort, mais ne disent pas qu'il est mort à Drancy.

Tel est leur amour de la poésie, telle est leur impartialité, qu'elle domine leur antisémitisme. On voit ainsi que sous le règne de l'Allemand les Lettres et les Arts fleurissent. Comment croire alors les inventions de la radio anglaise et des journaux clandestins, comment croire aux atrocités ?

Ils tentent de créer un état d'oscillation et de déséquilibre, de nous faire passer du doute à la certitude et de la certitude au doute, d'ajouter à la terreur brute des nuances plus efficaces. Le nazisme a perfectionné la technique de la terreur.

Le Dr Bohn n'a pas été exécuté. Il a été déporté en Allemagne.

L'abbé Perrenet, qui dirige le patronage Ollier, est toujours à Fresnes.

Les locataires de quarante maisons, voisines de l'École militaire, auraient été avertis qu'ils devaient évacuer leurs appartements dans le délai d'un mois.

1. Arrêté, parce que Juif, par l'occupant dans l'abbaye de Saint-Benoît-sur-Loire, Max Jacob, qui a 68 ans, est transféré le 28 février 1944 dans le camp de Drancy, où il décède, vraisemblablement le 4 mars, d'une broncho-pneumonie.

En juin 40, quittant Paris, je me suis dit, sur le trottoir, devant ma porte : « Que le sort fasse son métier… Si nous sortons indemnes de l'aventure, je fais abandon des objets que, par souvenir ou par manie, j'aime. » Comme si j'eusse foulé aux pieds mon passé, comme si je partais pour un recommencement. Aujourd'hui, après bientôt quatre ans passés, je retire mon consentement, je ne veux plus. Le sort n'a pas profité de ma permission. Tant pis pour lui, c'est trop tard.

C'était, en juin 40, un faux sacrifice. Je cédais tout en bloc. J'exorcisais le mauvais sort. J'acceptais une catastrophe à laquelle, au fond, je ne croyais pas. Le risque était d'un obus tombant sur la maison. La chance pouvait faire qu'aucun obus ne tombât sur la maison. Je m'abandonnais à la fatalité et ma paresse trouvait son compte. L'obus, enfin, tombe comme la foudre. Sa chute est l'effet d'une méchanceté d'homme qui s'exerce à distance. Il vient on ne sait d'où, comme le hasard.

Mais ce ne serait point cette fois l'obus aveugle. S'il fallait évacuer la maison, des hommes souilleraient, de leurs mains, de leurs yeux, les choses de mon passé, les choses de moi-même, les saccageraient ou les emporteraient. Cette image m'est bien plus intolérable que celle de la destruction totale, immédiate.

J'ai pris machinalement sur un rayon le *Barnabooth*, de Larbaud. Je trouve entre les pages quelques lettres que Larbaud m'écrivit de Nice, de Florence. Il m'encourage au travail, me reproche de ne pas travailler, envoie ses amitiés à Mme Châles, notre femme de ménage. Ces lettres datent de plus de trente ans. Que de causeries, de discussions, alors !…

Ces aquarelles, ces dessins au mur… Ils ne sont pas seulement eux-mêmes. Ils sont chargés de moi-même. Qui de toute sa volonté a décidé de rompre ; un regard, un seul regard tue sa volonté. Il n'est point ici un objet qui ne pose sur moi un regard.

La presse a reçu l'ordre d'insister sur l'affaire Petiot[1].

AVIS

Tous les habitants, en particulier les médecins et toutes autres personnes donnant des soins, qui traitent de quelque manière que ce soit des blessures causées par des armes à feu ou des explosifs, sont tenus de déclarer ce fait sans aucun délai à la *Feldkommandantur* ou à la *Kreiskommandantur* la plus proche ou au service le plus proche de la police allemande, en indiquant le nom et le lieu de séjour actuel du blessé.

Quiconque ne se soumettra pas à l'obligation de déclarer les blessés soignés par lui s'exposera aux peines les plus sévères, le cas échéant à la peine de mort, conformément au paragraphe 22 de l'ordonnance du 18 décembre 1942 concernant la sauvegarde de l'armée allemande. (VOBIF, p. 457.) (*Der Militaerbefehlshaber in Frankreich.*)

27 mars

Hany Lefebvre tente de sauver des condamnées à mort que Noémi a connues à Fresnes. Deux Français, dont l'un est marié à une Allemande, sont en contact avec un général allemand et avec des chefs de la *Gestapo*.

---

1. Médecin marron, gestapiste, se faisant passer pour un résistant, auteur d'au moins vingt-sept assassinats crapuleux, Marcel Petiot est en fuite, après qu'un feu de cheminée a fait découvrir, le 11 mars 1944, au 21 rue Lesueur, deux cadavres ; il finira par être arrêté le 31 octobre 1944 et sera guillotiné le 25 mai 1946. La presse présente alors Petiot comme le chef d'un Mouvement de résistance.

L'un de ces Français interviendrait par générosité ; l'autre, avant toute intervention, se ferait verser tantôt quarante mille, tantôt vingt mille francs, et partagerait ces sommes avec les Allemands.

Le kilo de viande coûte de 100 à 250 francs.

Discours de Déat. « L'Allemagne supporte héroïquement un effort prodigieux, parce qu'elle a suffisamment poussé sa révolution, parce qu'il n'y a plus chez elle un prolétariat suspect et excommunié, parce que cette grande nation forme un bloc matériel et moral sans fissure… » Puis une paraphrase du « Je souhaite la victoire de l'Allemagne » de Laval, une paraphrase appuyée sur la milice.

Croit-il à tout cela ? Que croit-il de tout cela ? Les discours d'un Déat, pas plus que ceux d'un Laval, ne répondent à la question. Les mots ne sont pour eux qu'engins de propagande. L'agrégé de philosophie Déat méprise les mots et les idées, autant que l'illettré Laval.

Pendant la débâcle, une femme me disait : « On sera comme le Maroc… on ne sera pas plus malheureux… on continuera à travailler. » En 1940, un Laval, un Déat pouvait croire qu'il serait un bey de Tunis, un sultan du Maroc. Mais aujourd'hui ? Se disent-ils : « Nous sommes embarqués… » ? Persévèrent-ils, comme un cabot sifflé, qui continue à chanter ? Espèrent-ils, à défaut d'une victoire allemande, une paix de compromis, qui leur permettrait de sauver, tout au moins, leur peau ?

Discours de Churchill. Je ne sais ce que les Anglais ont lu entre les lignes. Je n'y lis rien, sinon une volonté de dire peu. Il peut se résumer ainsi : depuis un an, les bonnes nouvelles sont plus nombreuses que les mauvaises.

J'éprouve maintenant plus de torpeur que d'impatience.

Par instants, je souhaite – oh ! je sais bien, c'est un faible souhait – d'être déporté au fond de la Pologne, d'être avec ceux qui souffrent, avec ceux qui souffrent le plus. Ainsi, pendant la guerre de 1914, un soldat, dans une tranchée de Woëvre, me disait : « Je ne crois à aucun des arguments par lesquels nos maîtres prétendent justifier la guerre. Je ne me bats pas contre l'Allemagne. Je partage une souffrance. Ce partage me justifie d'être là. »

Héritage de christianisme. Christianisme par osmose.

31 mars

Curieux effet du régime sur la technique du cambriolage. Je lis dans *Le Petit Parisien* : « Créée voici quinze jours, la section spéciale contre les faux policiers en a déjà arrêté quarante. »

Les journaux publient, chaque jour, une note sur la démission de l'administrateur de la Comédie-Française. Et, chaque jour, cette note est plus mystérieuse.

Exposition de Roussel. Je ne puis la voir : je ne sors que la nuit. Suzanne me « raconte » les tableaux.

Mes relations avec la peinture n'ont pas changé. J'ai dans ma tête une belle collection.

La milice ou la *Gestapo* ont arrêté, à Lyon, la veuve du Dr Weil, âgée de quatre-vingt-sept ans et sa fille. (Le Dr Weil fut un médecin notoire, une rue de Lyon porte son nom.) Quelle utilité ? L'absurde, le gratuit semblent ici dépasser la cruauté. Erreur. L'inutile, l'absurde sont ici condition de l'utile. Faire souffrir et tuer ceux qui agissent, luttent, résistent, ce n'est encore que rigueur. Pour créer la terreur, il faut frapper sans règle apparente. Chacun se sent menacé. Personne n'échappe à la menace. Pas même l'enfant, pas même le vieillard, pas même ceux qui ne « s'occupaient de personne » et vivaient calfeutrés.

La *Gestapo*, perquisitionnant chez Alfred Pose [1], qui s'était embarqué pour Alger, un des policiers aperçut sa photographie sur une table, dans la chambre de sa femme. Il la déchire et dit à Mme Pose : « On ne garde pas la photographie d'un homme qui a abandonné sa femme et ses enfants… »

Colère de brute ? Candide hypocrisie, propre à l'Allemand ? Je suis tout prêt à une belle généralisation ethnique. Les pensées de l'Allemand glissent sans ordre, s'agglutinent comme elles peuvent, et chacun de ses actes lui apparaît comme le reflet d'une morale universelle.

L'imbécillité n'est pas propre à l'Allemand. Mais l'homme de la *Gestapo* n'avait aucun but d'intérêt et s'adressait à une femme inquiète et sans défense. Quelque chose reste en propre au compte de l'Allemand : grossièreté et volonté d'humilier.

Furetant dans un rayonnage, je trouve un livre non coupé : *Le Scandale de la « Gazette du franc »*. *La Gazette du franc*, Mme Hanau… Est-ce de 1928 [2] ? Est-

---

1. Alfred Pose, un banquier, qui a pris sous sa protection Suzanne Werth, est devenu le directeur de la Banque Nationale du Commerce et de l'Industrie pour l'Afrique ; nommé délégué général de l'Économie en Algérie, il a été l'un des instigateurs du complot monarchiste contre Darlan.
2. Marthe Hanau a fondé en 1925 un hebdomadaire financier, *La Gazette du franc* ; elle monte également bon nombre de sociétés financières qui lui permettent de faire et de commettre escroqueries sur escroqueries. Après que fut découvert l'un des plus grands scandales politico-financiers de l'entre-deux-guerres, Marthe Hanau et son mari sont arrêtés le 4 décembre 1928.

ce du Moyen Âge ? C'est un livre bâclé, écrit sur un événement tout chaud mais, après tout, aussi sérieux et documenté que les livres des historiens académiques sur un passé plus lointain. Étranges contacts des politiciens, des financiers, des maîtres chanteurs. Poincaré s'informe auprès d'Anquetil. Et cela est d'autant plus significatif que Poincaré n'eut jamais la réputation d'un politicien crapuleux. Les décisions du gouvernement dépendent d'un article du *Journal*. Lazare Bloch, mari divorcé de Mme Hanau, a des rendez-vous à Rome avec Mussolini : ils travaillent ensemble à la création d'une banque franco-italienne. Le directeur de *La Gazette du franc* est un ancien directeur du cabinet de De Monzie. Un ancien chef de cabinet de De Monzie est arrêté. Quand le récit rassemble tous ces gens, on se demande lequel, à la page suivante, sera arrêté. Le magistrat ne signe un mandat d'arrêt que sur l'ordre du ministre. Mais le ministre, même s'il ne collabore point avec eux, a peur du financier véreux et du maître chanteur.

6 avril 1944

Je ne sais pas comment procèdent actuellement les Allemands par l'intermédiaire des journaux de la zone Sud. Depuis trois mois je n'ai pas vu un seul de ces journaux. Mais, en décembre de l'an dernier, la propagande des journaux de zone Sud était moins brutale que n'est aujourd'hui la propagande des journaux parisiens. Ceux-ci usent d'une méthode d'obsession publicitaire, dont la simplicité déconcerte. Ils semblent ne plus disposer que d'une seule idée, d'un seul thème : le péril bolcheviste. Et le plus étonnant est qu'ils persévèrent dans ce monoïdéisme publicitaire malgré l'évidence de son inefficacité. Les Gœbbels sont-ils stupides ?

À bout d'arguments ? S'obstinent-ils automatiquement et sans espoir à des paroles conjuratoires, auxquelles ils ne croient plus ?

Ou délirent-ils ? Ou pensent-ils qu'une idée délirante en vaut bien une autre pour le peuple ? Je lis dans *Le Petit Parisien* de ce matin, 6 avril, que, selon von Ribbentrop, « c'est grâce au *Reich*, si l'Angleterre dispose encore de pétrole ». Interrogé par le représentant à Berlin de l'agence roumaine Rador, von Ribbentrop répond : « Selon vous, que serait-il par exemple advenu à l'heure actuelle des intérêts vitaux de l'Angleterre dans le Proche-Orient si l'armée allemande et ses alliés n'avaient pas contenu sur le front de l'Est toutes les forces dont dispose l'U.R.S.S. ? S'il n'en avait pas été ainsi, croyez-vous que l'Empire britannique disposerait encore actuellement d'une goutte de pétrole ? »

Délire réel ou simulé ? Délire sénile dont l'armature logique s'affaisse. Ribbentrop est-il fou ou suis-je décidément inapte à saisir les machinations de la grande politique ?

Lampada tradunt… Les flambeaux ne sont pas des réverbères. Peut-être les seuls porteurs en distinguent-ils la flamme. Et la foule grouillante n'y voit que du feu.

Récit d'un dessinateur à la Compagnie du Nord, de source presque directe. Déraillement quelque cent mètres avant la gare d'un bourg voisin de la frontière belge. Deux wagons du train étaient occupés par des soldats allemands. Pas un mort, pas un blessé. L'officier, qui commandait ces soldats, abat le chef de gare à coups de crosse, puis tue à coups de revolver six ou sept employés de la gare. Au bourg, il fait rassembler tous les hommes sur la place, fait braquer les mitrailleuses, donne l'ordre de tirer. Plus d'une centaine de tués[1].

En quelques heures l'événement s'est répandu dans Paris, de boutique en boutique, de loge en loge, amplifié en cruauté et dimension. Une de ces versions secondaires est curieuse en ceci qu'elle exprime un inconscient besoin de la foule. Selon cette version, l'officier tueur aurait été exécuté par les Allemands « eux-mêmes ». Ainsi la foule, attribuant aux Allemands une réprobation de l'excès dans l'atroce, se satisfait par un dénouement vengeur et rassure sa peur d'une répression sans limite.

À l'Europe selon Hitler je me laissais aller à opposer une coalition d'innocentes démocraties. Mais une conversation avec F… me laisse à entendre que le monde délivré ne glissera pas sur des rails d'innocence. Les Américains, en Afrique du Nord et Italie du Sud, établiraient un cours des changes, qui alarme les populations. (Je ne comprends rien à ces histoires de monnaie.) La radio de Brazzaville donne là-dessus des informations qu'on chercherait en vain dans les émissions de la radio anglaise. Et le discours de De Gaulle (pour qui sait l'entendre) marquerait un refus à cette voracité américaine.

Une longue lettre, une sorte de mémoire rédigé par un observateur de qualité. La Suisse ferme ses frontières aux Français qui cherchent chez elle un asile. Quant

1. Dans la nuit du 1ᵉʳ au 2 avril, un convoi de la division S.S. *Adolf Hitler Jugend* était immobilisé à Ascq (près de Lille) par un sabotage qui provoquait le déraillement de trois wagons, sans causer de victimes allemandes. Les S.S. massacrent alors 86 civils d'Ascq qui seront enterrés le lendemain devant une foule considérable. La tuerie a été arrêtée par l'arrivée d'officiers supérieurs allemands alertés par le chef de gare ; mais aucun officier S.S. ne sera exécuté.

aux réfugiés qu'elle a déjà accueillis, elle leur impose des conditions de travail semblables à celles des camps hitlériens. Mais elle accueille les réfugiés fascistes de l'Italie du Sud, les protège et les aide, et par exemple – s'il s'agit de riches réfugiés – débloque immédiatement leurs comptes en banque. La politique suisse ne serait que terreur de tout socialisme et prosternation devant tout capitalisme.

9 avril

La radio bat son plein. Et soudain je m'aperçois que Suzanne et moi ne l'écoutons pas ou plutôt n'y apportons qu'une inconsciente attention, un résidu d'attention, une somnolente et sous-jacente attention. Et je m'aperçois que nous causons et de choses qui ne sont pas de la guerre. Cependant nous serions insatisfaits, exaspérés même, si nous n'avions pu accrocher l'émission. Que les rites, les rites morts se créent vite.

Déat avoue net qu'il organise la déportation en Allemagne. Qu'espère-t-il ? Espère-t-il quelque chose ? Glisse-t-il sur une pente qu'il ne peut plus remonter ?

Peut-être, n'ayant pris à l'Université qu'une culture formaliste, une mécanique agilité de l'esprit, joue-t-il avec les idées, comme un enfant joue aux osselets. Beaucoup d'hommes, que l'on dit cultivés, aboutissent à l'ignominie, pour avoir manié leurs idées comme des caisses dont ils ignoraient le contenu. La déportation, comme l'Europe d'Hitler, ce n'est peut-être pour Déat qu'une idée entre mille idées politiciennes. Peut-être ne voit-il pas, comme on voit avec les yeux, les départs, les gares, les séparations, l'exil. Mais un homme du peuple, écoutant son discours à la radio, disait : « C'est l'esclavage. » Et sa femme : « Quel salaud ! »

Pendant la guerre de 1914, F... disait : « Il vaut mieux être un Allemand vivant qu'un Français mort. » Le problème s'est compliqué. La vie et la mort n'ont plus le même goût.

Pacifique... Les nouvelles de la guerre japonaise nous importunent. Ce n'est pas la guerre dans le Pacifique qui nous rendra notre tabac et notre civilisation. Laissez-nous tranquilles avec le Pacifique. Nous attendons un débarquement à Dieppe.

Mais d'ici vingt ans, nous aurons compris peut-être que le sort du monde dépend des Empires à grandes masses et qu'il n'y a pas à tenir compte des petits pays : la France, l'Angleterre, l'Allemagne, la Hollande, la Belgique, le Japon.

Les Anglais, me dit-on, n'ont pas bombardé les puits de pétrole de Roumanie qui appartiennent en partie à des groupes anglais. Les Allemands, pendant leur retraite, n'ont pas détruit les puits de pétrole du territoire russe. Mais cet autre me dit qu'il n'y avait pas de puits sur le trajet de la retraite. On cite en Allemagne des usines que l'aviation anglo-américaine n'aurait point bombardées. Alors ? Encore le bassin de Briey, les fournitures de nickel à l'Allemagne, pendant la guerre de 1914 ? Alors ? Si l'on néglige la folie hitlérienne, cette guerre, en son essence, serait-elle identique à la précédente ?

Sur la côte d'Azur, des Polonais en uniforme allemand construisent sans ferveur des fortifications. Des Russes, dans le Pas-de-Calais, protègent la côte. Des Géorgiens en uniforme allemand gardent je ne sais plus quelle autre côte. Le commandant d'une escadrille russe sert dans une escadrille allemande.

À la limite, on en viendra peut-être à considérer que les nations et les armes ne sont que des fictions vides et que l'uniforme seul est une réalité.

Les morts et les blessés par les bombardements anglais. Deux voix :

« Les Parisiens sont admirables. Ils comprennent que la guerre a de terribles nécessités. » – « Ils s'en foutent…, ils se foutent de tout ce qui ne les touche pas immédiatement. »

Giraud veut rester commandant en chef et n'accepte pas d'être inspecteur général des troupes… (Du moins *Le Petit Parisien* l'affirme.) Que Giraud reste ou disparaisse. Mais qu'il se taise. Ce n'est peut-être pas sa faute si quelques crétins ont espéré trouver par lui le salut qu'ils attendaient de Pétain. Mais il semble bien qu'il ne soit capable que de sauter le mur et de commander une escouade.

« Qu'il était différent, me dit Suzanne, le Paris de 1941. On narguait l'Allemand. Les femmes associaient dans leur costume du bleu, du blanc et du rouge. Elles portaient la Croix de Lorraine en broche. La police intervint. On vit alors des femmes groupées par trois, l'une portant du bleu, l'autre, du blanc, la troisième, du rouge et elles marchaient se tenant par le bras. Et ce jour où Noémi descendit l'avenue des Champs-Élysées à bicyclette, trois voiles, un bleu, un blanc, un rouge, attachés aux épaules et, soulevés par le vent, flottant derrière elle comme les voiles d'une Loïe Fuller. Il y avait là peut-être un peu d'enfantillage. On ne mesurait pas la situation. La terreur n'était que pour le lendemain. Mais la rue vivait encore. »

Et aujourd'hui, c'est le maquis.

« Hitler est l'unique responsable de la guerre, son nom, pendant des siècles, sera voué à l'exécration universelle… » « L'éternelle Allemagne. » Menteuse et fourbe par essence. Couplet sur les chiffons de papier. Tel était le thème d'un article de Philippe Henriot, que cite Schumann à la radio anglaise et qui parut dans *Gringoire*, le 7 septembre 1939.

Ce n'est que du Philippe Henriot. Mais c'est aussi le problème de l'homme qui change. Et cela conduit au problème de la sincérité.

Je sais par raison et intuition que ce Henriot est une fripouille. Cela ne me suffit pas. Je veux connaître les nuances de sa fripouillerie, je veux savoir s'il est un traître d'une seule pièce. Je veux savoir s'il est un fourbe vacillant ou un traître rigide.

Un homme change par la révélation de faits ignorés. Ainsi, pendant l'Affaire Dreyfus, l'anti-dreyfusard qui devenait partisan de la révision. Le cas est rarement si simple. Plus souvent, qui ne veut pas mentir change par l'effet d'un choc de hasard qui le cogne à de l'inconnu. Un lieu commun l'endormait, de rondes certitudes l'apaisaient, toutes chargées de ces décentes émotions qui traînent dans les livres, les journaux et les rues, dans l'air du temps. Le choc casse le lieu commun. Les certitudes se morcèlent. Et les morceaux se tordent comme des tronçons de ver. L'homme aux certitudes cassées cherche à les recomposer. Ainsi, les Français, après 1930, se jetaient dans les partis extrémistes de droite ou de gauche qui, les uns comme les autres, lui promettaient un ordre réparateur.

Ainsi, en 1939, Henriot, des milliers de Henriot, se dressaient contre l'Allemagne, « éternellement menteuse ». En juin 40, fut-il saoulé par « l'odeur forte des capitaines vainqueurs » ? Il est plus vraisemblable que, se trompant sur l'issue de la guerre, il n'ait fait qu'un calcul électoral, le calcul même du politicien qui choisit entre les partis celui qui lui apporte le plus de chances d'être élu.

Trois étapes. – I. Quelques jours après la déclaration de guerre, il voue Hitler à « l'exécration universelle ». Il cède au conformisme de guerre. La guerre déclarée, toute opinion contre la guerre est dangereuse. Il cède d'autant plus facilement au conformisme de guerre qu'il semble la suite naturelle de ses habitudes oratoires, de ses réflexes politiciens. – II. La débâcle : Un conformisme de l'effondrement succède au conformisme de guerre. Il s'y jette. – III. Avril 1944. Il se jetterait dans la résistance, si la résistance avait déjà trouvé son conformisme. Il ne peut plus que glisser sur la pente et souhaiter qu'au dernier jour de la guerre les gendarmes arrivent assez tôt pour le sauver, par la prison, d'une pendaison sans jugement.

Un « sapin » découvert, un sapin de jadis passe devant ma fenêtre. Dans la rue déserte et sans rumeur, les sabots du cheval font, sur l'asphalte, un bruit de langue qui claque, un bruit de gouttes d'eau tombant sur une flaque.

À la gare de Lyon, à cause de l'arrivée de quelques officiers supérieurs, les Allemands ont établi un service d'ordre. Ils mobilisent les voyageurs qui font queue à la consigne des bicyclettes. Comme l'un d'eux, impatient, déborde d'un pas et se détache de la queue, un soldat allemand, d'une bourrade, le repousse. L'homme, les épaules en avant, tête dressée (un ouvrier d'une quarantaine d'années) prêt à frapper, grommelle : « Doucement… hé… doucement. » Mais un camarade lui met une main sur l'épaule : « Allons… allons… rouspète pas… » L'Allemand, d'un ton brutal et d'un accent presque faubourien ajoute : « Oui, rouspète pas… ça vaudra mieux. »

Colères des rixes banales ou colère étouffée, qui demain s'enflera en colère de ville, en colère de peuple ?

La propagande anti-américaine quitte les cimes de la politique et descend à Bobino. Le chanteur Georgius déclare au *Petit Parisien* : « On ne nous parle en toute occasion que de burlesque ! Cela sent son importation américaine. J'ai voulu rompre avec ces sottes imitations de l'étranger. Affirmons-nous français jusque dans notre rire. Nous parlons français ? Eh bien ! Rions en français ! »

Les Allemands ont obtenu d'un médecin français un certificat attestant que la fille du général Giraud était morte de mort naturelle. Contre la promesse de renvoyer en France les trois enfants. Les trois enfants revinrent en France. Mais, quelques semaines plus tard, la *Gestapo* les reprenait et les renvoyait en Allemagne [1].

Cette duplicité contournée jointe à la cruauté, est-ce un trait spécifique de l'Allemand ?

Le fait ne semble pas douteux.

16 avril

La vie d'une famille française en avril 1944. Le père (cantonnier), qui, depuis plusieurs mois, a reçu son ordre de départ pour l'Allemagne, se cache dans les bois. Le fils est en Allemagne. Le gendre vient de recevoir son ordre de départ.

1. Renée Granger est vraisemblablement morte de mort naturelle, le 24 septembre 1943, dans un village de Thuringe, Friedrichroda ; ses quatre (et non trois) enfants, ramenés en France, ont dû effectivement repartir, quatre jours après, en Allemagne.

275

Mais voici la lettre que Mme R… nous écrit de Chapelon, le village où nous avons, pendant la débâcle, passé quinze jours. J'en respecte l'orthographe et le style parlé.

« … J'avais beaucoup de travail avec mon petit Jean-Paul (son petit-fils) et la maman est bien fatigué de cette mauvaise angine le docteur lui a dit qu'elle en avait pour 6 mois a se remettre vue les restrictions et puis il y a toujours du tourment elle a reçu une dépêche de son mari venir je part en Allemagne alors cela lui a fait un coup et puis nous sommes tous bien embete elle est partie pour voir ce qu'il ces passe car il y avait 15 jours qu'elle ete la je m'ennuie beaucoup de ne pas savoir ce qu'il a fait. Pour mon mari il court toujours les champs et ces bien triste pour nous nous avons passe les fetes de Paques tous les 3 avec le petit sans avoir les notres avec nous et voila apresent ces encore un autre qu'il veulent a vivement la fin de cette misère. Je n'ai pas de nouvelles de mon fils depuis trois semaines et tous le monde et pareil on s'ennuie beaucoup.

« Recevez chère Madame et Monsieur nos bonnes amitiés.

« Je ne sais plus ce que je dit j'ai la tête un peu folle, je ne me rappelle plus de rien. »

Giraud adresse aux troupes un ordre du jour d'adieu. Sa vie fut assez remplie, il a suffisamment accompli pour renoncer à son commandement sinon sans mélancolie, du moins sans amertume. Il rend hommage à son passé. Sans son intervention, les Américains n'auraient point fourni aux troupes françaises un matériel moderne. C'est à lui qu'on doit l'organisation des troupes d'Afrique, le ralliement des escadres, le retour à la France de la Corse et de la Tunisie. Mais désormais il ne sera plus que le spectateur de la victoire.

Qu'importe ? « Les hommes passent et la France demeure. » Il n'ajoute pas : « Et de Gaulle reste. »

Il ne sait que sauter le mur. Et, après, il est perdu dans la campagne, ne sait pas s'orienter, lire la carte. Soldat courageux, soldat vaniteux, il sait risquer sa vie, mais tout autre risque l'effraye. Il connaît les commandements de l'École de régiment, il ne pardonne pas à de Gaulle de connaître le secret de commandements plus compliqués. Devant de Gaulle, il est gêné comme un adjudant devant une recrue « calée dans le civil ». Il était le soldat qui « ne cherche pas à comprendre ». Depuis qu'il faut comprendre, il est perdu. Un peu de son cœur est resté à Vichy. Pour un peu, il irait pleurer dans les bras du Maréchal[1].

En 1914 et pendant des années on a dit : « le Boche ». Le mot était d'un usage presque universel. (Quelques-uns cependant ne s'en sont jamais servis. Je ne m'en suis jamais servi. Le mot était rempli de haine, de légende et, si je puis dire, d'absolu. On disait : le Boche, comme les antisémites de propagande disent : le Juif. Depuis 1939, je l'ai bien peu entendu. Il a disparu et il n'a pas été remplacé. J'ai entendu des paysans ou des gendarmes dire les Fritz, les Fridolins ou les Ch'leux. Mais ce n'était qu'élégance de la conversation. Ainsi les poètes disaient coursier pour cheval. Ce n'étaient point des mots pour toutes circonstances. Ils disaient par exemple : « Les Fridolins sont venus voir s'il y avait

---

1. Depuis le 8 novembre 1943, Giraud a cessé de faire partie du C.F.L.N. tout en demeurant commandant en chef de l'armée française ; divers accrochages entre les deux hommes incitent de Gaulle à mettre fin à ce commandement, le 8 avril, tout en lui proposant le poste d'inspecteur général des armées, que Giraud refuse le 15 avant d'adresser aux troupes un ordre du jour d'adieu amer mais digne. L'analyse faite par Léon Werth sur Giraud et le giraudisme ne manque pas de pertinence.

des œufs. » Ils n'auraient pas dit : « Les Fridolins ont reculé. » De même a disparu la Bochie. On dit : les Allemands. Il y la matière pour un philologue.

Les « terroristes » sont-ils la France ? Si on répond : « non », il n'y a plus rien en France qui soit la France, rien qui soit un pays. Il n'y a plus rien qu'une masse petite-bourgeoise qui attend que les Anglais, les Américains, les Russes ou n'importe qui lui rendent les bonheurs du ventre et la liberté du confort.

22 avril

« Paris bombardé. 438 morts, 377 blessés. » – « Le maréchal Pétain et le président Laval flétrissent ce nouveau crime de nos anciens alliés. »

La propagande allemande serait-elle atteinte de fureur infantile ? Un maladroit, dans *Le Petit Parisien*, en vient, pour mieux montrer l'ignominie anglaise, à exalter l'héroïsme et la puissance russes. « Ce terrorisme aérien… c'est une guerre évidemment moins héroïque et moins efficace que celle menée par les Soviets, mais bien moins coûteuse. »

Les journaux ne disent jamais rien des rafles.

Les couche-partout ont, malgré le lit et l'eau courante, un air d'après une nuit de chemin de fer. L'angle des paupières est plissé et gris.

L'Entrave de Colette[1]. Un méchant disait : « Que resterait-il si on supprimait tout ce qui est odeur ou parfum ? » Mais ce n'était qu'un méchant.

1. Paru en 1913, sous la signature de Colette, ce roman relate les manœuvres amoureuses d'une jeune femme.

Pour les petits pois, je fais un acte de priorité rétrospectif (si j'ose ainsi parler). Je leur ai attribué, le premier dans la littérature, l'odeur de chien mouillé. Mais, qu'il s'agisse des petits pois, des fromages ou de ce fruit d'Extrême-Orient qu'on nomme dourian ce ne sont qu'allusions d'un odorat retranché en lui-même et séparé du goût.

Ce vice impuni, la lecture… « À Léon Werth, ce livre où il trouvera un écho de nos anciennes discussions sur les poètes. » Larbaud a souligné discussions. Je suis tenté de croire que le trait qui souligne a valeur de guillemets, corrige le sens raide et didactique du mot. Mais Larbaud n'abandonne pas ainsi la controverse. Et je lis à la page 266 : « *Il y a une autre théorie, celle qu'on peut inférer du reproche fait souvent au romantisme de n'être pas adéquat à l'esprit du XIXe siècle ; le reproche fait à la poésie contemporaine d'être étrangère à la pensée de notre époque. Mais d'abord ce reproche n'a pas même le petit mérite d'être nouveau : rien ne rappelle plus le sonnet fameux où Campanella reproche aux poètes de son temps de ne pas chanter "delle grandi cose di Dio", que l'article de Léon Werth contre* Les Poètes. » Avouerai-je qu'aujourd'hui encore je ne connais pas le sonnet de Campanella ?

Hélas ! je ne puis reprendre avec Larbaud la controverse. Je lui dirais : « Je n'ai plus besoin de poètes. Je me fabrique à moi-même ma poésie, ce n'est qu'une façon de regarder, d'agir, d'être. » Et déjà je sens que, disant cela, je mentirais. La vérité est que je ne sais plus où est la poésie… La poésie est un beau miroir terni, couvert de buée. Je n'y distingue plus rien. C'est l'époque sans doute qui a soufflé dessus.

Le colonel. « *C'était un homme droit, franc, vrai et d'une vertu simple, unie, militaire...* » (Saint-Simon). L'Afrique qu'il aime est une Afrique où des chefs français et des chefs arabes se traitent noblement, en guerriers. « Non, dit-il, non, je vous assure qu'ils ne font pas figure de vaincus et que nous ne sommes pas des vainqueurs insolents ». Dignité des chefs. Leur équilibre, qui n'est tout à fait ni de la paix ni de la guerre, au sens d'aujourd'hui. Aussi loin des pacifistes vides que des cabotins héroïques. Mais n'appartiennent-ils point à un univers dans l'univers, à un vieux monde de tournois et de combats singuliers, de traditions, qui ne sont point à l'échelle du présent ? Je vois les beaux plis des nobles burnous. Mais le colon, l'Arabe pauvre et l'économie ?

Un beau regard, large ouvert, souvent d'une innocence enfantine. Rien du regard d'un bleu délavé, où tout a été pompé, où on a fait le vide, qui est celui de tant de vieux militaires et qui semble faire partie de l'uniforme.

Ne s'est pas enfermé dans cette vie militaire, qui est une vie simplifiée. Aime les livres. Ne s'y enferme pas non plus. Si le vent de conversation entrouvre la fenêtre et y pousse une idée, il n'a pas peur du courant d'air et ne referme pas la fenêtre.

Les Em..., les Rel... nient qu'il y ait terreur. En effet, ils n'ont rien à craindre.

Guyon. Vingt ans. Son père est capitaine de corvette et sert sous de Gaulle. Actuellement élève au lycée Saint-Louis, classe de Centrale. Mais c'est à Navale qu'il veut entrer, si jamais il est une École Navale. Déjà, il a tenté de passer, avec son frère, la frontière espagnole, pour s'engager en Afrique. Ils avaient donné 42 000 francs à un « passeur », qu'un père jésuite croyait sûr. C'était à Perpignan. Le passeur les a fait monter dans un camion, les a cachés sous des bottes de paille. À deux kilomètres de la frontière espagnole, un camion allemand dépasse leur camion et se met en travers de la route. Ils sont arrêtés, envoyés à Compiègne, puis dirigés sur l'Allemagne, dans un fourgon, où ils sont enfermés avec des déportés et des évadés repris. Ils font un trou dans un panneau du wagon. Ils sautent du train en marche. Huit autres jeunes gens sautent aussi. L'un d'eux a les jambes écrasées. Deux autres sont tués à coups de mitrailleuse. Son frère a été repris et a été déporté en Allemagne. Il a pu s'échapper. Il veut passer en Espagne, puis à Alger et s'engager.

Il partira peut-être avec le colonel. Ils tenteront leur chance ensemble.

Sur les murs du métro, une affiche de *Germinal*. Parmi les collaborateurs, Challaye, Giono, Hamp, Céline, Delaisi, Montherlant [1]…

Giono, cuistre au style en *chewing-gum*, idées-nouilles, fausse Provence.

Challaye. A passé une partie de sa vie à dénoncer les crimes et les abus de la colonisation. Par quel chemin a-t-il abouti au nazisme ?

1. *Germinal*, « hebdomadaire de la pensée socialiste française » paraît pour la première fois le 28 avril 1944 ; la plupart de ses collaborateurs viennent de la gauche pacifiste. Henri Bourillon, alias Pierre Hamp (1876-1962), un ouvrier devenu ingénieur, auteur de romans populistes, a milité à gauche jusqu'au début des années trente ; François Delaisi, devenu journaliste, a été lié aux milieux syndicalistes révolutionnaires ; ultramunichois, il a rejoint Déat et le R.N.P. Ni Giono ni Montherlant n'écriront dans *Germinal*.

Montherlant : un « Sciences-Po » qui veut faire croire qu'il a été au boxon.

Hamp : étonna les littérateurs, parce qu'il consultait des statistiques. Pendant la guerre de 1914, jusqu'au-boutiste de l'arrière. En 1917 ou 1918, je publiai un article où j'annonçais la mort de Hamp au champ d'honneur. Mais j'entendais le champ d'honneur du conformisme, des coins abrités, des sinécures de l'arrière. Un littérateur hollandais, peu sensible à ce genre de blague et trompé par le titre : « Mort au champ d'honneur », m'écrivit pour me demander en quelles circonstances Hamp mourut d'une mort héroïque. En juillet 1914, Hamp était fonctionnaire. À la fin de la guerre, il était devenu homme d'affaires.

Céline : amplificateur éructant. En proie aux mots. Bagout de camelot littéraire, qui semble aux petits-bourgeois puissant et pathétique.

3 mai 1944

Depuis la débâcle, Sacha Guitry, chaque jour, récite son texte. Les autres acteurs du moins n'ont pas écrit leur rôle. Ils n'ont pas fabriqué eux-mêmes leur prison. Je pense à ces écrivains, pour qui se relire est intolérable. Les mots, quand ils passent de leur tête au papier, leur semblent fermes, musclés, chauds. Ils relisent : les mots leur semblent inertes, des cadavres.

Chaque jour, Sacha Guitry joue. Chaque jour, des camions prennent la route de Fresnes, chaque jour des jeunes hommes veillent dans le maquis, chaque jour des hommes, des femmes sont traqués dans le maquis des villes, chaque jour la *Gestapo* torture, chaque jour des cours martiales condamnent à mort et, dans l'heure même peut-être où s'égrènent au théâtre les derniers applaudissements, on entend dans les cours des prisons et dans les cimetières les salves d'un peloton d'exécution.

« N'insiste pas sur ce synchronisme ; c'est d'un assez vulgaire romantisme. – Soit. » L'auteur-acteur continue son métier. Il n'a que faire du souci des révolutions et des guerres. Son destin est de danser. Une âme légère et pure de funambule habite en lui. Son univers est un fil tendu entre rampe et frise. Ses pensées sont des danses. Mais le funambule a fait son choix, un choix qui n'est ni de cirque, ni de théâtre. Ses amis ne sont pas seulement du Tout-Paris, mais aussi du Grand Paris. Ses amis commandent les pelotons d'exécution.

Huit heures du matin. Coup de sonnette. « Qui est là ?… – Renseignements… – Mais qui ?… – Préfecture de police… »

Suzanne parle derrière la porte et, il va de soi, n'a pas ouvert. « Une minute, dit-elle, je suis en chemise de nuit… Je m'habille. » Elle me tend son sac à main, quelques papiers. Je passe sur le balcon. (Nous habitons le premier étage.) Je passe sur le toit de zinc d'un petit hangar, je descends par un montant métallique dans la cour du Patronage. Solitude de la cour. Il y a les cabinets. J'hésite, mais cela ne me plaît pas de m'abriter dans les cabinets. Je préfère le hangar. Mais je m'y ennuie. Je fais quelques pas dans la cour, je jette un coup d'œil sur les salles vides, les bancs scolaires. Une des salles a été transformée en salle de billard.

Que dirai-je à l'abbé, s'il vient ? Je prépare une belle phrase de légende, la phrase du réfugié, qui invoque les droits sacrés de l'hôte. Mais l'abbé ne vient pas.

Seul dans la cour. Depuis des jours, je ne me suis pas senti si léger, si aéré. Je suis délivré de la menace vague du poids devant l'orage qui, depuis des jours, pèse sur moi. D'un mot, je me sens soulagé. Ce qui arrivera arrivera. Je me soumets à la fatalité. Je ne prépare aucune réponse à l'événement. C'est l'événement qui répondra. La réponse de l'événement sera immédiate, elle viendra toute seule.

Dix minutes environ. Un « hou… hou » de Suzanne. Sa tête apparaît à la fenêtre. Elle me fait un signe. Je grimpe par le montant du hangar, je fais un rétablissement. Souvenirs dans tout le corps d'une gymnastique, oubliée depuis mes années de lycée : grimpage, comme à la corde lisse, rétablissement sur le toit de zinc. Je passe du toit de zinc au balcon. Je m'aperçois que j'ai toujours ma pipe à la bouche.

L'homme de la Préfecture de police n'était pas venu pour moi, mais pour Claude et il était chargé seulement de vérifier le recensement de la classe 45.

Avec toute l'indignation convenable, *Le Petit Parisien* annonce qu'on a découvert chez le président du tribunal civil de Carpentras, M. Leyris, des armes ou des explosifs. « Il était le chef d'une bande de terroristes, spécialisés dans les attentats contre les locomotives. » Le rédacteur souhaite qu'il soit jugé immédiatement. Il « espère qu'un de ces très proches matins l'air serein de notre Provence sera déchiré par le crépitement sec d'un feu de salve ».

Il n'est pas difficile de donner son vrai visage à ce magistrat, qui a accepté de détenir chez lui quelques armes, sans mettre l'affaire en délibéré et qui sans doute connaît la jurisprudence de l'insurrection. Mais est-ce de bonne propagande que de montrer que les terroristes ne se recrutent pas tous dans les bas-fonds ?

Je disais : « Ne faites pas trop le dégoûté, parce que le comité d'Alger contient quelques politiciens sans génie. Voyez l'essentiel. » Quand même, entendant à la radio le nom d'un sénateur de la vieille radicaille, j'ai senti un choc désagréable.

La tuerie de Voiron[1]. Les assassins de la fam...
Jourdan ont été fusillés. Deux élèves et un surveillant
de l'École professionnelle. Et ceci : « Dans le peloton
avaient pris place des volontaires, appartenant aux forces
de police de Lyon, qui avaient eux-mêmes demandé à
faire justice de ces assassins. » On voit ici l'âme de ces
volontaires ou, si le fait est faux, l'âme de ceux qui
l'ont imaginé.

Tout reste obscur. Le journal annonce une triple exécution, nous apprend – cela va de soi – que les meurtriers avaient obéi à des meneurs communistes. La cour
martiale de Lyon a prononcé trois condamnations.
Mais les complices, sauf un « renvoyé devant le par-
quet », n'ont pas comparu. On nous apprend seulement
que les assassins, avant de mourir, se sont repentis avec
une unanime spontanéité. Avant de mourir, ils ont écrit
à leurs familles. Celui-ci : « J'ai cru agir en patriote et
j'ai été un misérable. » Celui-là : « J'ai cru agir pour un
idéal et je n'ai été qu'un assassin. » Et « ayant entendu
la sentence de mort, ils exprimèrent le vœu que leur
condamnation soit un exemple pour les jeunes gens de
leur âge qui, comme eux, risquent de se laisser égarer
jusqu'au crime par de faux prétextes patriotiques ».
Tout cela sent la fabrication. On ne nous dit pas comment fut tuée la petite fille de deux ans et demi. Le
journal ne nous dit rien de ces atroces meurtriers, sinon
que la sagesse du Maréchal est, avant qu'ils ne meurent,
descendue en eux.

1. Le 20 avril quatre élèves de l'école professionnelle de Voiron
exécutent Jourdan, le chef de centre de la Milice de Voiron (dans
l'Isère), deux autres miliciens, et assassinent la mère, la femme et
les deux enfants de Jourdan ; deux des meurtriers et un surveillant
de l'école sont condamnés à mort par une cour martiale milicienne
et exécutés le 3 mai, à Lyon, en présence d'une vingtaine d'élèves
et de professeurs de l'école qui seront, eux, déportés.

Andrée François revient de faire son marché. « Je n'ai rien trouvé, dit-elle, il est temps qu'ils viennent. »

L'article de Halévy sur Anatole France. Il ne dit rien de la brochure, où France montre dans le petit père Combes une sorte de défenseur de l'Esprit. Incarner ainsi l'esprit est par trop scandaleux, par trop inélégant. L'Esprit souffle de droite. France, prenant parti en politique, s'égare et se salit, mais non pas Barrès.

« Ces pauvres Allemands, disait Mme Riv…, il faut bien qu'ils se défendent. »

Les cours martiales[1] jugent sur pièces. Les accusés n'assistent pas à l'audience. Le préfet régional prépare les exécutions, avant que les sentences ne soient rendues.

J'entends à la radio : « L'Europe ne doit pas être une entité économique, elle doit être aussi une entité spirituelle. »

Y a-t-il une Europe ? Fondée sur quoi ? Sur le christianisme ? La raison ? La science expérimentale ? L'Europe me semble loin.

Peut-être un accord sur le respect de l'homme, pris comme hypothèse de travail. Mais sur le sens du respect qu'on doit à l'homme, que de désaccords déjà ! Et ce que j'écris là n'est que discours académique.

1. Une analyse inexacte : les accusés sont bien présents, mais ils ne sont assistés par aucun avocat et les jugements ne sont passibles d'aucun recours. Les préfets régionaux n'interviennent que très rarement : ce sont bien plutôt les responsables de la Milice qui programment des procès dont les sentences sont le plus souvent prononcées avant que ne commencent les débats.

Il y eut toujours une droite et une gauche. Ainsi les Jésuites et les Jansénistes.

Un auteur ne réussit pas sans quelque talent. Mais il faut que son talent soit en correspondance avec l'époque. J'allais dire : le savant est plus heureux, il n'est jamais anachronique. Cela doit être faux. Ainsi Mendel [1] est mort ignoré.

17 mai

Que sera demain ? Que deviendront demain ces systèmes, religions et passions, qui ont signé un armistice ou que l'oppression réduit au silence ? Comment, l'occupant disparu, se comporteront, les uns avec les autres, chrétiens, communisants, communistes, patriotes ? Et, l'occupant disparu, quelle aura été leur transformation ? De quoi seront nourris leurs sentiments nouveaux ? Que seront les hommes de demain, non pas les hommes-catins, les hommes ? Je chasse l'idée d'un monde exténué, où il n'y aurait plus que des hommes-catins et des hommes dormants.

Et les collaborateurs ? J'entends non pas ceux qui ont publiquement trahi, mais ceux qui ont trahi en désir et pensée, ou les pauvres idiots qui, jusqu'à la fin, balbutièrent la légende du Maréchal ? Sans doute ils disparaîtront dans la masse. Mais en quelles régions de cette masse ? Et leurs toxines s'y résorberont-elles ?

1. Le moine morave Mendel (1822-1880) est l'un des fondateurs de la génétique ; ses lois de l'hybridation (notamment la loi de dominance) seront appelées – mais bien après sa mort – « lois de Mendel ».

Un fiacre, un sapin découvert. Une rétrospective de la carrosserie. Mais le cocher est coiffé d'un chapeau mou, anachronique. C'est quand même le Paris d'il y a quarante ans. Deux époques glissent l'une sur l'autre, comme des cartes brassées.

Jacques Decour [1], qui fonda cette revue clandestine : *Les Lettres françaises*, fut par les Allemands fusillé le samedi 30 mai 1942.

Quel sera demain le sort des Céline plus ou moins Drieu, des Drieu plus ou moins Céline, des Montherlant plus ou moins Thérive ? Et quel sera le sort de ces peintres, sculpteurs et musiciens qui banquetaient en Allemagne, dans le même temps que les Allemands fusillaient un Jacques Decour ? Leur interdira-t-on de publier, exposer ou faire jouer leurs œuvres ?

On a conté que Hitler, peu de temps après qu'il eut pris le pouvoir, au lieu d'emprisonner un peintre suspect d'anti-nazisme, le laissa dans son atelier, sous la surveillance de deux sentinelles, baïonnette au canon, qui avaient l'ordre de l'empêcher de peindre. Supplice de Tantale, supplice de théâtre. C'était dans le temps où déjà, huit ans avant la débâcle, la presse française prêtait à la répression nazie de subtiles nuances et des teintes délicates.

– Peut-on interdire, même à un criminel, de penser et de dire ?

– Sophisme… Trahir n'est pas penser.

– Les communistes ne s'inspirent-ils pas de Moscou, comme ces peintres, ces écrivains s'inspiraient de

---

1. Daniel Decourdemanche, *alias* Jacques Decour, agrégé d'allemand et militant communiste, a accompli un travail exemplaire pour mobiliser les intellectuels dans un Front National des écrivains ; il est l'un des fondateurs des *Lettres françaises* clandestines, avant d'être arrêté en janvier 1942 et fusillé le 30 mai de la même année.

l'Allemagne ? Les uns travaillent pour la révolution, les autres pour une certaine idée de l'Europe.

– La France n'est pas en guerre avec la Russie… Les Russes n'ont pas fusillé cent vingt mille civils français. D'autre part, croyez-vous qu'un homme sain d'esprit puisse comparer une doctrine philosophique, quelle qu'elle soit, à cette série de hoquets qu'on nomme hit-lérisme ?

– Ce n'est que votre opinion…

– Si vous voulez, je ne tiens pas tant à fonder sur la philosophie. Que le cœur décide…

– Quelle peine votre cœur inflige-t-il à ces écrivains, à ces peintres, à tous les artistes du beau voyage ? Vous voilà au pied du mur.

– Les jurés, à tort ou à raison, acquittent souvent les auteurs de crimes passionnels. La trahison de ces Drieu et Segonzac n'est pas un crime passionnel. Je déclare, en mon âme et conscience, qu'ils sont coupables avec préméditation.

– Mais la peine ?

– Qu'elle ne soit pas inférieure à celle dont on punit les déserteurs. Car le déserteur accomplit un acte en quelque sorte négatif. Il ne sert pas directement l'ennemi. Tandis que les Drieu et Segonzac…

Quand Bel… dit : « C'est un grand peintre » ou « C'est un beau tableau », il n'exprime pas une opi-nion, il n'avoue pas un plaisir, une émotion, mais il fait acte de loyalisme envers la peinture et l'art en général.

Quiconque a passé par l'Université ou touché au journalisme n'est pas complètement à l'abri du vice de remplissage. Mais en Stendhal lui-même, pour des rai-sons de librairie, n'y a-t-il pas des pages entières de remplissage ? Oui, mais, cyniquement, il les prenait chez les autres.

On a lu à la radio une très belle page de Bernanos sur les dernières heures des condamnés à mort, sur les dernières heures d'un jeune homme de seize ans. Bernanos efface le schéma, où nous réduisons tout, même la mort d'un enfant assassiné, efface l'image que notre lâcheté, notre paresse ont vite fait d'encadrer dans la nécessité. Il nous contraint à ne pas détourner les yeux, à ne point enregistrer la fatalité. Cellule. Dernière nuit. Nous sommes les témoins des derniers pas que fait l'enfant entre la prison et le peloton, les témoins responsables. Oui, responsables, dans la mesure où nous cédons au besoin de l'oubli, au besoin d'être délivrés de l'intolérable. Bernanos repousse l'attendrissement, s'il n'est que ce besoin de délivrance, prétexte à nous délivrer des martyrs, à « ne pas les suivre ».

Un logement au sixième étage. L'homme, évadé d'Allemagne, la femme, une petite fille de quatre ans. Les Allemands frappent à la porte. L'homme passe par la fenêtre, fuit par les toits. La femme ouvre la porte. « Où est votre mari ? – En Allemagne… Je n'ai pas de ses nouvelles. » Un des Allemands se penche vers l'enfant : « J'ai une petite fille, une petite fille comme toi. » Il joue avec elle, la prend sur ses genoux : « Où est ton papa ?… Il faut me dire où est papa… » Et l'enfant, à qui on avait fait la leçon, répond : « En Allemagne » et répète : « En Allemagne, en Allemagne, en Allemagne », vite, vite, comme par jeu, comme si elle avait peur d'être interrompue.

Cela fut conté à S… par la blanchisseuse ou la crémière. Récit véridique ou légende ? Le trait final me ferait croire à la vérité du récit : l'enfant, entraîné par

290

les mots, répétant, comme par jeu, le : « En Allemagne, en Allemagne. »

Ceux qui croient dur comme fer à l'immortalité de l'âme ont moins de mérite que les mécréants à faire le sacrifice de leur vie. Mais cela n'est que pauvre logique, qui ne tient pas compte du sentiment de la mort, de l'angoisse de la mort. Selon notre état de plénitude ou d'anxiété, notre image de la mort varie autant que notre image de la vie. Et aussi et surtout notre « croyance en la mort ». Chacun a son néant personnel.

2 juin 1944

Le journal : « Rouen et sa cathédrale ravagés par les flammes. Le centre de la ville n'est plus qu'un immense brasier. »

« Le tribunal militaire allemand a condamné à la peine de mort quinze jeunes gens des groupes de résistance… Le plus jeune d'entre eux a dix-huit ans. »

Que valent nos images d'Épinal ? Les Anglo-Américains débarquent. L'Allemagne capitule. Un univers « démocratique » tente de naître. Mais quelle démocratie ? Churchill n'est pas un apôtre et Roosevelt n'est pas Walt Whitman. De Staline, nous ne savons plus rien, sinon qu'il est maréchal. Quel sera le jeu de la haute finance, de l'industrie lourde et de la vieille politique des diplomates ? Et les peuples, les foules ? Foules lasses, foules rêvant de justice ? Et quel sens donnera-t-on au mot liberté ?

Je raisonne à vide. Je suis un grain de sable dans le désert, une goutte d'eau dans la mer.

« Une délégation du parti populaire français, ayant à sa tête M. Barthélemy, s'est rendue sur la tombe du

Soldat inconnu, puis au Mur des Fédérés, où eurent lieu les exécutions de 1871. » [1]

Ainsi les doriotistes déposent des gerbes au Mur des Fédérés. Hypocrisie ? Pas même. L'hypocrisie transforme, invertit, simule, mais n'affirme pas ce qu'elle nie et ne nie pas ce qu'elle affirme. Chez les nazis et leurs épigones, la pensée n'est qu'un moyen de détruire toute pensée et de créer un animal humain qui n'obéit qu'au cri.

Le président du Conseil municipal de Paris télégraphie au maire de Rouen : « Avec la destruction de la cathédrale et des trésors d'art qui l'enchâssaient, l'humanité s'est trouvée brutalement appauvrie d'une de ses plus prestigieuses et plus authentiques parures. » (Que peut bien être un « trésor d'art » pour qui parle ce langage ?) Quand j'entends ces gémissements sur les vieilles pierres, je me sens devenir un barbare.

Éliminer la jérémiade politicienne, la cuistrerie, le boniment, chercher le vrai rapport d'une œuvre d'art à nous-mêmes. La relation est instable, fragile. On y perd son esthétique et, au besoin, sa sincérité.

Fenêtres mortes, nudité de la rue, un monde désert en asphalte. Il y avait des coins de Paris ainsi vidés, en 1914, le premier jour de la mobilisation.

À force d'être inquiet, on prend une mauvaise conscience.

Un avion anglais, nous dit Louise, est tombé dans un champ, à La Chapelle-Thècle (entre Tournus et Louhans).

---

1. Ancien militant du P.C.F., Victor Barthélemy a suivi Doriot au P.P.F. et est devenu secrétaire général du parti. Une fraction de l'extrême droite se pique d'honorer les morts de la Commune, des hommes et des femmes victimes de la bourgeoisie ploutocratique.

Un seul des aviateurs a pu utiliser son parachute. Les Allemands ont déshabillé les cadavres, ont pris leurs vêtements. Puis, entrouvrant les mâchoires de ces cadavres, ils en ont arraché les bridges et les dents aurifiées.

Babel, dans un récit de la guerre entre l'Armée rouge et les troupes de Koltschak, Wrangel ou Denikine, montre les Russes blancs arrachant les dents en or des cadavres.

De sa fenêtre, boulevard Arago, la fille de la blanchisseuse de la rue Vavin a vu un milicien abattre un jeune homme à coups de revolver. On ne sait rien d'autre, sinon que le bruit a couru que ce jeune homme avait, le jour même, passé son bachot.

7 juin

Il faut l'avouer : nous ne sommes pas heureux, dilatés, comme nous l'espérions. « On a trop attendu… », dit je ne sais plus qui. Mais c'est autre chose, je crois. Certes, le débarquement ne nous apparaissait plus comme l'ange exterminateur qui, d'un seul souffle, anéantirait l'ennemi et nous donnerait la victoire et la paix. Mais nous attendions quand même, au fond de nous, je ne sais quel immédiat changement dans l'air du temps. Ils sont au Havre, à Caen, si près. Et tout est pour nous comme avant. Rien de plus que s'ils avaient débarqué dans une île du Pacifique. Nous sommes déconcertés par ce contraste. L'événement est immense, mais il n'est qu'objet de pensée. Rien de palpable ne le lie encore à nous. Nous en cherchons une preuve sensible comme on tend la main avant l'orage, pour sentir les premières gouttes de pluie.

Rien ne nous délivre encore de notre monotone angoisse quotidienne. Quelles sont les intentions des Allemands ? Grouper les hommes, les diriger vers l'Allemagne ? Les parquer en France ? Les utiliser à des travaux de défense ? On dit qu'ils ont compulsé à la mairie les feuilles de recensement. La boulangère a vu passer trois camions remplis de jeunes gens, gardés par des policiers allemands et français.

Le Petit Parisien : « La plus grande partie des troupes qui ont abordé par mer a été rejetée… » et : « presque toutes les troupes de parachutistes sont anéanties entre Le Havre et Cherbourg. »

Force de l'affirmation, quelle qu'elle soit et d'où qu'elle vienne. Cela suffit pour que j'éprouve un doute bref et je ne sais quelle déception. Au fond de moi-même, je croyais peut-être que le premier Anglais ayant débarqué, les bureaux et les imprimeries des journaux flamberaient d'une seule flamme et ne seraient plus qu'un tas de cendres.

Suzanne, le colonel sont étonnés du calme des rues, un calme grave, disent-ils, qui n'est pas indifférence, mais sentiment du tragique. Ne projettent-ils pas au dehors leur propre sentiment ?

Le capitaine Charpentier a dit à Suzanne qu'il venait d'assister à une réunion d'anciens officiers de son régiment. Ils étaient quarante-trois. Trois ou quatre sont prêts à se battre. Les autres, bien décidés à ne pas bouger. « C'est Pétain, dit le capitaine, qui est responsable de cela. » Non pas lui seulement. Ce sont des bureaucrates militaires, qui n'aiment pas la bataille et qui ne marchent pas sans fascicule de mobilisation. Mais est-ce par hypocrisie ou stupidité qu'ils prennent pour caution la conscience de Pétain ?

10 juin

Normandie, Italie. Algèbre de chars et d'avions. Bayeux, première ville redevenue française. Paris est immobile. Les quatre ans d'occupation ont agi comme l'injection de curare qui n'insensibilise pas, mais paralyse.

Si l'Allemagne avait envahi l'Angleterre, quels couplets de propagande n'entendrions-nous pas sur le génie organisateur et le « dynamisme » de l'Allemagne !

Au marché, cinquante femmes font queue devant quelques salades. Chez la fruitière, les planches sont nues. Rien à vendre, sauf deux ou trois bouteilles de vin, à 196 francs. Plus de colis à domicile par chemin de fer ou camion.

Rumeurs : le premier régiment de France, le régiment de Vichy, a pris le maquis. Le maquis est maître de quelques villes du centre : Tulle, Limoges. Giraud, de Lattre de Tassigny en ont pris le commandement [1].

Toujours est-il que le maquis a délivré les otages que Vichy avait incarcérés au Mont-Dore et, parmi eux, le frère du général Catroux.

Le colonel dit que la guerre ne fait que commencer. Je crois qu'il se trompe. Il oublie que, comme le disait de Gaulle, l'Allemagne a pris « l'habitude de la défaite ». Depuis quatre ans, les événements s'enchaînent selon la pauvre logique d'une défaite et d'une trahison bureaucratisées. Ils se traînaient au sol, entre les bottes. Demain, tout neufs, éclatant d'imprévu, ils jailliront comme des étincelles.

Il y a, à un carrefour des temps, un poteau indicateur avec flèche vers l'avenir et distances kilométriques. On

1. Paris effectivement bruit de rumeurs. Seule information exacte : les 7 et 8 juin, les résistants s'emparent de Tulle ; mais dès le 9 au matin, la ville est sous le contrôle d'éléments de la division *S.S. Das Reich* qui pendent aux balcons et aux branches d'arbres de la ville 99 otages. Quant au 1er régiment de France une partie de ses 3 000 hommes combattent l'occupant.

y peut lire : « Ère nouvelle... Démocratie... Justice... »
Ainsi Churchill et Roosevelt n'ont point d'autre fin que
justice et démocratie ? Ainsi l'avenir est tout blanc de
candeur ? Ainsi tous les hommes d'État, sauf Hitler,
ont balayé les calculs de la finance et de la grosse
industrie ? Et même les persistances, les séquelles du
stupide jeu diplomatique ? Si même ils mentaient, si
même ils mentent, leur mensonge ne se détachera pas
d'eux, leur mensonge les contraindra, emportera avec
lui quelque chose d'eux-mêmes et du monde. Cela
dépend des peuples. Pourtant après 1918 ? Après 1918,
les peuples ont dansé, dansé sur leurs dix millions de
morts.

11 juin

De Gaulle déclare qu'il n'y a pour l'instant aucun
accord entre le Comité d'Alger et les Alliés, pour
l'administration du territoire français, au fur et à
mesure de sa libération. Il proteste contre les proclama-
tions du général Eisenhower, qui « paraissent annoncer
une sorte de prise de pouvoir du commandement inter-
allié sur la France [1] ».

1. Le 6 juin, le général Eisenhower s'est adressé aux peuples
norvégien, hollandais, belge et luxembourgeois, en leur disant qu'il
entendait collaborer avec eux. Mais comme la Maison Blanche esti-
mait qu'il n'existe pas de gouvernement français représentatif,
Eisenhower a invité les Français à « exécuter ses ordres », tout en
ajoutant qu'ils « choisiront eux-mêmes leurs représentants et leur
gouvernement ». Pour protester contre ce qu'il considère comme
une immixtion intolérable dans des affaires strictement françaises,
Charles de Gaulle refuse de prononcer une allocution à la suite de
l'intervention du généralissime américain ; il n'interviendra sur les
ondes de la B.B.C. qu'à 18 heures ; le 10 juin, dans une déclaration
à l'agence A.F.I., il proteste officiellement contre la politique américaine et notamment contre la mise en circulation dans les territoires libérés d'une « monnaie prétendument française ».

De Gaulle proteste. De plus, il proteste net, clair, sans réticences, sans contournements de pensée ou de langage, sans interposer entre les Anglais et lui un matelas de précautions ambiguës, sans circonlocutions capitonnées. De Gaulle serait-il enfin l'homme d'État qui rompt avec le style diplomatique, avec le style à endormir les peuples ?

15 juin

De Gaulle a passé quelques heures en France[1]. La gloire de De Gaulle, pure et pleine, montera-t-elle du cœur des masses ? La bourgeoisie est envers lui réticente. Il n'est pas le soldat de tout repos. Alors qu'elle réclamait un gardien de coffres-forts, alors qu'elle se baignait dans la défaite, il ne proposait rien que la victoire, une victoire qu'elle ne désirait pas. Aussi l'accusa-t-elle d'ambition. Pauvres âmes qui ne conçoivent pas qu'il est un point où l'ambition se confond avec un haut dessein et se résorbe en lui. Et c'est cela même qui fait les grands destins.

L'Europe du nazisme est vidée de réalité humaine et même nationale, si l'on entend que la nation puisse être une communauté spirituelle. Le nazisme absorbe l'être humain dans une matière sociale et dans une matière biologique d'une grossièreté jamais encore conçue. Le sang, l'abstraction du sang. Ils n'en sont même pas aux chromosomes.

1. Débarqué du contre-torpilleur *La Combattante* sur la plage de Courseulles, le 14 juin au matin, Charles de Gaulle arpente la petite portion de France libérée, notamment Bayeux et Isigny qui lui réservent un accueil chaleureux. Il installe à Bayeux le commissaire de la République François Coulet, avant de regagner l'Angleterre dans la nuit.

L'Europe s'arrête à Vienne. Au-delà de Vienne ce n'est plus l'Europe ou ce n'est plus que l'Europe informe. L'Europe de France ou d'Angleterre est-elle une idée en décomposition ou un diamant enseveli ? Il faudrait définir une Europe, des Europes possibles. Mais je ne suis pas assez savant et je ne pourrais exécuter que des exercices de vol plané à la portée « d'un chacun ».

17 juin

Chez l'épicière, une dame qui se dit renseignée par quelqu'un de la préfecture : « Il n'y a de vivres à Paris que pour un mois. Après quoi, le ravitaillement ne pourra être renouvelé, parce que les Allemands réquisitionnent tous les camions pour le front de Normandie. Ils réquisitionnent les conducteurs en même temps que les camions. Ils contraignent, revolver braqué, ceux qui tentent de résister et "couvrent d'or" ceux qui consentent immédiatement. Quand Paris sera vide de toute nourriture, les cuisines roulantes distribueront un sandwich à midi et une soupe le soir. »

Je reproduis telles quelles ces paroles volantes. Peur informe qui s'incarne en document imaginé, bavardage de commère ou solide information ? En tout cas, la réquisition des camions n'est pas douteuse.

Création de tribunaux du maintien de l'ordre [1] pour les crimes contre le devoir ou la discipline militaire.

1. Prise le 16 juin, cette nouvelle mesure renforce le contrôle de l'institution judiciaire par la Milice. Ces tribunaux, chargés de la répression des « menées antinationales », sont instaurés dans le ressort de chaque cour d'appel.

Pas d'instruction préalable, défenseur désigné d'office, jugements immédiatement exécutés. Les fonctionnaires qui auront accompli des actes contre l'exécution des lois ou contre les ordres du gouvernement seront déférés devant les cours martiales constituées en cours criminelles extraordinaires.

De septembre 39 à mai 40, Madeleine B… aima la France et détesta la barbarie germanique. De septembre 39 à mai 40, les règles de la décence sociale, de la civilité puérile et honnête, étaient sans complications apparentes. Il n'y avait qu'un traître, du moins on n'en montrait qu'un. Ferdonnet était le traître unique. Madeleine fut patriote.

Vint la débâcle, l'hypnose du vaincu devant le vainqueur, le masochisme de la défaite, la propagande de Vichy, c'est-à-dire des puissances et de l'autorité. Madeleine respecta toujours les puissances et l'autorité. C'est mauvaise éducation que de ne pas leur obéir. Si elle avait habité la zone non occupée, peut-être se fût-elle contentée d'être collaboratrice. Mais à Paris, la propagande allemande agissait directement : les journaux de langue française prêchaient ouvertement non pas seulement la collaboration, mais aussi l'hitlérisme. La collaboration rend un son politique, économique. Elle est résignation, consentement de la raison, elle est sans chaleur. Madeleine est mystique ; elle ne se prête pas, elle se donne. Elle se donna à Hitler. « Nierez-vous, disait-elle, que cet homme soit grand, soit pur ? N'a-t-il pas renoncé à tout ce qui est plaisir des sens ? Il est l'âme de son peuple. Il n'est pas un Allemand qui n'acceptât de mourir pour lui. La France est pourrie. Peut-être fera-t-il renaître en elle le sens du sacrifice. »

Le temps a coulé. Madeleine est devenue gaulliste, anglophile. Mais la résistance aux pouvoirs établis, quels qu'ils soient, lui semble contraire aux règles de la civilité. Elle trouve mal son équilibre entre le gouvernement d'aujourd'hui et les partisans du gouvernement de demain. Aussi elle s'évade de la politique et se voue à la pitié. Elle a pitié, dit-elle, de tous les soldats qui meurent et que leurs mères ne reverront pas, pitié de tous les fils et de toutes les mères. Mais qu'on ne lui parle pas d'aider un fugitif traqué. Elle plaint tous les hommes, sauf ceux qu'elle pourrait aider.

À Lyon, l'historien Marc Bloch a été torturé : immersions dans l'eau glacée, brûlures de la plante des pieds, trois côtes cassées. Il vient de faire une bronchopneumonie [1].

22 juin

« Jeunes de France, le commandant Darmor vous dit : ... "La *Kriegsmarine* vous ouvre ses rangs, ainsi qu'à l'élite de la jeunesse européenne. Allemand est l'uniforme, européenne et française est la cause"... »

Cent textes analogues ont paru, paraissent dans les journaux, sont répandus par affiches. Personne n'y prête attention. Et j'ai tort de les commenter par lapalissades, de persévérer dans cette absurde manie. Si encore j'en faisais une étude systématique, si je contribuais à une étude de la propagande allemande pendant la guerre et pendant l'occupation. Mais procéder ainsi, au hasard. À quoi bon ?

Immédiatement après la débâcle, malgré l'anglophobie d'une partie de la bourgeoisie française, ce texte eût paru l'œuvre d'un fou. La propagande allemande se cachait derrière le moralisme masochiste du Maréchal. Puis vint l'époque de la « politique de Montoire » et de

1. Marc Bloch (cf. *supra* p. 257) est exécuté le 16 juin 1944 à Saint-Didier-de-Formans, sous les balles de 4 tueurs.

la collaboration. « Collaborateur » est resté dans le langage courant, s'y oppose à « gaulliste ». Mais qui se souvient de Montoire ? Est-ce un homme, est-ce un village ? Puis vint l'époque de l'anticommunisme. Le thème est celui de la défense de « notre vieille civilisation », de la « civilisation chrétienne ». Puis de vieille et de chrétienne, la civilisation devient européenne. L'accent est sur l'Europe ; les caractères ancien et chrétien deviennent secondaires.

Autre gradation. En 1942, un magazine publia la photographie d'une prise d'armes aux Invalides : un officier français, en uniforme allemand, y recevait la croix de fer. Ce spectacle militaire parut répugnant. Latarjet, qui me montra cette photo, en était écœuré et stupéfait. Aujourd'hui, *la légion des volontaires français contre le bolchevisme*, la L.V.F., peut être encore un objet de dégoût mais non pas d'étonnement. Ce fait est là, installé.

Cet appel de la *Kriegsmarine*, en juin 1944, n'est que de haute clownerie. Mais on imagine facilement tel enchaînement, telle combinaison de faits militaires ou politiques, un autre cours de l'histoire enfin, au bout duquel un tel appel n'eût pas été complètement inefficace. Il s'en est peut-être fallu de peu. Quelques victoires allemandes eussent suffi, une *Gestapo* plus adroite et moins cruelle, une politique qui eût touché, en ses profondeurs, la vanité française Que sais-je ?... À qui corrige le passé, il n'est jamais de démenti.

1939... L'héroïque petite Finlande.
1944... Ils nous emm..., les Finlandais.

On nous annonce que l'eau demain sera coupée. S... remplit d'eau des bouteilles et la baignoire. Un mystificateur avait téléphoné à la concierge d'une maison voisine.

Henri Febvre me lit une lettre de son père, qui est à Saint-Amour. Le maquis a pris possession de Saint-Amour, le 6 juin. Le maire s'est réinstallé à la mairie. Les miliciens ont disparu. Le bourg s'est mis en état de défense. Des troncs d'arbre barrent les routes. On abattit des bêtes. Les bouchers vendirent librement de la viande. Le beurre réapparut au prix de la taxe.

Le maquis est resté au bourg huit ou dix jours. Un train blindé annoncé, le maquis a regagné ses abris, emmenant avec lui l'ex-adjudant-épicier et le pâtissier hitlérien.

Les Allemands ont perquisitionné dans quelques maisons et arrêté le Dr P…

Je tente d'imaginer la joie du bourg quand il se crut pour toujours délivré. Qui cherchait dans la rue un cœur à cœur, une vérité plus grande que lui ? Qui se cachait derrière ses volets ?

Gar…, du temps qu'il était collaborateur ou presque, préférait, disait-il, Gœthe à Shakespeare.

« J'aime la musique allemande, disait Riv…, les Anglais ne sont pas un peuple musicien… »

Sans phrase et sans boniment, quel est notre lien à Shakespeare et à Gœthe ? Et même à nos classiques, avec leur Grèce et leur Rome en peluche ? Et j'entends pour ceux qui les ont lus, lus pour de vrai et non pas pour les bacheliers de cinquante ans, saouls encore de leur bachot.

Les Anglais ne sont pas musiciens ? Les Anglais sont bien trop aristocrates pour faire leur musique eux-mêmes.

Christian a été relâché. L'homme et la femme, avec lesquels il était en liaison, n'ont pas parlé.

Première nuit (à Paris) menottes aux poignets, la chaîne des menottes attachée à un radiateur. Trajet Paris-Vichy, commissaires courtois, pas voyous du

302

tout. Vichy. Le Casino sert de prison[1]. On le conduit d'abord dans les sous-sols, sous les cuisines. Pas de jour, eau suintante. On ne l'y laisse pas. On le conduit dans la salle du cinéma. Il passe la nuit assis dans un fauteuil. Des miliciens errent dans la salle armés de mitraillettes. L'un d'eux montre son arme : « Si tu bouges, je tire. » Visages de gouapes (beaucoup d'anciens joyeux parmi eux). Deux jeunes gens, deux adolescents plutôt, semblent égarés là. Introuvable, le chef milicien, qui doit l'interroger. Deux jours d'attente. Interrogatoire : « Vous m'avez l'air d'un fieffé menteur. » Puis, à la fin, cédant à on ne sait quelle inquiétude : « Si ce que vous dites est confirmé, vous serez relâché immédiatement. » Pendant ces deux jours, pas de nourriture. Reconduit dans la salle du cinéma. Au lieu d'un fauteuil, on lui assigne une loge. Il aura ainsi une nuit de sommeil. Pendant le trajet des bureaux à la salle de cinéma, il a vu un milicien, corde au cou, jambes liées, dos et reins nus, que d'autres miliciens frappaient à coups de ceinturon. La chair saignait. Sadisme nazi, sadisme transplanté d'une part. D'autre part, dans les bureaux, incohérence de policiers improvisés. Il va de soi que Christian était « coupable ».

Entre 1914 et 1918, Dor… eut peur. Un observateur grossier eût dit qu'il avait peur de mourir. Ce n'était pas si simple. Tout de la guerre lui était en horreur. Mais il ne haïssait pas en la guerre la souffrance des autres, le stupide carnage. Sa haine de la guerre était purement égoïste, une haine de délicat. Il ne voulait pas être enfermé dans cette ignoble caserne : la guerre, il ne voulait pas être touché par la guerre. L'absence de

1. C'est dans le Petit-Casino de Vichy et dans le château proche des Brosses que les Miliciens interrogent et torturent celles et ceux qu'ils arrêtent.

risque ne le satisfaisait pas. Ainsi le dépôt ou l'hôpital lui était aussi intolérable que lui eût été le front. Il était devant la guerre comme ces gens qui, devant une araignée, tremblent de dégoût autant que d'horreur et qui appelleraient à leur secours le monde entier. Il appela le monde entier : ses amis, des médecins, des hommes politiques. Mais, réformé, il vivait dans l'angoisse, craignait sans doute les dénonciations et les commissions récupératrices, mais redoutant aussi la présence des soldats qui revenaient du front, souillés de guerre.

En 1939, il n'eut ni peur ni phobie. Il n'était plus mobilisable, il était au-dessus de la guerre. Et cette guerre, d'ailleurs, était moins bruyante, plus discrète que l'autre.

Ce cas pathologique me fait penser à un livre : *La Peur*[1], paru entre 1920 et 1930. L'auteur réduisait à la peur tous les sentiments de l'homme méditant sur la guerre ou contraint d'y participer. Il n'est pas possible que l'auteur n'ait rien aperçu de la complication des mobiles innombrables et contradictoires qui, outre la peur, poussent un homme à se transformer en soldat. Sans doute, voulait-il se laisser porter par la vague de pacifisme, alors déferlante. Le conformisme de l'héroïsme était épuisé. On lui substituait le conformisme de la peur.

Une lettre de Mme M…, où il est question de l'occupation de Saint-Amour par le maquis.

« Nous avons été coupés du reste du monde pendant plusieurs jours. Routes, voies ferrées, télégraphe, téléphone, etc. Les partis se sont succédé, donnant des ordres contraires. La population a marché avec l'un, avec l'autre, le nez baissé. Que de nouvelles contradictoires et

1. C'est en 1930 que Gabriel Chevallier – il a 35 ans –, a publié *La Peur*, un récit sans concession sur la Grande Guerre qui fit sensation.

presque toujours fausses. Les gens se montaient la tête les uns les autres et tremblaient dans leurs chausses... Et voilà... tout est redevenu comme avant. Nous avons eu la chance d'avoir peu de casse et de pouvoir considérer cette courte période comme un vaudeville. »

Cette lettre fut écrite le même jour que celle de F... Incertitude du témoignage, incertitude de l'histoire ? Développement facile, auquel se complaît le bourgeois de demi-culture, surtout quand l'histoire ne va pas dans le sens qu'il voudrait. En fait ces deux témoignages diffèrent surtout par le son des voix, par la façon dont les faits furent accueillis, par leur résonance en chacun.

La lettre de F... contient des faits, désigne des personnages. La lettre de Mme M... est beaucoup plus unanimiste. Innocemment, elle généralise et juge plus qu'elle ne conte. Elle met en scène des groupes indéterminés : « la population, les gens... ». Il ne semble pas qu'elle ait rien vu. Les événements lui arrivaient dissociés, pauvres. Où elle n'a vu qu'un vaudeville villageois, F... a vu jaillir un peu d'avenir. On ne répétait pas la pièce encore, mais on collationnait les rôles.

On dit que, dans un bourg de quelque quinze cents habitants, près de Tulle ou Limoges, les *S.S.* ont rabattu les hommes dans des granges, les femmes et les enfants dans l'église et les ont brûlés vifs [1].

1. Il s'agit évidemment d'Oradour-sur-Glane, un bourg de Haute-Vienne situé à une quinzaine de kilomètres de Saint-Junien et à une vingtaine de Limoges ; il est investi, le 10 juin, par 120 hommes de la 3ème compagnie du 1ᵉʳ bataillon de la division *S.S. Das Reich*, qui a pour mission de faire régner la terreur sur sa route avant de rejoindre le front de Normandie. Prenant prétexte de la disparition, à 50 km de là, d'un officier *S.S.*, les assassins mitraillent ou brûlent vifs 642 hommes, femmes et enfants (dont 54 réfugiés lorrains), avant d'incendier le village.

2 juillet 1944

« Si dans trois jours, a dit l'abbé, je ne suis pas revenu, c'est que je n'aurai pas réussi. » Il n'en dit pas plus.

Quelle relation entre cette sorte d'activité et le christianisme ? Et le catholicisme ? Cloisons étanches, comme entre science et religion chez les prêtres qui font de la science ? Ou défend-il la liberté d'être chrétien ? Identifie-t-il France et christianisme, comme d'autres identifient France et révolution ?

D'un ton tranquille de technicien, l'abbé parle de la supériorité du fusil mitrailleur sur la mitraillette.

Dans quelques jours, s'il revient, il réunira Claude et quelques jeunes gens pour les initier au maniement du revolver et de la mitraillette.

10 juillet

Les Russes à Vilna. Caen pris. Seules, les torpilles volantes inquiètent. Mais elles ne suffisent pas à rassurer complètement Gœbbels. « Le peuple allemand, a-t-il dit, est en danger. »

De Gaulle a promis qu'avant la fin de l'année il n'y aurait plus un Allemand en France, sinon prisonnier ou mort. Nous croyons à la victoire. Mais quelles en seront l'odeur, la couleur, la saveur ? « Le monde, m'écrivait Serge peu après la débâcle, rebondira comme une balle bien lancée. » Est-il sûr que le monde rebondira mieux qu'après 1918 ? Peut-être s'affaissera-t-il. Peut-être se ruera-t-il vers des plaisirs stupides.

Civilisation, barbarie ? Pour Racine, c'était simple. Les barbares, c'étaient les Gothiques, les architectes des cathédrales. La civilisation, c'était la Grèce et Rome en pourpoint et haut de chausse. Il est vrai que dans le même temps Descartes et Spinoza...

Pour nous, c'en est fini d'une culture fondée sur Plutarque, nourrie de gréco-romain. Truisme. Oui, mais Stendhal, à Rome, Stendhal encore est tout plein de la Rome ancienne. « *La Rome ancienne malgré moi l'emportait sur la moderne, tous les souvenirs de Tite-Live me revenaient en foule.* » (*Henri Brulard.*)

Quelle civilisation, quelle culture naîtra, liée enfin aux masses et s'accommodant de la machine, intégrant enfin la machine ? Ceux qui ont plus de cinquante ans n'en verront rien peut-être. Et les jeunes gens n'auront même pas la sensation d'un contraste. Ils y arriveront tout nus. S'ils pleurent la vieille culture, ce ne sera que par imitation. Ils ne l'ont pas connue : elle se mourait quand ils venaient au monde.

Hauts problèmes. Mais ai-je encore un autre désir que celui d'une vie délicate ? « J'ai besoin de temps en temps, dit Stendhal, de converser le soir avec des gens d'esprit, faute de quoi je me sens asphyxié. »

Une belle jeune fille au grand chapeau (Clara d'Ellébeuse ou Almaïde d'Étremont [1]) a dix aviateurs anglais à caser. Cette jeune fille, c'est la nièce du comte Sforza.

12 juillet

L'abbé [2] est revenu. Il a voyagé sur une locomotive. Dans une gare, il fut arrêté par les Allemands. Quatre heures d'interrogatoire. Miracle, on examine ses provisions de bouche et non ses documents. Mais une femme de la *Gestapo* est plus méfiante que les

1. Noms des personnages de jeunes filles chez le poète Francis Jammes (cf. le poème *Elle va à la pension...*, dans le recueil *De l'Angelus de l'aube à l'Angelus du soir*).
2. Voir, sur l'abbé Fanget, p. 306.

hommes. « Les pires, dit-elle, ce sont ceux qui sont tout à fait en règle et ceux qui ont l'air le plus naturel. » Quatre Allemands le conduisent à la route. Il fait ensuite quarante kilomètres à pied. Il s'agissait de préparer une liaison entre quelques milliers de parachutistes et le Maquis.

Le jeune Jourdan me dit qu'un ami met à sa disposition, pour parachutistes sans abri, une chambre de bonne, d'où la fuite, par les toits, est sûre et commode.

Il m'apporte le recueil des allocutions de Henriot à la radio. Je remarque que la radio est plus confidentielle que l'imprimerie. En effet, comme je parcourais ce livre, j'ai reconnu, avec une faible irritation, des clichés de journalisme, des lieux communs de polémique : les « recommencements de l'histoire », la patrie jalonnée de Vercingétorix à Foch et Clemenceau par Jeanne d'Arc et Napoléon, un passé historique malléable à volonté, solidement appuyé sur du manuel scolaire. Les journalistes et les historiens académiques nous ont accoutumés à ce bagou. Cela ne nous irrite plus. Nous savons que ce qui ne vaut pas la peine d'être dit on l'imprime. Mais ce même texte, entendu à la radio, était obsédant. La voix, la voix seule, isolée, désincarnée, la voix sans corps, la voix seul signe de la présence soulignait les tares du texte, révélait l'homme.

Pourquoi ce journal ? Il fallait avoir le courage d'entreprendre un ouvrage solide, composé, organique, de ne pas céder à l'obsession de la guerre. Ainsi un roman sur l'angoisse métaphysique, l'angoisse religieuse, l'angoisse sociale. Le héros se délivrant de ces trois angoisses par une pédérastie sublimisée. Le titre ? Quelque chose comme « Les Pourritures célestes » ou « Le Vertige de l'attente ».

En presque un demi-siècle de journalisme, de l'Affaire Dreyfus à la guerre de 1914, à la guerre de 1939 et à la débâcle, Riv... traversa avec une sceptique indifférence toutes les crises françaises. Mais il était en relation avec pas mal de ministres de toutes opinions. Il savait avec chacun d'eux le ton qu'il fallait prendre. Transposition de la flatterie de cour. Sous les gouvernements mous de la troisième République, la flatterie était plus nuancée, n'était que le lubrifiant d'une intrigue adroite. Mais les régimes d'autorité sont plus exigeants. Et, quand ils vacillent, plus compromettants.

Riv... [1] en vint à s'avouer le partisan de Déat, de Henriot, de De Brinon. Comment expliquer qu'en 1943 il ait pu – lui rompu à toutes les subtilités de la jungle – jouer partie liée avec les Berlinois déjà vaincus ? Victoire, défaite, résistance et collaboration, il les opposait sans doute de même façon qu'il eût opposé les nuances électorales de deux politiciens. Peut-être a-t-il cru que les règles de la pensée et celles même du cœur n'ont pas d'autre valeur que les règles d'un jeu. Il n'y a point de bassesse à respecter les règles différentes de jeux différents.

Il n'a pas compris qu'il y a des instants où nulle idée n'est inoffensive, où la plus pauvre entraîne avec elle des lambeaux de réalité et de chair, des lambeaux d'homme. On croyait avoir joué des jetons. C'est soi-même, c'est son âme qu'on jouait.

1. Léon Werth vise selon toute vraisemblance Paul Rives. Cet enseignant, franc-maçon et ancien député de la S.F.I.O., s'est rallié précocement au nouveau régime et est devenu le directeur du journal *L'Effort* qui prend, au fil des semaines, un ton de plus en plus collaborationniste. Marcel Déat en a fait, en mars 1944, son délégué officiel à Vichy. Voir aussi p. 318.

Depuis plusieurs jours, le bruit circulait (de la rue à la boutique, des étages à la rue, de la boutique à la rue) que Georges Mandel et Zay[1] avaient été assassinés par la milice. Un peu plus tard, une autre nouvelle circula, mais sur un circuit moins étendu, une nouvelle d'un contour plus précis, qui se donnait des cautions et des sources, s'appuyait sur des confidences de médecins et, en particulier, du docteur Paul : Herriot avait été empoisonné[2].

Ce matin on lit dans *Le Petit Parisien* : « Mort de Georges Mandel… Durant son transfert dans un camp d'internement, la voiture qui le transportait a été attaquée sur la route et, au cours de l'échauffourée, M. Mandel a été tué. Une information judiciaire est ouverte. »

Ils tuent, n'osent pas avouer qu'ils tuent et mentent avec une grossièreté ingénue qui déconcerte. Cette attaque, menée par des assaillants indéterminés, par une abstraction d'assaillants. Cette « échauffourée »[3]…

Ont-ils tué par peur du témoignage de Mandel ? Vraisemblablement. Mais ils savent bien que Mandel

1. Jean Zay – mais on n'en aura la preuve que beaucoup plus tard – est assassiné, le 20 juin, entre Riom et Vichy sur ordre des responsables de la Milice.
2. C'est une rumeur : Édouard Herriot est tout au plus dépressif ; interné à la prison d'Évaux en 1942, il a été transféré dans une maison de santé à Maréville, près de Nancy ; c'est là où Laval vient le chercher le 12 août pour tenter d'ultimes manœuvres qui seront vaines.
3. Léon Werth voit juste : l'assassinat de Georges Mandel est perpétré à peu près de la même manière que celui de Jean Zay ; lors d'un pseudo-transfert vers une nouvelle centrale pénitentiaire, l'ancien chef de cabinet de Clemenceau, l'ancien ministre de l'Intérieur de Paul Reynaud est assassiné par des Miliciens, le 7 juillet, près de Fontainebleau.

n'emportera pas tous les faits dans la mort. Ils ont tué par haine, par une haine qui, chaque jour, s'accroît, en même temps que leur chute approche. Ni l'envie banale ni la jalousie n'atteignent à la fureur intime de la haine politique. Qu'on songe à Clemenceau, qui faillit faire fusiller Caillaux[1]. Et ce n'étaient pas des aigrefins, des hommes de milieu ou de milice, mais deux bourgeois policés.

La dépêche est sans date. Ils n'ont annoncé la nouvelle que lorsqu'elle leur échappait, lorsqu'elle fusait de toutes parts. Comme les auteurs de crimes crapuleux, qui commencent par tuer et n'inventent qu'ensuite d'absurdes mensonges.

23 juillet

Un soldat allemand est entré chez le cordonnier, a demandé je ne sais quelle menue réparation. Et, sans préambule : « On en a marre… On en a marre de la guerre. » Et il s'appuie du bout des doigts sur le bord d'une table, affaissé, inconsistant. « Et voyez, dit-il, comme on est habillé. » Et il montre sa manche déchirée, l'étoffe usée où le fil ne peut plus tenir.

Je sais… il y a des mois, des soldats allemands, engageant la conversation avec des paysans, leur disaient aussi : « On en a marre. » Et l'on ne savait pas si c'était confidence de soldat ou amorce d'agents provocateurs.

1. Une formulation un peu trop appuyée : dès son arrivée au pouvoir, en novembre 1917, Georges Clemenceau cherche à obtenir la tête politique de Caillaux qu'il accuse d'être un défaitiste notoire ; il parvient à le faire arrêter le 14 janvier 1918 pour tractations occultes avec l'ennemi ; son procès se déroulera devant le Sénat transformé en Haute Cour de février à avril 1920 ; il sera condamné à 3 ans de prison, 5 ans d'interdiction de séjour et 10 ans de privation des droits civiques.

Et tous les soldats de toutes les armées du monde en ont marre. Mais il y a cent façons d'en avoir marre.

Deux aviateurs anglais nous sont amenés. Il y eut, sur le trajet, un incident. Ils rencontrèrent un camion allemand arrêté au ras du trottoir, pneu crevé. Des soldats changeaient la roue. Les deux Anglais s'arrêtent, hésitent à s'engager parmi les soldats, éparpillés sur le trottoir. Le guide se retourne et leur crie : « Venez… » Et l'un des Anglais répond : « *Yes.* » Tout se passa très bien. Le mot se perdit dans le bruit des voix et des outils.

L'un des Anglais est long, élégant, blond. Ce qui étonne, c'est l'accord du blond et du rose, d'un rose répandu sur tout le visage, quelque chose comme une lumière rose, qui viendrait de l'intérieur de la tête. Le jeune lord des romans anglais de l'autre siècle. L'autre est brun, trapu. Beaucoup moins « voyant » pour le transit. Il ne sait pas s'il est ou non père de famille. On lui a annoncé la naissance d'un enfant pour fin juin. Mais, depuis, il est sans nouvelles.

Très différents de Bobby, qui avait un air « absent ». Ils s'offrent, ils se donnent. Ils sont frais, ils sont gais… oui, gais.

C'est à deux heures de la nuit que leur avion a été touché par la chasse. Ils étaient à deux mille mètres. Une ou deux minutes de parachute. (Je calcule que cela correspond à vingt-cinq minutes de marche à pied.) Chappie (le brun) s'est blessé au nez contre le plancher de l'avion. La blessure est cicatrisée et la cicatrice zigzague des sourcils aux narines… Ils ont marché quarante minutes. Puis rencontré des paysans. Chappie a pu laver son visage couvert de sang.

Je ne me sens pas trop honteux, parce qu'en ce moment le risque que nous courons est aussi grand que le leur.

Je les surprends seuls. Ils n'ont plus l'air gai. Pas tristes non plus. Ils ont l'air soldat en guerre, maussaderie d'homme désaffecté. À peine suis-je entré que leur sourire réapparaît. Je leur apporte quelque chose de la vie, quelque chose qui n'est pas la guerre.

On leur offre un asile sûr, dans une maison des environs de Paris, entourée d'un vaste jardin. Ils refusent. Ils veulent rejoindre leur escadrille. Et le jeune lord fait le geste de jeter des bombes sur une ville imaginaire.

Suzanne, Claude et moi pensons aussi simple qu'eux. Puissent les choses et les politiciens être contraints à quelque chose de cette simplicité.

Ce pneu de Aymé-Guerrin à Suzanne. Le texte m'en paraît clair. Et j'ai peine à croire que la *Gestapo* en serait dupe. Mais, la vraie prudence étant à peu près impossible, on emploie des moyens conjuratoires. On est poli et réservé envers le sort : « Chère Madame, trois de nos petits chiots ont déjà été emmenés hier en province. Pour les transporter rapidement par petits groupes, on me demande comment les joindre rapidement, en quelques heures. Voulez-vous être assez aimable pour établir d'urgence les liaisons nécessaires ? Pour éviter toutes pertes de temps…, etc. »

Note sur un mouchard ; taille : 1 m 75, yeux clairs, front dégarni. A tué et volé un Allemand, qui transportait une grosse somme d'argent. A accusé de ce meurtre un Français, qui a été exécuté. A dénoncé plusieurs réfractaires ou résistants.

Suzanne n'aime pas transmettre ce genre de message. C'est le premier, d'ailleurs, je crois.

Un officier allemand aurait dit à la pension Orfila : « Nous avons assez de blessés et de morts. »

On dit que, dans les environs de Paris, trois *S.S.* ont arrêté de jeunes réfractaires et les ont traités avec une ignoble cruauté.

24 juillet

Débarquement, bombe sur Hitler… N'y aura-t-il donc jamais l'événement qui entraîne tout, l'événement qui bouscule la cadence des événements ? La guerre est comme un chien crevé que des gamins, en vain, à coups de pierre, essayent de faire couler à fond.

On me parle de je ne sais plus quelle pièce en je ne sais quel théâtre. L'un des personnages souffre d'une impuissance du cœur, souffre d'avoir le cœur sec. Étrange contraste que celui d'une époque à gros cataclysmes et d'un subtil divertissement psychologique, en bordure de la psychiatrie.

Qui souffre de la faim ou craint pour sa liberté tiendra pour ridicule la souffrance de qui souffre de ne pas souffrir. Mais la peine d'un réfugié, qui a tout perdu, famille et biens, a peut-être le même effet de stérilisation que la peine d'un cœur impuissant.

Suzanne s'occupe du transport d'un poste émetteur.

Un papier, qui vaut mieux qu'une carte d'identité. Ce n'est pas un faux, il a été volé : « Fiche de démobilisation. Centre de libération du département de la Seine (rive droite). *Stets bei sich tragen* ! Toujours porter sur soi ! *Entlassungsschein*. Document de libération. »

Les deux Anglais, nos Anglais, sont partis. Qu'ils étaient légers, discrets !

27 juillet

Discours de Gœbbels, à propos de l'attentat contre Hitler. « Le *Führer*, dit Gœbbels, est entre les mains de Dieu… Le peuple allemand remercie le Tout-Puissant d'avoir pris le *Führer* sous sa protection bienveillante. »

Et cette bienveillante protection n'est que vaguement providentielle. Elle n'est pas davantage l'effet de ces positions astrales qui, selon les astrologues, inclinent un destin plutôt qu'elles ne le contraignent. Elle se manifeste par l'intervention directe de la Divinité dans le cours des événements : « J'ai entendu tous les rapports des témoins oculaires, dit Gœbbels. J'ai visité la pièce où a eu lieu l'attentat. Je puis dire que si le fait que le *Führer* a échappé à la mort n'est pas un miracle, c'est qu'il n'y a pas de miracles. »

La fin du discours : « Vous allez voir ce que vous allez voir. » Armes nouvelles, etc. Mais déjà Hitler avait promis la peau de l'ours russe. Et ce fut Stalingrad.

31 juillet

Un camion transporte au lieu d'exécution des résistants condamnés à mort. Un groupe de maquisards arrête le camion, délivre les condamnés et « ficelle » les Allemands. Il y a là plus de puissance d'aventure et de courage difficile qu'il n'en faut pour la guerre régulière.

Il semble certain qu'un groupe de généraux de la *Wehrmacht* a tenté de renverser le régime. Cela ressort de la feuille confidentielle, chaque jour communiquée à la presse, et qui rassemble les dépêches qui ne doivent pas être publiées.

Les agents parisiens qui gardent les hôtels réquisitionnés pour les officiers allemands ont, dans la nuit de l'attentat, reçu l'ordre de quitter immédiatement les lieux. *Wehrmacht* et *Gestapo* voulaient se battre sans témoins.

C'est du moins ce qu'affirme un agent, qui est le concierge de Mme C…

Le Français, les Français ; l'Allemand, les Allemands. Quand nous avions vingt ans, nous accordions trop à un moralisme (dans les deux sens du mot) anarchisant. Anarchie signifiait l'espérance d'un homme délivré des contraintes grossières de l'économie. L'anarchiste ne croyait pas à une âme immortelle, mais à un moi périssable, d'autant plus précieux d'être périssable, à un moi, si l'on peut dire, à la fois absolu et périssable. Un moi n'était ni français, ni allemand. Il ne différait d'un autre moi que par ses qualités humaines. Un moi classique en quelque sorte.

Nous savons maintenant que les définitions ethniques ne sont pas de pures abstractions. Et il est telles heures – toutes choses égales d'ailleurs – où prendre tout un peuple pour unité de raisonnement nous écarte moins de la réalité que tenir compte des moi distincts qui composent ce peuple. Ainsi nous raisonnons aujourd'hui sur l'Allemand et non sur les Allemands. Hypothèse provisoire. Tout serait perdu si nous ne retrouvions pas un jour les Français, les Allemands, si à l'abstraction d'un moi absolu nous devions à jamais substituer une abstraction ethnique, un éternel absolu national.

Mais le moi, a dit Wallon, est à l'intersection du biologique et du social. Connaissant ses conditions, il se connaîtra mieux lui-même.

Claude a traversé Paris à bicyclette, portant à l'abbé Fanget, dans un sac de tourisme, un poste émetteur.

Le colonel porte, cousus dans sa cravate, des p..
fortifications.

Discours de Churchill aux Communes.

Dégâts causés par les V-1 (4 735 morts, 14 000 blessés, 17 000 maisons détruites, 800 000 endommagées) et possibilité de désagréables surprises. Ce n'est pas un chant de victoire. Mais, plusieurs fois déjà, on a constaté que Churchill imite ces parents qui feignent, devant leurs enfants, de ne pas savoir si le père Noël a « apporté quelque chose ». Il use, pour annoncer des succès, des mêmes précautions que les Allemands pour annoncer des revers.

« En six mois, les grèves ont coûté à l'Angleterre trois millions de journées de travail. » (*Le Petit Parisien*). En 1914, les spécialistes de l'économie et le haut commandement affirmaient que, pour des raisons économiques, la guerre ne pouvait pas durer plus de trois semaines. Et, depuis 1939, que de fois j'ai entendu de savantes prévisions sur les conséquences du manque d'essence, d'huile, de manganèse ou de tungstène. À croire que l'économie est une illusoire métaphysique ou que tous les économistes sont idiots.

Les Alliés sont à Rennes et à Dinan.

Il m'est arrivé, en Indochine, d'avoir honte d'être blanc, d'avoir honte d'être Français.

Chaque Allemand est responsable de l'Allemagne, de la *Gestapo*.

Mais cette sorte de responsabilité, il nous faut apprendre à la mesurer. Tolstoï vivait dans le même temps que le tsarisme organisait des pogromes.

La biologie nie l'hérédité des caractères acquis. Mais une patrie, sous peine d'être une vaine entité, ne vit que par la transmission de ces caractères. Une patrie, c'est ouvrage d'homme.

Riv... a joué, comme ils disent, la mauvaise carte. Il se défend ainsi : « L'Allemagne perd. Je suis avec les collaborateurs, avec les vaincus. (Il oublie de dire que les vaincus détiennent encore les places et que, parmi ces places, il en détient une, qui est d'importance.) Collaborateur je reste ; parce que je n'ai d'autre passion que la musique et que l'Allemagne est un pays musicien, parce que l'Allemagne est le pays de Mendelssohn (il ne dit pas que la musique du juif Mendelssohn est interdite en Allemagne), le pays de Beethoven, le pays de Wagner. »

La grossièreté de ce sophisme étonne. « Ma politique est grecque, parce que j'aime la victoire de Samothrace. Je me fais naturaliser citoyen de Bogota, parce que je ne sais pas de plus belles sculptures que les lunaires et silencieuses sculptures précolombiennes. »

6 août

Radio-Paris raille les crédules résistants qui croient que les Américains, déjà, approchent de Brest et de Nantes. Devant quel tribunal plaident ces avocats ? Ils ne peuvent plus – ils le savent – émouvoir l'opinion. Pensent-ils émouvoir l'événement ?

Jeunes gens, à qui l'époque, hors les techniques, est étrangère. Ou pris par des religions, où ils se jettent, avant de les avoir connues, avant de les avoir aimées. Comme on se jette à l'eau. Mais Pierre, ni catholique, ni marxiste, sensible, artiste, ne sait quoi saisir. « Les hommes de mon âge, me dit-il (il a trente ans), sont dans un grand trouble. Nous voulons que l'Allemand soit chassé. Mais après ?... »

« Pierre, il faut inventer l'avenir... »

Mandouze se cache à Paris. Sa bibliothèque, à Bourg, a été détruite.

7 août

Un certain Ingrand[1] habite, rue d'Assas, une maison voisine de la nôtre. Il a je ne sais quelle fonction au Ravitaillement ou dans les bureaux de De Brinon. Fonction de quelque importance, puisque sa porte était, jour et nuit, gardée par deux agents. Mais il n'y a plus d'agents à sa porte. On dit qu'il a démissionné. Il prend des précautions pour l'avenir, laisse entendre qu'il n'a pas partie liée avec le gouvernement. Il ne craint pas de tenir conversation dans les boutiques et y annonce, d'un ton léger, la déroute allemande. « Je m'absente pour quelques jours, a-t-il dit hier à l'épicière. Quand je reviendrai, les Anglais seront peut-être ici. »

La propagande allemande avoue la défaite, mais affirme que cette défaite contient en elle une victoire cachée.

La rue, la boutique, Aymé-Guerrin et l'abbé Fanget : « Ils seront à Paris dimanche prochain. »

De Gaulle écrivait, en 1934, dans *L'Armée de métier* : « Ce qu'il y a de profond, de singulier, de solitaire dans l'homme fait pour les hautes actions, est mal

---

1. Le personnage a beaucoup plus d'entregent que ne le croit Léon Werth : le préfet Jean-Pierre Ingrand a été le délégué pour la zone Nord du ministre de l'Intérieur ; ce qui n'est pas rien.

goûté hors des jours difficiles… Au reste, ses facultés, pétries pour de rudes exploits, se refusent à la plasticité, aux intrigues et aux parades, dont sont faites pendant la paix la plupart des brillantes carrières. »

Et voici qui n'est pas seulement analyse de moraliste, mais confidence d'un grand soldat :

« Aussi serait-il condamné à s'étioler ou à se corrompre, s'il lui manquait pour le soutenir l'âpre ressort de l'ambition. Non point que doivent l'animer la passion des grades et des honneurs, qui n'est rien que de l'arrivisme, mais, oui certes, l'espérance de jouer un grand rôle dans de grands événements. »

N'y a-t-il point là un portrait de De Gaulle par lui-même, le portrait idéal du soldat et du politique qu'il voulut être ? N'y a-t-il point là comme le pressentiment de son destin ?

Mais qu'il devait être seul parmi les Père Ubu du Haut Commandement !

9 août

Onze heures du soir. J'écoute vaguement la radio. Soudain j'entends : « Le pilote français de Saint-Exupéry, qui appartenait à une formation dissidente, a été porté manquant à la suite d'une mission au-dessus de la France [1]. »

Les événements historiques me sont indifférents. Je vois la chute d'un avion désemparé, je vois un avion qui brûle. Je vois son visage.

1. Malgré ses 43 ans, Antoine de Saint-Exupéry a obtenu d'être versé dans l'aviation de reconnaissance ; il ne revient pas, le 31 juillet, d'une mission sur Annecy : son P. 38 Lightning est touché alors qu'il s'apprête à atterrir, près de Bastia, sur l'aérodrome de Bongo. Léon Werth fera le récit de cette mort dans le petit ouvrage qu'il consacrera à son ami (*La Vie de Saint-Exupéry*, éditions du Seuil, 1948).

Je pense à tant d'heures d'amitié. Il venait parfois tard dans la nuit. Les hauts problèmes et les tours de cartes. Et l'auberge de Fleurville, ces heures de l'auberge de Fleurville, où la vie eut pour nous comme un goût de perfection.

Je pèse les mots : « porté manquant ». Je cherche des raisons d'espérer. Suzanne espère. Mais c'est pour que j'aie moins de peine.

Pensées stupides : c'est douter de lui, c'est le trahir que de croire à sa mort. J'espère. Il est tombé blessé. Il est soigné chez des paysans.

11 août

Le bruit court d'une grève générale des chemins de fer [1].

Des autocars passent, remplis de blessés allemands, debout, serrés.

Un ami d'Alain Bourdon, prisonnier évadé, a vu en gare de Varsovie des Polonais pendus. Il a vu des Juifs, poussés à coups de crosse dans les wagons. Quand un wagon était plein, bondé, les Allemands mitraillaient les Juifs qui sur les marchepieds s'accrochaient, qui tentaient en vain d'entrer dans le wagon.

Le train emmenait les Juifs à quelques kilomètres. Les soldats les faisaient descendre et les mitraillaient.

Les Allemands ont délivré aux collaborateurs notoires, qui écrivent dans les journaux (Les Lousteau, Brasillach, Luchaire, etc.), des passeports pour Wiesbaden.

On dit que dix-huit cheminots ont été fusillés. La grève des chemins de fer serait générale.

1. C'est effectivement le 10 août que les syndicalistes résistants déclenchent une grève, dont les mots d'ordre sont avant tout patriotiques. Le mouvement gagne progressivement l'ensemble des cheminots.

Des camions stationnent devant les hôtels occupés par les Allemands. Des soldats y entassent des matelas, des tapis, des machines à coudre. On pense aux pendules de 1870. « Un déménagement de Guignol », me dit-on. Ils opèrent de nuit et de jour.

Au Sénat, par-dessus les matelas, les couvertures et les ustensiles les plus variés, ils ont empilé quelques « souris grises ». On dit qu'à la gare de l'Est, d'où les trains ne partaient plus, affolées, elles se sont battues.

En certains milieux de bourgeoisie, me dit Mandouze, on hait Mauriac. Ses lecteurs se reconnaissent en ses personnages de catholicisme pourri, ne tolèrent point ce qu'il y a de chrétien en lui.

P... a dit à Suzanne : « Vous raisonnez comme un charpentier, vous êtes sentimentale comme la foule. Vous ne comprenez rien au jeu des intérêts politiques. Les Américains et les Allemands sont d'accord. Les Allemands se font battre, exprès, en Normandie et en Bretagne. Ils abandonneront Paris. Laval les y recevra. Ils traiteront avec lui. Après quoi, il cédera le pouvoir à Jeanneney, qui le cédera à de Gaulle [1]. »

Qui parle ainsi ? Un primaire, un dément précoce ? Non, un bourgeois cultivé, dont la bibliothèque est pleine d'éditions de luxe.

Le fou lui-même reflète en ses propos quelque chose de son époque. Jadis, il se croyait possédé par le diable, il dit aujourd'hui que ses ennemis dardent sur lui des courants électriques et des rayons X. Ainsi, P... traduit en images les calculs des capitalistes anglo-américains,

---

1. Jules Jeanneney présidait le Sénat. Il sera ministre d'État dans le ministère formé le 9 septembre 1944 par Charles de Gaulle.

qui ne sont pas tous de démocratique pureté. Et, si folles que soient ses paroles, on y retrouve l'intention, inconsciente sans doute, de compromettre de Gaulle, en le rapprochant de Laval et Pétain, et de sauver Laval et Pétain, en les rapprochant de De Gaulle. Bruits circulants, qui sont une réaction de défense bourgeoise.

Crachats payés.

Dans les journaux (et sans doute au cinéma) une photo prise dans une rue de Paris. On y voit des femmes qui crachent sur des prisonniers américains, protégés par des soldats de la *Wehrmacht*. Cette photo est « authentique ». Ces prisonniers sont de vrais soldats américains et ces femmes crachent. Mais elles sont des figurantes, payées par la *Gestapo*. (Crist... sait où et comment ces femmes ont été embauchées.)

Boulevard Saint-Michel. Dialogue entre un milicien très jeune et une ménagère :

– Ce n'est pas un gamin comme vous qui ferez peur à une femme comme moi...

– Vous faites les fiers, parce qu'ils sont à vingt kilomètres de Paris...

Dans une librairie :
Une cliente :
– Je voudrais une carte du front...
La vendeuse :
– Je vous conseille de prendre une carte de France.

À Nyons, en juin 1940. On vient d'apprendre que l'armistice a été signé. Une vieille bonne femme sanglote. On tente de la calmer. « Voyons... tout n'est pas perdu... » Elle sèche ses larmes et dit : « Je pense à ces pauvres généraux... » Il y a dans le peuple et la petite bourgeoisie un fond d'héroïsme selon la légende, une hypnose devant les généraux dorés et médaillés, une imagerie d'Épinal, une sentimentalité militaire. Ainsi, sur les routes de la débâcle, ce commerçant parisien qui n'avait de pitié que pour le héros de Verdun vaincu.

À Caen, les Allemands, avant de quitter la ville, ont libéré les prisonniers de droit commun et ont tué les prisonniers politiques. (Deux cent cinquante politiques, d'après *Le Courrier français du Témoignage chrétien*).

D'une lettre écrite par une ouvrière, femme d'un ouvrier métallurgiste : « Mon mari doit recommencer à travailler mercredi, s'il n'y a pas d'événements avant, car ça s'approche. Qu'allons-nous devenir ? J'ai un peu la frousse et je pense tellement à ma sœur qui est tellement exposée là-bas : enfin chacun sa destinée. J'ai appris ce matin la mort d'un ouvrier qui travaillait avec mon mari. Il a été tué au dernier bombardement de Clichy il y a quelques jours, ça m'a fait beaucoup de peine car nous avions fait l'exode ensemble et il était si gentil enfin chacun son heure mais je m'inquiète pour mon mari car dans toutes ces usines ils sont en danger. »

Oradour-sur-Glane. Les hommes fusillés, les femmes et les enfants brûlés dans l'église. (10 juin.)[1]

Radio. Un combattant allemand parle à ses « camarades français ».
Grâce aux armes nouvelles, l'Allemagne gagnera la guerre.
« Staline, Churchill et Roosevelt passent leur temps à regarder avec épouvante leur montre, chaque minute les rapprochant d'un désastre fatidique. Ils savent que "la partie est définitivement perdue pour eux". »

1. Sur Oradour-sur-Glane, cf. *supra* p. 305.

Le camarade allemand a consulté plusieurs astrologues. Tous ont prédit la victoire de l'Allemagne, sauf l'un d'eux, qui, gaulliste notoire, n'a pas voulu donner les résultats de ses investigations sidérales.

De Gaulle est-il aimé du peuple ? Il n'y a point en lui l'ombre de boulangisme raccrocheur. L'amour du peuple pour de Gaulle est encore silencieux. Demain, il montera du fond de la foule, comme un immense soupir, comme une lame de fond.

Cahiers du Témoignage chrétien.
Citation de Péguy. « Ils aiment autant au fond labourer que moissonner et semer que récolter, parce que tout cela c'est le travail, le même sacré travail, à la face de Dieu. »
Et, traitant de la reconstruction de la France, le rédacteur des *Cahiers* écrit : « Mystique du labeur et non de la récolte [1]… »
Cela sans doute est vrai des travaux de l'esprit. Mais, touchant les travaux manuels ? Inconsciemment, Péguy et le rédacteur des *Cahiers* ne sont-ils pas ici les dépositaires d'une vieille idée bourgeoise, d'une doctrine d'asservissement ? La mystique du travail assure-t-elle la dignité du travailleur ou son exploitation ? Le travail est une nécessité. Je veux rêver du jour où il sera un luxe.
Cette mystique du travail est propre à l'Occident industriel. Elle est à peu près étrangère à l'Orient et à l'Extrême-Orient, où l'on n'aurait point de peine à découvrir une mystique du repos, du loisir et, si l'on veut, de la méditation, qui n'est peut-être qu'un repos plus délicat.

1. La citation est extraite du Cahier *Espoir de la France*, sorti à Lyon et à Paris en juillet 1944.

J'ai vu parfois en Indochine un Annamite couché sur un lit de camp. Au-delà de ce que nous nommons paresse, il me faisait pressentir une poésie, un art de l'immobilité.

Cahiers du Témoignage chrétien.

Parfois un peu d'idéologie planante, mais aussi de courageuses affirmations : « ... En perdant le *sens de l'histoire*, les Français, certains Français ont perdu le *sens de l'ennemi... Ce n'est point du côté de l'étranger, mais du côté de son propre peuple qu'une partie de la bourgeoisie française a décelé l'ennemi.* Les cadres de ce pays ont moins vu dans la mobilisation la guerre contre l'Allemagne qu'une mise au pas du peuple, une revanche de 1936... Pour certains officiers de 1939-1940, l'ennemi n'était pas en face, mais leur propre soldat [1]... »

Et :

« ... Il ne faut pas beaucoup de pénétration pour reconnaître sous les violences de mots des antipatriotiques du début de ce siècle le dépit amoureux d'hommes qui allaient à la France et voyaient la voie se fermer à eux, comme si, pour devenir vraiment Français, il eût fallu d'abord subir l'épreuve de l'initiation à la bourgeoisie [2]. »

Mais, dans un autre *Cahier*, « *Les voiles se déchirent* », un manifeste rédigé par des catholiques d'Europe actuellement en Amérique, condamnant le matérialisme biologique du nazisme, ils portent sur le marxisme un jugement qui me paraît mal fondé : « Le matérialisme historique du marxisme requiert pour triompher dans le monde la destruction de la religion, de la famille, de tout ce qui protège la personne humaine et empêche

1. *Ibidem.*
2. *Ibidem.*

son absorption dans la masse sociale[1]. » Que le marxisme ait vu dans la religion une force associée au capitalisme, oui. Mais il n'est pas vrai qu'il « requiert la destruction de la famille ». Il n'est pas vrai qu'il tende inévitablement « à l'absorption de la personne dans la masse sociale ». Est-il vraiment un « marxiste » pour qui le terme du développement ne soit pas la délivrance de la « personne » ? Sans doute, la personne n'est pas pour lui une âme immortelle en relation avec Dieu. Mais ce moi périssable peut n'en être que plus inquiet et scrupuleux. Il n'a pas le recours de l'absolution.

15 août

La radio anglaise annonce officiellement que des troupes françaises, commandées par le général de Lattre de Tassigny, des troupes anglaises et américaines ont débarqué sur trois plages, entre Nice et Marseille[2].

Comment Hitler, à l'intérieur de lui-même, réagit-il à cette accumulation de coups durs ? On ne peut nier qu'il croit à lui-même, et peut-être à sa mission. Chaque coup dur lui apparaît comme une injustice.

18 août

Pas de journal.

Les chroniqueurs de Radio-Paris sont partis. Le bruit circule qu'un gouvernement gaulliste, dont sept communistes font partie, est constitué à l'Hôtel de Ville.

1. Ce *Cahier*, un peu plus ancien, est sorti en août 1943 en zone Sud et en décembre 1943 en zone Nord.
2. L'opération *Dragoon*, lancée le 15 août, entre Cavalaire et Agay, au pied des Maures et de l'Estérel, est un succès complet. Les forces françaises placées sous le commandement du général Jean de Lattre de Tassigny totalisent sept divisions sur les onze engagées.

Je demande à Andrée François de qui elle tient cette nouvelle, si elle a été affichée, de qui l'affiche est signée. « C'est Mme Bigot (la concierge) qui me l'a dit... », me répond-elle avec mauvaise humeur. Elle vit minute à minute et je l'exaspère en essayant de donner un sens aux nouvelles et en écartant les plus absurdes.

Nous ne savons rien, sinon que les agents ont passé à la résistance et que les soldats du poste de D.C.A. ont déménagé leur mitrailleuse.

On dit que le maintien de l'ordre dans Paris est confié à un régiment de *S.S.* On dit aussi que les Américains arriveront dimanche.

On dit que la police américaine remplacera la police allemande, que les politiques de Fresnes et les internés de Drancy ont été libérés, qu'un gouvernement Chautemps déjà est établi. Quelle confusion ! quelle incohérence ! Que de bruits spontanés, que de bruits calculés ! On y voit aussi la naïve ruse des politiciens, qui, quand ils se noient, croient que cacher un fait, c'est le supprimer, ou que l'annoncer, c'est le créer.

Les nouvelles restent un instant en suspension dans l'espace et tombent comme des flocons de neige.

19 août

Dans la nuit, quelques coups de feu isolés, assez proches. Radio de minuit et demie : Montgomery[1] déclare que la bataille de Normandie est gagnée, que les Allemands fuient, que les Alliés sont « aux lisières de Paris ». Cependant il semble bien que les Allemands quittent Paris. Cependant il est sûr que les Allemands quittent Paris. Mais quel rapport entre ce départ et les

1. L'opération *Overlord* a été placée sous le commandement du général britannique Montgomery.

bruits, qui, depuis quarante-huit heures, ont circulé sur l'accord qui faisait Paris ville ouverte ? Ces bruits n'étaient-ils qu'une préfiguration ? Annonçaient-ils, sinon une capitulation, tout au moins l'impuissance des Allemands à se défendre dans Paris ?

Nous ne savons pas où vont les détachements qui occupaient Paris. Nous ne savons pas si la *Gestapo* elle aussi quitte Paris. Nous ne savons pas qui, demain, à Paris, tiendra le pouvoir. Nous ne savons rien, mais, comme on sent la mer avant de la voir, nous sentons la liberté.

On dit que Pétain et Laval ont suivi les Allemands à Nancy [1]. Le colonel et moi le condamnons à la dégradation militaire. Suzanne a tort, disant : « N'en faites pas un martyr. » Mais elle a raison, disant : « Laissez-le disparaître, se résorber en Allemagne. »

Parlant de De Gaulle, on me rapporte que V… aurait dit : « Je me méfie des généraux. » Oui… mais il fallait trouver un civil qui, de 1940 à 1944, pensât aussi haut, aussi loin.

Parlant de *La Nation armée* et de *Au fil de l'épée,* le Dr Del… dit : « C'est un grand poète… » Cela est vrai, si l'on entend par poésie autre chose qu'un jeu de métaphores réservé aux clowns musicaux.

Vous souvient-il de cette soirée, à la salle de garde de Saint-Antoine ? On fêtait la fin de l'autre guerre. Deux guerres, deux paix. Serons-nous dupes encore ?

Deux soldats allemands ont été tués hier, au Bois, à la cascade. Encerclement, mitrailleuses braquées. Trente-sept personnes exécutées. Mascret a vu les cadavres

1. Hitler entend que soit maintenue la fiction d'un gouvernement français agissant ès qualités. Pierre Laval doit gagner Belfort où le rejoint Philippe Pétain emmené de force de Vichy le 20 août.

entassés. « Comme des petits pains… » – « J'ai distingué un vieillard, des jeunes gens, une jeune fille [1]… »

Affiches des comités de résistance.

Quelques noms bien fatigués. Marty, symbole usé d'un temps où les révoltes naissaient de la vague et du ciel dans les yeux bleus des marins [2]. Cachin, dont on ne sait plus s'il fut d'Abdul-Hamid ou de Staline le scribe mélancolique.

Le drapeau français est hissé sur l'Hôtel-Dieu et la préfecture de police.

Quel est leur « statut » ? Quelques-uns circulent encore dans Paris. Seul dans une auto, un officier conduit de la main gauche et tient un revolver dans sa main droite.

Des civils armés patrouillent dans les rues. Les civils et les Allemands n'ont pas l'air de se connaître.

Couvre-feu à deux heures de l'après-midi ?
Ce n'est qu'un faux bruit.
Crépitements, salves. Qui tire ? Sur qui ? On dit qu'une femme a été tuée à l'angle de la rue Madame et de la rue de Fleurus.
Cela ne trouble en rien les conciliabules calmes au seuil des portes.

1. L'information n'est pas très exacte : les Allemands ont massacré à la grenade et à la mitraillette, dans la nuit du 16 au 17 août, à la cascade du bois de Boulogne, 35 jeunes résistants, qui, partis à la recherche d'armes, sont tombés dans un piège tendu par la Gestapo.
2. André Marty, alors officier mécanicien, se solidarise avec des matelots lors d'une mutinerie déclenchée, en mer Noire, en avril 1919, et y prend une part active.

Bagarres au bas du boulevard Saint-Michel. La concierge de l'immeuble où habitent les Kreher[1] a été blessée à la jambe pendant qu'elle fermait la porte cochère. On l'a transportée à l'hôpital. Mme Kreher (son mari Me Kreher est déporté) est descendue dans la cour où des blessés s'étaient réfugiés et les a pansés. Seule des locataires de l'immeuble, elle a ouvert sa porte aux F.F.I. (qui tireront de ses fenêtres). Ils ont eu la gentillesse de ne point forcer les portes des locataires qui avaient tiré leurs verrous.

D'un poème, écrit après la guerre de 1914, par le poète allemand Erich Kaestner :

> *Si nous avions gagné la guerre*
> *Nous serions peuple orgueilleux*
> *Et nous mettrions dans nos lits encore*
> *Le petit doigt sur la couture du pantalon.*
>
> *Si nous avions gagné la guerre,*
> *Le ciel serait national.*
> *Les prêtres porteraient les épaulettes*
> *Et Dieu serait général allemand.*
>
> *La frontière serait une tranchée.*
> *La lune un bouton d'uniforme.*
> *Nous devrions avoir un empereur*
> *Et puis un casque au lieu de tête.*
>
> *On jouerait les guerres comme les opérettes*
> *Si nous avions gagné la guerre.*
> *Par bonheur nous ne l'avons pas gagnée.*

(*Les Bannis*, poème traduit de l'allemand.
Éditions de Minuit, 1944.)

---

1. Madame Kreher est une cousine éloignée de Suzanne Werth ; Me Kreher, avocat, reviendra de déportation.

D'une lettre de Lucie Cousturier[1], du 22 janvier 1919 :

« Avant de lire dans votre lettre que la paix actuelle était aussi laide que la guerre, j'avais pensé bien des fois à une conversation que nous avons eue ensemble. Je vous avais exprimé ma crainte que, dans le cas d'une victoire allemande, les Allemands ne devinssent stupides d'orgueil ; à quoi vous répondîtes justement que la stupidité devant échoir aux vainqueurs, mieux valait qu'elle nous fût épargnée. Vous aviez donc pressenti les "expositions de la victoire", les discours des Lecomte (général) ou Lecomte (Georges), des Siegfried, etc. ?… »

Le sujet doit être traité à fond, vidé. Et pas sur le mode plaisant.

Quant à la victoire actuelle, elle a déjà pour elle d'avoir été une défaite.

20 août

Hier soir, coups de feu tirés du boulevard Montparnasse, de la rue de Rennes.

Vers vingt et une heures trente, coups de feu à l'angle de la rue Vavin. Une patrouille allemande a, dit-on, tiré sur un promeneur attardé et l'a tué. Ce matin, on voyait sur le trottoir du sang et une casquette.

La radio de Londres annonçait hier « l'imminence » de la libération de Paris. Mais, depuis deux jours, Paris se croyait libéré. « Le dernier Allemand, à minuit, devait avoir quitté Paris. »

Cependant les hommes de la résistance et les soldats allemands se livrent des batailles sporadiques.

La bataille est sérieuse place Saint-Michel et aux abords de la préfecture de police.

1. Sur Lucie Cousturier, cf. *supra* p. 252.

Tout est obscur. Nous ignorons dans quelle proportion les Allemands ont quitté Paris. Ils tirent au coin des rues, mais semblent incapables d'une massive démonstration de puissance militaire. Le général commandant Paris annonçait, il y a quelques jours, en cas de « commencement d'émeute », des mesures « brutales ». Ce général est-il encore à Paris ou a-t-il été dirigé sur Nancy ? Les résistants n'ont-ils pas pris les armes trop tôt ? Sans accord avec les chefs des troupes alliées, qui avancent sur Paris ? Londres semble ignorer complètement ce qui se passe à Paris. La jubilation par la mystérieuse et limpide ville ouverte est passée. L'espoir persiste, mais avec un peu d'ahurissement. « On ne comprend pas. »

Six heures de l'après-midi. Il semble bien qu'une trêve ait été conclue entre les résistants et les Allemands [1]. Je n'en sais pas davantage. Les Allemands vont-ils se terrer dans leurs tanières ou passer les portes de Paris ?

Je crois que la bataille devant la préfecture de police fut vraiment une chose belle, héroïque, une œuvre du peuple.

« Dans les couloirs du métro, dit Victor P..., j'ai aidé à faire passer des munitions. Les Allemands ne savaient pas que, à la station Cité, il y a une communication entre la préfecture et les couloirs du métro.

« Ils ont amené des chars... Dès qu'un char était visible, il était signalé d'une rue à l'autre, d'un pont à l'autre, à coups de sifflet.

« Les Allemands ont eu au moins trois cents morts. Il y en a de durs... J'en ai vu trois dans un camion en flammes qui continuaient à tirer. On leur disait de se rendre... ils se sont laissés brûler. »

---

1. Une trêve a été effectivement conclue, sous le patronage du consul Nordling, entre des membres de l'entourage de Choltitz et certains responsables de la Résistance : elle établit une manière de partage territorial qui laisse aux troupes allemandes des axes de repli.

Christian[1], vers vingt et une heures, par téléphone, nous confirme l'accord entre la résistance et les Allemands. Les Américains sont à Mantes, à Fontainebleau, à Versailles. Pourquoi n'entrent-ils pas dans Paris ? Quand défileront-ils, musique en tête ?

Je ne sais pas quelles furent les informations de la rue. Mais la rue n'est pas comme les autres soirs.

Non pas excitée et tendue, mais dans une calme béatitude. Les groupes des pas des portes, plus nombreux qu'à l'ordinaire, plus serrés aussi et comme gonflés. Les enfants ne jouent pas, ne se dispersent pas, ils attendent que l'événement apparaisse en chair et en os, une fuite visible de l'Allemand, le passage d'un char américain.

Un phonographe joue *La Marseillaise*. Des drapeaux surgissent aux fenêtres, masquent un instant une poitrine, un visage, qui aussitôt disparaît dans l'ombre. Des applaudissements se répandent, glissent, comme une eau vive entre l'asphalte et les façades. On a hissé un drapeau sur le toit de la maison où était installée la D.C.A. allemande.

Le soir de ce dimanche d'été est lourd et tiède. On dirait un 14 juillet sorti du tombeau. La tension de mes quatre ans d'attente fléchit d'un coup.

21 août (20 heures)

Un roulement lointain, dans le silence. Toute la rue dit : « C'est eux. »

22 août

On dit que la mairie du Ve est prise par les Allemands.

Exode des ministres et des journalistes collaborateurs. Quoi dans ces têtes ? Cynisme de traîtres ? Effarement

1. Sur Christian de Rollepot, cf. *supra* p. 258.

de politiciens et polémistes, découvrant soudain le châtiment, dans un monde où ils ne craignaient, au pire, que l'insuccès.

Rue de l'École-de-Médecine : cinq prisonniers allemands, l'air las et accablé, passent, conduits par un jeune homme au brassard tricolore, revolver au poing. Image de l'histoire faisant la culbute.

C'est un film incohérent, une suite de tableaux historiques : barricades, chars immobilisés ou brûlant. Mais je ne vois pas comment ces images ont été « déclenchées ».

Sans doute, tout a été conçu, prémédité. Mais il est des heures où tout bat ensemble : le sol des rues et le cœur des hommes.

L'imagination anticipe ; ils sont partis. Et déjà on sent venir l'oubli. La guerre va se coller à d'autres guerres dans le passé. La guerre n'est plus rien que deux dates, que les enfants réciteront. Il ne reste plus rien de la guerre que ce qu'il en faut pour le certificat d'études ou le bachot.

Oubliera-t-on aussi l'incroyable dans l'atroce ? Oui, comme le reste. Comment faire pour qu'on ne l'oublie pas ? Comment faire pour que l'on n'oublie pas les tortures à la prison du fort Montluc, à Lyon, pour que l'on n'oublie pas les tortures que subissent, aujourd'hui encore peut-être, les déportés politiques au camp de Ravensbrück[1] ? (*Courrier français du Témoignage chrétien*, numéro spécial de la Libération.)

---

1. Le camp de déportation de Ravensbrück, situé au nord de Berlin, est un camp de femmes. Le Français moyen manque alors d'informations précises sur les camps de déportation et d'extermination. Le retour des survivants des camps provoquera un durcissement de l'épuration légale.

Deux tanks ont été pris, place Maubert, par les F.F.I.

Quelque chose est changé, nous n'analysons plus les coups de sonnette.

Les trois lettres F.F.I. n'ont pas encore complètement engendré le mot : « Effefi ».

« On veut bien se bagarrer, dit un homme qui fait la queue pour le pain. Mais il faudrait des armes… Rue du Louvre, on était deux cents et on avait cinq fusils… »

Image de ces journées ; retour aux barricades et un essaim de petits Bara, attaquant les tanks à la grenade.

Une feuille (est-elle plus grande qu'une feuille standard de machine à écrire, est-elle imprimée ou tirée au Ronéo ?), une feuille lacérée, sur un mur. C'est « l'ultime message » de Pétain. Elle semble venue du fond du temps. Deux bourgeois, deux fantômes de bourgeois : « Il y en a, dit l'un d'eux, qui ont fait pis… Il a fait ce qu'il a pu. »

Un directeur d'école libre, non collaborateur, quasi gaulliste. Mais il a peur de la « lie du peuple », des communistes et des étrangers. Il est inquiet. Il sait par un patron d'usine que « les ouvriers et même les employés ne rêvent que chambardement. »

Il y a huit jours encore, la femme de Riv…, à une amie qui discrètement s'inquiétait de son sort, répondait : « Mais la partie n'est pas perdue. Les V 2 vont bientôt sortir. »

Les Allemands tirent du Luxembourg. Rafales de mitrailleuses, obus. L'après-midi, la canonnade est plus violente.

Trois passants, sous nos fenêtres, sont blessés au pied et à la jambe. Ils se réfugient chez le libraire. Quand j'entre dans la boutique, deux déjà sont pansés sommairement et étendus au plancher sur des couvertures. On téléphone à un poste de secours. Quelques minutes après, les brancardiers les emportent.

Cinq jeunes gens en blouson, armés de revolvers, bondissent d'une porte à l'autre et avancent en direction du Luxembourg. Deux autres, d'aspect plus militaire, coiffés de casques et armés de fusils, se postent à l'angle de la rue Madame, hors la ligne de tir qui suit la rue d'Assas.

Cependant, un tank de Leclerc, qui est venu par la rue Vavin, tire sur le blockhaus de la rue Guynemer. En deux coups, il l'anéantit. Sitôt après les éclatements, les fenêtres se sont remplies de visages. Et, à chaque fenêtre, on crie : « Bravo ». On applaudit, comme s'il s'agissait d'un exercice de tir, d'un spectacle organisé. Les applaudissements fusent dans chaque couloir de rue. J'ai le nez à la fenêtre. Je vois s'allumer et s'éteindre le trait de feu d'une balle traçante.

Le tank remonte la rue d'Assas, s'arrête à l'angle de la rue Auguste-Comte devant le lycée Montaigne et tire sur les sacs de sable entassés à l'angle de la façade. Un Allemand lance un bidon d'essence enflammée. Mais il n'atteint pas le char qui déjà a démarré.

Les jeunes gens (F.F.I.), que j'avais vus, de ma fenêtre, avançant par bonds, ont atteint la rue Guynemer. Ils lancent des grenades sur le blockhaus, tuent plusieurs Allemands. Mais l'un d'eux tombe la face en avant.

Une voiture d'ambulance, toute blanche, est arrivée. Des hommes, casqués et vêtus de blanc, agitent des fanions blancs, comme s'ils célébraient une cérémonie rituelle. Ils placent le mort sur un brancard, glissent le brancard dans la voiture qui disparaît dans la rue vide.

À la moindre accalmie, des groupes se forment au seuil des portes, au long des trottoirs. Des tanks de Leclerc, en direction du Luxembourg, passent rue de Fleurus, dix, vingt, trente. Je ne sais…, je suis étourdi par leur nombre, leur masse et leur bruit. Une haie de badauds s'est formée, acclame les soldats. Elle bouche complètement la rue Madame. On y voit des femmes et des enfants en robes claires. De cette foule peu dense, légère, monte une rumeur émerveillée, semblable à la rumeur qu'on entend les 14 juillet quand glissent dans le ciel les figures d'un feu d'artifice.

Les tanks allaient vers le Sénat. Nous nous attendions à un fracas d'artillerie, à je ne sais quel terrible point final de la « bataille du Luxembourg ». Mais le canon s'est tu. Et soudain on entend à nouveau le roulement des tanks. Ils ont dû contourner le Luxembourg puisqu'ils débouchent par la rue Auguste-Comte. Ils suivent la rue d'Assas et vont vers la rue de Rennes.

Ils se suivent à court intervalle. Chaque tank est couvert d'une grappe humaine. Des Allemands prisonniers sont serrés, debout, flanc à flanc, ventre à dos, tous les mains sur la nuque.

Jamais je n'oublierai ces hommes aux mains jointes sur la nuque, ces cariatides aux uniformes décolorés, dans une posture de damnés. L'un d'eux, à peine un adolescent, a laissé glisser sa tête sur la poitrine de son voisin. Il dort.

C'est la victoire. Les larmes me viennent aux yeux, larmes de délivrance. Mais je suis ému par l'évidence d'une éclatante contradiction : ces terribles, ces lourdes machines ont fait travail de justice. Par elles sont préservées des nuances de la pensée huma... je n'ai pas peur de ces grosses idées, je me ... ceux qu'elles font sourire. Ces tanks passent et ... ma part de victoire, ma part de liberté. Joie trop ..., joie que je ne peux garder longtemps en moi sans qu'elle s'altère. Je souffre de l'humiliation de ces hommes. Elle est nécessaire, elle est selon la justice même. Je l'approuve, elle me satisfait, elle m'apaise et je ne peux pas m'en réjouir.

Ce sentiment est-il donc si compliqué, si difficile à saisir ? Ceux à qui je l'ai avoué m'ont tous dit : « Vous oubliez ce qu'ils ont fait, les assassinats, les tortures… » Je n'oublie rien. Mais un homme humilié, son humiliation est en moi.

26 août

Quelques maisons plus loin que la nôtre. On vient de passer à la tondeuse les têtes de quatre femmes. Les chevelures sont dans le ruisseau. Ces quatre femmes, on va les promener par les rues. Un cortège les accompagne, avec une sorte de dignité, sans cris. Mais un vieux leur crache au visage et veut les frapper. On l'en empêche.

Les têtes rases de ces femmes… Et l'une d'elles avait le visage terreux et les yeux dilatés, que j'ai vus à un condamné à mort qu'on menait à la guillotine.

De Gaulle descend, à pied, l'avenue des Champs-Élysées. De la foule, qui attend, monte un clapotis de cris et de rumeurs. Quand il paraît, tous les cris, toutes les rumeurs s'assemblent en une vague unique, à peine oscillante, qui emplit tout l'espace entre terre et ciel.

TABLE DES MATIÈRES

Voyage avec ma pipe
récit
Viviane Hamy, 1991

33 jours
Viviane Hamy, 1992, rééd. 2006
Magnard, 2002 (présentation de Nathalie Lebailly)
et « Points Roman » n° R669

Clavel soldat
roman
Viviane Hamy, 1993
rééd. 2006 (préface de Stéphane Audoin-Rouzeau)

Caserne 1900
roman
Viviane Hamy, 1993

Saint-Exupéry tel que je l'ai connu
Viviane Hamy, 1994

Cochinchine
(préface de Jean Lacouture)
Viviane Hamy, 1997, rééd. 2005

Le Procès Pétain : impressions d'audience
(préface de Christophe Kantcheff)
Viviane Hamy, 1997

Le Monde et la Ville
roman
Viviane Hamy, 1998

Le Destin de Marco
nouvelles
Viviane Hamy, 2000

Clavel chez les majors
roman
Viviane Hamy, 2006

La Maison blanche
roman
Viviane Hamy, 2006

COMPOSITION : NORD COMPO À VILLENEUVE-D'ASCQ

GROUPE CPI

Achevé d'imprimer en juin 2007
par **BUSSIÈRE**
à Saint-Amand-Montrond (Cher)
N° d'édition : 94833. - N° d'impression : 70941.
Dépôt légal : juillet 2007.
Imprimé en France

Collection Points